Uma Garota Cubana, Chás e Amanhãs

Uma Garota Cubana, Chás e Amanhãs

LAURA TAYLOR NAMEY

ALTA NOVEL

Rio de Janeiro, 2021

Uma Garota Cubana, Chás e Amanhãs

Copyright © 2021 da Starlin Alta Editora e Consultoria Eireli. ISBN: 978-65-5520-569-5

Translated from original A Cuban girl's guide to tea and tomorrow. Copyright © 2020 by Laura Taylor Namey. ISBN 9781534471245. This translation is published and sold by permission of Atheneum, an imprint of Simon & Schuster Children's Publishing Division, the owner of all rights to publish and sell the same. PORTUGUESE language edition published by Starlin Alta Editora e Consultoria Eireli, Copyright © 2021 by Starlin Alta Editora e Consultoria Eireli.

Todos os direitos estão reservados e protegidos por Lei. Nenhuma parte deste livro, sem autorização prévia por escrito da editora, poderá ser reproduzida ou transmitida. A violação dos Direitos Autorais é crime estabelecido na Lei nº 9.610/98 e com punição de acordo com o artigo 184 do Código Penal.

A editora não se responsabiliza pelo conteúdo da obra, formulada exclusivamente pelo(s) autor(es).

Marcas Registradas: Todos os termos mencionados e reconhecidos como Marca Registrada e/ou Comercial são de responsabilidade de seus proprietários. A editora informa não estar associada a nenhum produto e/ou fornecedor apresentado no livro.

Impresso no Brasil — 1ª Edição, 2021 — Edição revisada conforme o Acordo Ortográfico da Língua Portuguesa de 2009.

Erratas e arquivos de apoio: No site da editora relatamos, com a devida correção, qualquer erro encontrado em nossos livros, bem como disponibilizamos arquivos de apoio se aplicáveis à obra em questão.
Acesse o site **www.altabooks.com.br** e procure pelo título do livro desejado para ter acesso às erratas, aos arquivos de apoio e/ou a outros conteúdos aplicáveis à obra.
Suporte Técnico: A obra é comercializada na forma em que está, sem direito a suporte técnico ou orientação pessoal/exclusiva ao leitor.

A editora não se responsabiliza pela manutenção, atualização e idioma dos sites referidos pelos autores nesta obra.

Dados Internacionais de Catalogação na Publicação (CIP) de acordo com ISBD

N174g	Namey, Laura Taylor Uma Garota Cubana, Chás e Amanhãs / Laura Taylor Namey ; traduzido por Marcelle Alvez. - Rio de Janeiro : Alta Books, 2021. 320 p. ; 14cm x 21cm. Tradução de: A Cuban Girl's Guide to Tea and Tomorrow ISBN: 978-65-5520-569-5 1. Literatura infanto-juvenil. 2. Romance. I. Alvez, Marcelle. II. Título.
2021-3383	CDD 028.5 CDU 82-93

Elaborado por Vagner Rodolfo da Silva - CRB-8/9410

Rua Viúva Cláudio, 291 — Bairro Industrial do Jacaré
CEP: 20.970-031 — Rio de Janeiro (RJ)
Tels.: (21) 3278-8069 / 3278-8419
www.altabooks.com.br — altabooks@altabooks.com.br

Produção Editorial
Editora Alta Books

Gerência Comercial
Daniele Fonseca

Editor de Aquisição
José Rugeri
acquisition@altabooks.com.br

Diretor Editorial
Anderson Vieira

Coordenação Financeira
Solange Souza

Produtores Editoriais
Thales Silva
Thiê Alves

Produtoras da Obra
Illysabelle Trajano
Maria de Lourdes Borges

Marketing Editorial
Livia Carvalho
Gabriela Carvalho
Thiago Brito
marketing@altabooks.com.br

Equipe Ass. Editorial
Brenda Rodrigues
Caroline David
Luana Rodrigues
Mariana Portugal
Raquel Porto

Equipe de Design
Larissa Lima
Marcelli Ferreira
Paulo Gomes

Equipe Comercial
Adriana Baricelli
Daiana Costa
Fillipe Amorim
Kaique Luiz
Victor Hugo Morais
Viviane Paiva

Atuaram na edição desta obra:

Tradução
Marcelle Alves

Copidesque
Carolina Palha

Revisão Gramatical
Natália Pacheco

Diagramação
Joyce Matos

Ouvidoria: ouvidoria@altabooks.com.br

Editora afiliada à:

Para Hildelisa Victoria, minha linda e corajosa mãe

Se você encontrar açúcar não dissolvido no fundo de sua xícara de chá, alguém está apaixonado por você.

—Superstição popular

A propósito, manãna não significa amanhã: significa hoje não.

—Billy Collins

1

Chame como quiser. Umas férias. Um presente de formatura do Ensino Médio. Talvez até mesmo uma fuga. Tudo o que sei é que jamais estive tão longe de Miami quanto agora.

Estou aqui porque o remédio cubano falhou. Ele é superantigo e parece uma receita de bolo. Embora os ingredientes variem de família para família, o objetivo é sempre o mesmo: sofra por um coração partido, e sua família cuidará de você. Considerando que nem toda a comida do mundo e a proximidade da minha família poderiam curar meu coração partido, assim como em um enredo de uma das novelas da mami, eles resolveram me enganar.

— Próximo, por favor. — O agente da alfândega de Heathrow, de Londres, acena para que eu avance. — Qual é o propósito da sua visita, senhorita? — pergunta ele assim que entrego meu passaporte.

Dois segundos se passam, depois mais quatro, e por fim minha mentira descarada:

— Férias.

Permaneço quieta, porque um de meus anfitriões do verão, Spencer, está me esperando, enquanto sou levada para a triagem secundária, o que é equivalente à extração de dentes e exames ginecológicos. Mas, *Dios*, como eu gostaria de usar toda minha força contra esse agente e esse dia inteiro. Mal resisto a me inclinar um pouco mais para perto de seu bem-vestido uniforme azul da alfândega e resmungar "Eu.

Estou. *Aqui*. Porque, como se não bastasse minha abuelita mais amada ter morrido, dois meses depois de sua morte, minha melhor amiga me abandonou, e meu namorado, que estava comigo há três anos, terminou tudo pouco antes do baile de formatura. Chamo isso de A Grande Tríade. Aparentemente eu não estava superando tudo rápido o suficiente, então minha família me mandou aqui para 'esfriar'. Eu não queria vir para a Inglaterra, mas minha mami usou sua carta mais poderosa de todas, ainda mais poderosa do que pastéis de goiaba e outros remédios cubanos comuns para corações partidos. Ela usou a carta 'abuela'. Então, para responder à sua pergunta, *eu* não tenho nenhum propósito para estar aqui."

Pá. O agente carimba meu passaporte e o desliza em minha direção.

— Aproveite a viagem.

Sem chances.

Duas horas depois, após uma viagem tediosa de ônibus seguida por uma viagem de táxi em total silêncio, o motorista nos deixa em um lugar que eu só havia visto em fotos. Infelizmente, na vida real esqueceram de adicionar luz solar ao cenário. Estou tremendo sob um céu insípido enquanto Spencer luta para tirar minhas duas bagagens grandes do porta-malas.

Então isto é Winchester, Hampshire, Inglaterra.

Atravesso a rua estreita e me aproximo da Pousada Owl and Crow. Assim como muitos dos edifícios pelos quais passamos na cidade, o edifício da Pousada Owl and Crow parece algo saído diretamente de um romance de Jane Austen. O imenso bolo de casamento de tijolos vermelho-alaranjados, que se ergue alto e impressionante, destaca-se na vizinhança. A hera escala e se estende pelo pórtico, viajando pelos arredores da pousada de três andares com avenidas de veias verdes. História — esse lugar sangra história.

Nada em Miami é tão antigo assim. Nem mesmo a Senõra Cabral, que ainda coxeia para a padaria da minha família toda segunda-feira e já era tan vieja antes mesmo de os meus pais nascerem.

Spencer Wallace empurra minhas malas sob um caramanchão coberto de rosas. Vendo o Spencer aqui, em vez de em Miami, quando foi com sua esposa e filho, me faz perceber o quanto o visual inteiro dele se mistura com sua pousada tradicional. Cabelo ruivo recém-grisalho. Uma combinação de cavanhaque bem-feito e bigode. Ele até mesmo usa um blazer pesado de tweed. E foi *isso*, esse primeiro vislumbre de um membro distante da família no aeroporto, que tornou minha viagem ainda mais surreal do que quando embarquei no meu voo. Mami e papi me mandaram para um país estrangeiro onde homens usam blazers de tweed. No *verão*.

— Venha comigo, Lila — diz Spencer, em pé, na porta de entrada.

— A Cate já deve ter voltado da fisioterapia. Está bom e quentinho aqui dentro. — Ele esbarra no meu ombro quando fecha a porta atrás de nós. — Desculpe — diz ele e dispara outro olhar preocupado ao meu traje de viagem, o mesmo que tem lançado desde que saí da alfândega. Como percebi passando pelo Terminal Cinco de Heathrow, meus jeans brancos, sandálias douradas e uma regata rosa-choque fina não são escolhas típicas para férias na Inglaterra, mesmo no início do verão. Mas é *perfeitamente normal* para a minha Miami. Se estou com frio ou não, não faz qualquer diferença.

Dentro da pousada, o ar é quente, mas não abafado, e tem cheirinho de manteiga e açúcar. Inspiro os elementos e tento mantê-los guardados. Os cheiros familiares são o mais próximo de casa que consigo estar agora.

Tía Cate aparece no final de uma escadaria de madeira polida.

— Ah, aqui está ela. — Ela se aproxima, me envolvendo em seus braços. — Lamento por não ter ido junto com o Spencer para recebê-la no aeroporto e também por ter sequestrado o carro.

— O ônibus do aeroporto era bom — respondo em seu ombro coberto por uma lã comichosa. Seu cabelo loiro em um coque baixo é exatamente como me lembro, mas seu sotaque soa mais sem emoção do que nunca. É isso que 25 anos morando na Inglaterra fazem a uma mulher venezuelana, nascida como Catalina Raquel Mendoza? Aqui, nesta cidade medieval de Hampshire, com este marido, ela é Cate Wallace.

— Olhe para você. Já tem quase 18 anos. — Cate dá um passo para trás, franzindo as sobrancelhas. — Vamos à sala de estar para um chá, enquanto o Spence leva suas malas para o quarto. Há uma lareira acesa, e posso pegar um suéter para você antes que desfaça suas malas. Essa blusa fina... não queremos que pegue um resfriado.

Meu peito se aperta em volta do coração, e então... acontece. Aqui, no aconchegante saguão da Owl and Crow, com tábuas de madeira desgastadas sob minhas sandálias e caixas altas cheias de guarda-chuvas pontiagudos ao lado da porta. Não aconteceu no Miami International, quando eu estava com uma cara fechada inquebrável, ou até mesmo quando fui obrigada a dar beijos em mis padres e minha irmã, Pilar. Não aconteceu enquanto eu assistia às luzes da minha cidade, que pareciam poeira estelar, desaparecerem atrás da asa do jumbo jet. Eu não chorei naqueles momentos. Eu não iria chorar. Mas Catalina-Cate Wallace me pegou de jeito por aqui, e não consigo parar. Meus olhos se enchem de lágrimas, e minha garganta se fecha sobre uma memória que nunca irá embora.

¡Ponte un suéter, que te vas a resfriar!

Coloque um suéter ou você pegará um resfriado! O mantra cubano de todos os mantras. Tatuado em nossas testas. Escrito com tinta indelével em nossos papéis de carta com aroma de violeta. Gritado pelas janelas em volumes impressionantes para crianças comendo Popsicles nas ruas de Little Havana. Minha abuela gesticulava como se jogasse pilhas de suéteres imaginários para todos os lados. Até que, naquela fria manhã de março, ela não mais o fez. O dia mais frio de todos.

Minha mão voa direto para meu amuleto de pomba dourada pendurado no meu pescoço, um presente que recebi da minha abuela quatro anos atrás. Cate percebe, seus traços elegantes murcham.

— Ah, sua doce abuelita. Ela era uma mulher tão maravilhosa, *love*.

Love. E não *mija*. Não para a Cate inglesa.

— Abuela praticamente me criou também. — Cate encontra meus olhos inchados. — Lamento muitíssimo por não ter comparecido ao funeral.

— Mami entendeu. É uma viagem muito longa. — 7 mil km.

Cate coloca ambas as mãos em minhas bochechas. É um gesto tão parecido com os da minha abuela que as lágrimas começam a querer cair novamente.

— Diga-me a verdade — diz ela. — Mesmo que eu tenha acabado de fazer uma cirurgia no pescoço, sua mãe ainda encontrou uma maneira de me culpar, certo?

Eu rio. A Inglaterra não roubara tudo dela. Seus lábios contraídos, quadril empinado e olhar desafiador vêm direto da Cate que eu me lembro da última visita dos Wallaces a Miami.

— Como adivinhou?

— Eu amo muito a sua mãe. Mas as mujeres das telenovelas poderiam fazer aulas com ela.

Drama de novela. Mami nunca foi para a universidade, mas se graduou em drama, com especialização em "excessivo". Ela também se graduou em fazer o oposto do que é melhor para mim.

— Acomode-se na sala de estar enquanto pego o chá que Polly preparou para nós — diz Cate, apontando para a porta em formato de arco, antes de desaparecer.

Tiro minha bolsa transpassada preta e vejo o formulário da alfândega saindo pelo bolso da frente. *Aproveite a viagem.* Amasso o pedaço de papel na menor bola que consigo. Esse tempo mascarado de férias não vai me curar.

2

Consigo entender por que os hóspedes da Owl and Crow elogiam tanto o chá da tarde servido na sala de estar; mas colocaram muito açúcar nos scones. Embora a textura seja quase perfeita, é no nível de doçura que muitos padeiros falham. Farinha, manteiga e açúcar são apenas a base para outros sabores — especiarias e extratos, frutas e cremes e chocolate. Uma massa nunca precisa ser excessivamente doce. Ela só precisa ser memorável.

Não é que eu seja uma especialista em scones; na verdade, nunca fiz um. O último que comi foi há quatro meses, quando Pilar queria comemorar seu aniversário de 21 anos com um chá da tarde no Miami Biltmore Hotel.

Igual àquele espaço histórico, esta sala de estar parece muito mais uma pintura do que uma sala, com suas paredes azuis e frias e seus tecidos brocados. Aqui eu sou apenas uma figura desenhada na vida de outra pessoa.

Vou chamá-la de "Garota Cubana Fora de Miami com o Scone Exageradamente Açucarado."

— ... e caminhadas, e o campo fica muito perto. Você pode usar uma das bicicletas de hóspedes para ir a qualquer lugar e descansar um pouco. O centro da cidade tem cafés e lojinhas que tenho certeza que você irá amar. — Entre goles de chá-preto forte, Cate passou os últimos cinco minutos tentando me vender Winchester como se fosse uma corretora imobiliária.

Eu sorri de maneira forçada o tempo inteiro, como se ela realmente *pudesse* me convencer.

— Parece legal. E obrigada por me deixar ficar aqui. — O espaço imaginário entre querer afogar todas as minhas palavras dentro do bule coberto de rosas e mostrar respeito por essa mulher que conheço desde que nasci — é nesse espaço em que estou.

— Sem cerimônias — disse Cate. — Você pode ser honesta comigo.

— Certo. — Coloquei minha xícara de chá na mesa com um tinir deselegante. — Eu não quero estar aqui. — Seja em família ou não.

Minhas palavras nem sequer alteram seu olhar — frio, como o céu branco como mármore do lado de fora das janelas. Cate desenha com os dedos na borda de sua xícara de chá. Suas unhas em formato oval brilham com o esmalte cor de cereja preta.

— Claro que você não quer estar aqui. Não há necessidade de fingir. Mas seus pais acreditam que passar um tempo fora pode ajudar...

— E o que eu penso? E como *eu* me sinto? — Sou um disco arranhado, repetindo a mesma narrativa que venho recitando desde que meu voo foi reservado. Toda a ajuda de que preciso se encontra a 6.500km, do outro lado do Atlântico. É o lugar onde, semanas atrás, eu tinha tudo o que queria. É o lar que é a nossa padaria, que vou assumir e expandir — aquela que descende das raízes da abuela. Panadería La Paloma. A memória e espírito de minha abuela ainda estão dentro daquelas paredes; e, agora, eu não estou.

Eu não preciso da Inglaterra. Miami é minha cidade-amuleto-da--sorte. É o lar onde tive tantas vitórias em 17 anos. Ela chama por mim, de corpo e alma. *Você faz parte de mim*, diz ela. *Você pode vencer novamente.*

Mas não aqui. Não na Inglaterra.

Miami guarda as pessoas mais próximas de mim, aquelas pelas quais choro em segredo. Abuela. Andrés. Stefanie. Meu coração, meu corpo e minha memória ainda não cortaram os laços com eles. Em 85 dias na Inglaterra, muitas outras coisas podem mudar, e eu não estarei em casa para impedi-las.

— Você está sofrendo, Lila. E assustou seus pais — disse Cate. — Sua saúde mental é muito mais importante do que assumir La Paloma de imediato.

Bueno. Bem. A regra de "sem cerimônias" é uma via de mão dupla. *Mas eu estava lidando com isso.* Preciso de mais tempo, e não de mais conversa. Não de mais espaço. Por que mami e papi não conseguem enxergar isso?

Cate arruma uma mecha loira que fugiu de seu coque.

— Prometa-me apenas uma coisa, porque nós duas conhecemos a fúria de tu mamá.

Levanto o olhar quando ela usa o espanhol.

— Tente se encontrar aqui. Talvez até se divertir um pouco. Mas você vai fazer isso com cuidado, certo? — Parece que passar a última meia hora comigo fez com que seu sotaque soasse como se ele se inclinasse um pouco para o sudoeste. — Não caminhe sozinha à noite nem faça nada… irresponsável.

Irresponsável. Como o que eu fiz há duas semanas? Minhas bochechas queimam de raiva e arrependimento. *Fui tão descuidada. Imprudente.*

Mas não digo uma palavra sobre isso. Escondo o resto das minhas respostas nas últimas mordidas do scone de groselha preta da Polly. Sim, doce demais.

Minha xícara de chá ainda está pela metade quando Cate bate no meu antebraço.

— Vamos acomodá-la. Spence já deve ter levado as suas malas para lá. — Ela se levanta, gesticulando para que eu a siga até o saguão e depois suba a enorme escadaria.

O segundo andar da Pousada Owl and Crow abriga oito quartos de hóspedes. Cate havia mencionado que todos estão reservados, mas agora o corredor apainelado está ocupado apenas por fileiras de arandelas de bronze. Grandes asas de pássaros douradas flanqueiam cada uma das luminárias.

Paramos em frente a uma porta larga, sem placa de identificação, com uma fechadura eletrônica.

— Aqui estão as escadas que levam ao nosso apartamento privado. A senha da porta é o número do código postal do nosso antigo bairro em Miami. — Os traços de Cate suavizam com a nostalgia. Quando seus pais se mudaram da Venezuela para Miami, Cate passou tanto tempo na casa da minha abuela com mami que lá se tornou sua segunda casa. Pilar e eu nunca a chamamos de prima. Ela sempre foi nossa tía.

Ela gesticula para que eu digite os cinco números que conheço tão bem. Depois de um bipe, a fechadura se abre, revelando uma entrada para outra escadaria com balaústres esculpidos.

A escadaria nos leva a um lugar semelhante a um loft. Cate aponta para um corredor.

— Meu quarto e de Spence fica para lá. — Ela gira, me conduzindo através da sala de estar em direção à ala oposta. — Por este outro lado ficam o seu quarto, um banheiro e o quarto do Gordon. Ele está com um grupo de estudos na biblioteca.

Tenho uma vaga lembrança de ter sido avisada que as provas escolares vão até o verão por aqui.

— Não consigo acreditar que o Gordon já tem 16 anos.

Ela sorri.

— E ele está tão alto que você mal o reconhecerá. A última vez que vocês se viram, ele devia ter cerca de 12 anos. Foi um pouco antes da nossa viagem a Key West.

— Sim, ele adorava correr pela cozinha de La Paloma enquanto você e mami bebiam cafecito lá na frente. — Meu cabelo escuro cai sobre meu rosto e tem cheiro de avião. Eu o arrumo de volta. — Ele tentava roubar uma empanada de cada bandeja que a abuela tirava do forno. Ela batia nele com o pano de prato, mas isso não o impedia.

A explosão de memórias machuca como um elástico estalando em minha pele.

Desvio o olhar até que Cate aperta meu ombro. Ela abre uma porta apainelada e gesticula para dentro com a mão.

— Aqui estamos. Você sabe onde me encontrar. O jantar é servido às sete.

Sozinha, o quarto onde passarei os próximos 85 dias tem uma cama de dossel de verdade. Não um especial da IKEA, mas uma peça autêntica, própria do período de Regência. Deixo cair minha bolsa e deslizo meus dedos ao longo da madeira de cerejeira. Assim como o resto da pousada, parece algo velho.

Spencer deixou minhas malas ao lado de um banco de veludo cinza. Analiso o espaço — uma cômoda com televisão em cima, sofá floral cinza, escrivaninha. Uma das paredes tem uma generosa janela panorâmica de vidro, agora deixando entrar uma luz fraca que vem da rua. A outra parede externa tem uma janela mais ampla, mas seus mecanismos são de maçaneta. Afasto as cortinas de seda, que são da cor creme. Os batentes soltam um ruído paranormal quando viro a maçaneta e coloco meu torso para fora. Inclinando-me sobre o peitoril, vejo, por cima das copas das árvores, o pátio murado de uma igreja que quase encosta no meu lado da Owl and Crow. Meus olhos lutam para se ajustar, trocando palmeiras e estuque cor de pêssego por igrejas com torres de pedra e tijolos envelhecidos — igual à pequena paróquia ao meu lado.

Meu novo quarto é lindo. Mas isso não impede que metade de mim queira socar as paredes, grunhindo toda a brutalidade que ecoou em minha mente o dia inteiro. Durante todos os meses de março, abril e maio. Isso não impede a minha outra metade de querer se esconder debaixo do edredom de pelúcia.

Eu me contento em empurrar minhas malas em direção à porta — não estou pronta para organizar minha nova realidade. Abro o zíper da minha enorme bagagem de mão, que está em cima da cama. Miami está dentro dela. Vestígios do limpador de azulejos de limão e vinagre da mami e do meu spray de aroma de gardênia se agarram a todos os itens de que precisarei esta noite. Minha abuela poderia ter feito esta mala.

Por causa dela, Pilar e eu nunca ousaríamos embarcar em um avião sem roupas íntimas extras e uma muda de roupa. *Afinal, a companhia aérea pode perder a sua mala!* Abuela nunca foi de confiar naqueles cuidadores de bagagem.

E eu não confiei a eles esses itens. Depois de retirar da bolsa uma calça legging e uma camiseta longa, tiro o avental branco característico da abuela. O mesmo que segurei no colo durante seu funeral. Depois retiro uma foto de família, meus pais, Pilar e eu no jardim do meu tio-avô. E mais uma foto pequena, uma foto instantânea que fiz da abuela no ano passado, o corpo pequeno, coberto pelo elegante cabelo preto grisalho, sorrindo sobre seu café da manhã simples, café con leche e pan tostado.

Abuela e eu éramos as únicas pessoas da família que gostavam de guardar los recuerdos — as lembranças. Pili não herdou o gene sentimental, e mami odeia bagunça. Mas mami ainda não desmontou o pequeno altar de cartões, fotos, estatuetas e flores secas da cômoda da abuela. Ela ainda não transformou o quarto da abuela em um quarto de hóspedes, nem tirou do pátio seus sapatos de jardim desgastados. Por enquanto, até mesmo minha mãe está guardando coisas.

Comecei a montar o *meu* altar transplantado, colocando meus objetos de Miami na mesa de cabeceira. Meu coração se aperta ao ver o último item da minha bolsa: a camiseta branca da Universidade de Miami que comprei para Stefanie. É un recuerdo de proporções gigantes, uma lembrança da promessa de amizade eterna que ainda não estou pronta para enfiar em uma gaveta.

Essa camiseta é o maior motivo de eu estar aqui.

Duas semanas atrás, a camiseta branca chegou atrasada à Panadería La Paloma, no mesmo dia em que o voo de Stefanie partiu, como uma grande piada de mau gosto. Stef não ia mais para a Universidade de Miami. Minha amiga não ia mais para lugar nenhum em Miami. Não comigo.

O início do nosso fim aconteceu dois dias antes da entrega da camiseta. Eu me joguei na cama dela da mesma forma de sempre, com a diferença de que agora uma mochila enorme havia engolido o tapete da Stef. Seu passaporte, pilhas de documentos de viagem e o pacote da bolsa de estudos da Catholic Missionary do Sul da Flórida cobriam sua mesa.

O fim do nosso término aconteceu quando bati as portas e fugi de uma casa onde fui recebida e acolhida como membro da família durante anos.

E, no meio de tudo, minha melhor amiga admitiu que ela estava se preparando desde novembro para um cargo de dois anos de auxílio médico. Meses de treinamento que ela nunca mencionou. Stef trocou sua aprovação na Universidade de Miami por um vilarejo africano remoto sem dizer uma palavra sequer.

Duas semanas atrás, sozinha no escritório da padaria, eu encarava o brasão da Universidade de Miami estampado na camiseta. As palavras que havíamos proferido me atingiam como uma chuva de granizo.

— *Você não poderia ter me contado?*

— *Lila, eu sinto muito. Você teria me convencido de desistir.*

— *Isso não é verdade.*

— *Eu preciso ir.*

— *Você reorganizou completamente sua vida inteira pelas minhas costas?*

— *Você tinha acabado de perder sua abuela. E depois do que aconteceu com o Andrés… além disso, você sabe que lutaria contra meus novos planos. E venceria, como sempre.*

Depois disso corri para casa e chorei vendo nossa selfie de formatura, tirada na semana anterior. Minha cabeleira morena e as finas camadas loiras de Stef saindo do capelo escuro, tal qual a sombra da decepção.

Segurar a camiseta macia em minhas mãos, no escritório da panadería, apenas reforçava um fato dentro de mim: meu luto havia mudado; o que antes era uma linha entre dois pontos finais latejantes — abuela e Andrés — agora havia se metamorfoseado. Era um triângulo.

E esta tríade de sofrimentos era tão grande que eu não conseguia me livrar dela. Eu não conseguia me encontrar dentro do vazio desta escuridão. Meu coração se fragmentou, e minha respiração veio como o prelúdio de uma grande tempestade. Eu tive que mudar. Eu tive que fugir.

Receita para Ser Abandonada pela Sua Melhor Amiga
Da Cozinha de Lila Reyes

Ingredientes: uma sacola de ginástica embalada que ficava no escritório do papi. Um par de tênis de corrida da Nike. Uma regata da cor azul neon. Um par de leggings de compressão da Adidas.

Modo de Preparo: coloque seu equipamento e fuja pela porta de serviço. Vá para a sua querida cidade natal, sua Miami. Ela é grande o suficiente para abrigar você. Recupere lugares e ruas que conheciam você, que conheciam seu amor e sua alegria antes dos últimos três meses terem lhe tirado tanto. Recupere tudo.

* Deixe de ficar relembrando e falando sobre a Stefanie com sua família. A perda é sua, e você irá lidar com ela.

Temperatura de cozimento: 246ºC — precisamente a sensação térmica de Miami quando você está correndo durante a tarde.

Naquela tarde, duas semanas atrás, fui ao estacionamento traseiro e tranquei tudo, exceto meu chaveiro e telefone, dentro do meu Mini

Cooper turquesa. Depois de me flexionar e alongar, me preparei para fazer a segunda coisa que faço de melhor no mundo. Corri o mais longe que jamais havia ido; o tipo de distância pela qual as pessoas ganham medalhas e troféus por terem percorrido. Meu único prêmio era a recompensa desgastada de ter cumprido um desafio feito por teimosia. Por horas, me forcei para além de cada sinal de perigo que meu corpo me lançava, cruzando os limites de bairros, até a hora do jantar chegar e ir embora. Um pensamento atravessou a barreira de suor, calor e dor, até que meus membros finalmente desistiram: se eu viajasse para longe o suficiente, talvez fosse capaz de fugir da minha própria pele.

Hoje me pergunto se a Stef tinha razão, se eu realmente conseguiria tê-la feito mudar de ideia. Afinal, meus poderes de persuasão não funcionaram com a minha família.

Afundo no banco de veludo cinza e tento me manter o mais imóvel possível. Finjo que, se eu não me mover, o lugar de onde venho também não se moverá. West Dade permanecerá imóvel no tempo e no espaço até eu voltar para casa.

3

Depois de 24 horas dentro do meu quarto, não faço ideia de como está a temperatura lá fora nem da quantidade de passos que separam a pousada do centro de Winchester. Entretanto, já decorei cada mancha misteriosa no teto e sei que a distância entre a porta do meu quarto e o banheiro é de seis passos. E sei que são quinze passos para ir à cozinha do loft e voltar.

Os Wallaces não comentam sobre minha hibernação, e sempre encontro bandejas com comida no balcão da cozinha — abençoados sejam eles. Tinha um cartão em uma das bandejas:

Descanse. Estou atualizando sua família.
Sua mami só ligou seis vezes.
— Cate

Cate também não disse nada sobre as malas apoiadas na minha porta. Nem sobre meu celular descarregado jogado em cima do meu laptop, também descarregado.

E ainda tem a Pilar. Consigo imaginar o sorriso atrevido da minha irmã e seus olhos calmos e racionais, e me pergunto quantas mensagens ela deve ter me enviado. Ou será que ela também se desligou de mim, sabendo que eu não conseguiria ficar longe por muito tempo? Olho de relance para o meu celular, a voz da pessoa mais preciosa da minha vida está apenas a 20 segundos de distância. Mas não. Ainda não. Não estou totalmente pronta para uma conversa de verdade com ela. Pelo menos para uma que não esteja temperada com os melhores palavrões que conheço, em duas línguas.

Uma camiseta branca da Universidade de Miami pode ter sido o gatilho da minha fuga, mas meu voo para a Inglaterra poderia muito bem ter sido reservado por Pilar Veronica Reyes. Desde o desembarque, já pensei sobre a cena da meia-noite no meu quarto em West Dade uma dúzia de vezes — aquela que se desenrolou depois que saí correndo de La Paloma sozinha, por horas. O resultado foi desastroso. Por mais irritada que eu esteja com a minha irmã, estou muito mais furiosa comigo mesma por ter sido tão descuidada.

Meu corpo também pagou caro pela minha imprudência. Lembro-me de como *tudo* doía. De como as fibras do meu edredom cinza e branco roçavam contra meus músculos doloridos e minha pele queimada pelo Sol.

— Más — disse Pilar naquela noite, me dando a centésima colherada de caldo de pollo. Eu tinha feito esse lote da sopa mágica de galinha da abuela. Isso junto de uma camada generosa de "Vivaporú" — Vick VapoRub — poderia curar qualquer mal. — Eu falei mais, Lila — disse ela, enquanto eu contraía os lábios e balançava a cabeça negativamente.

— Chega — eu disse. Minha cabeça abrigava o bater de um tambor.

Pili suspirou irritada e bateu a tigela na minha mesa de cabeceira. Minha irmã, graduada em ciências contábeis, movia-se como uma enfermeira do exército, ríspida e forte, voltando-se para nossa caixinha de primeiros socorros.

Suas mãos esfregaram mais do VapoRub gelado e formigante nas minhas panturrilhas. Estremeci quando ela iniciou outra rodada de pomada para bolhas.

— Bem feito para você. — Mais pomada nos calcanhares e dedos dos pés, pedaços de pele se soltavam sem dificuldades. — Se você nunca mais usar aquelas sandálias stiletto vermelhas, a culpa é toda sua, hermana.

Sim, minha culpa. Foi o que ganhei por correr por mais de 5 horas, e mais de 32km, quase rastejando no final. Assim que comecei tudo isso, eu não conseguia mais parar. E eu simplesmente não me importava.

Pilar deslizava pelo meu quarto, afofando travesseiros e enchendo meu copo de água, colocando a cabeça para fora do quarto para ver onde mami e papi estavam. Ela murmurou algo em espanhol de maneira rápida e abafada.

Garota ridícula. Sem noção, precipitada e egoísta. E se eu não a tivesse encontrado? O que poderia ter acontecido? Por Deus, Lila.

Foi isso que ouvi.

Foi isso que vi.

Mami e papi se juntaram em minha porta para anunciar o veredito final do tribunal. A cabeça de papi estava inclinada para baixo, revelando seu cabelo grisalho e uma área calva que tinha o formato de uma bolacha do mar.

Mami apertou uma bola de lenços de papel em suas mãos.

— Acabamos de sair de uma ligação com a Catalina e o Spencer.

Suas palavras vieram rápidas e ásperas: Inglaterra. Verão na Owl and Crow. Esfriar. Dar um tempo.

No final, mami estava chorando, e meu peito parecia um buraco vazio.

— Inglaterra? Você está brincando comigo?

Papi deu um passo à frente e se aproximou.

— Isso é para o seu bem, para a sua saúde. Esta primavera já foi insuportável para você, e agora a Stefanie foi embora.

Eles tinham apenas que me deixar em paz. Deixar que eu consertasse isso tudo sozinha.

Mami afastou as ondas pretas de cabelo do seu rosto.

— Você acha que não vemos como você está? Chorando pelos cantos por semanas? Toda curvada e quase atravessando as paredes? Seu papi encontrando você chorando na câmara fria da panadería? Sozinha e congelando. Isso não está certo, Lila.

Mas, para mim, parecia mais do que certo. Lembrei-me da deliciosa sensação de alívio, sentindo-me dormente da cabeça aos pés, esfriando a flamejante dor da perda dos beijos na testa da abuela. Também se aplicava ao Andrés. A maneira como ele costumava me abraçar tão forte, tão plenamente. Aquecida dos tornozelos às orelhas, seu abraço era o único lugar em que eu me sentia tão grande quanto planetas e tão leve quanto penas. Na câmara fria da panadería, naquele freezer, tudo o que eu queria eram alguns momentos silenciosos de alívio. Mas papi o invadiu, preocupado e exagerando.

— Vocês não podem me mandar embora. — Não para longe de La Paloma. Não para longe da minha Miami. Para longe da minha família.

— Mas a vizinhança, también. Eles estão falando sobre você mais do que nunca. Você não pode se curar quando…

Quando *o quê?* Quando meus assuntos privados foram sussurrados pela cidade inteira? Ah, não era difícil de entender o porquê. Isso já vinha acontecendo há 3 anos. Tudo o que precisei fazer foi fisgar Andrés, filho do ilustre parlamentar Millan, da elegante cidade de Coral Gables. Andrés era destaque em revistas locais e colunas sociais. Durante as campanhas, ele mostrava, na TV, junto de sua família, seu rosto de estrela de cinema. Clientes, vizinhos e outros proprietários de lojas nos shippavam; eles achavam nossa história adorável. Há 4 anos servi o bufê de uma festa de arrecadação de seus pais, na qual ele experimentou seu primeiro pastel de goiaba feito por mim. Durante 2 anos, ele vinha até La Paloma toda semana buscar mais pastéis de goiaba, até que finalmente me chamou para sair. Eu tinha 15 anos e estava de pastelito-para-o-ar pelo filho do parlamentar.

Um conto de fadas cubano de West Dade. Mas Andrés cancelou nosso castelo.

Meus pais viraram para olhar a Pilar, praticamente ficando de costas para mim.

— Elena da Dadeland Bridal veio até La Paloma semana passada — disse mami. Ela engoliu o choro a seco. — Ela me contou que havia um jogo entre os funcionários e alguns dos clientes regulares. Eles fizeram uma aposta sobre quando a Lila escolheria seu vestido de boda.

Um vestido de noiva? Sério? Meu sangue estava pegando fogo.

— Mami! Você não está se ouvindo?! — Me parta ao meio e espalhe os últimos 3 meses pelo meu quarto, como se fosse outra camada de tinta azul-claro nas paredes.

— Mas é verdade — disse mami. — E eu sinto muito.

— Agora a fofoca mudou — disse papi para Pili. — Por que Andrés terminou com ela? Como Stefanie pôde abandonar sua melhor amiga sem qualquer aviso? Horrível. As pessoas falam pelos cotovelos nas bodegas, na mercearia, nas bancas.

Pilar sentou-se na minha cama.

— Eu sei. Também as ouço falar.

Eu estava sequer presente aqui? Isso tudo não era a *minha* vida? O pequeno trio de compartilhamento de informações não solicitadas ultrapassou os limites, ultrapassou até mesmo a minha presença, aparentemente invisível.

— Chega, ok? Isso já é o suficiente.

Finalmente mami olhou para mim.

— Não é o suficiente, porque você nunca nos conta nada sobre seus sentimentos. Não podemos ajudá-la se não sabemos o que está acontecendo.

Eu me endireitei, meus membros pesados e doloridos.

— Não preciso falar sobre minhas perdas. Preciso trazê-las de volta.

— E se isso for impossível? — perguntou mami.

Impossível. Eu havia ouvido essa palavra antes, e a esmaguei como uma casca de coco dura. Depois disso, usei a carne branca e rica para fazer um bolo.

— Você perdeu sua abuelita — disse papi delicadamente. — A maior parte de seu coração.

— Papi. — A palavra saiu densa e sombria, mas eu não iria chorar; eles não teriam minhas lágrimas. A dor era real e era minha. Era minha, meu sofrimento para ser sentido e minha maneira de consertá-la. Debater meus sofrimentos não os torna menos meus para que me "ajudem" e me direcionem. E agora eles queriam "ajudar" ainda mais me mandando embora?

— A Inglaterra lhe fará bem. O chisme vai se apagar e morrer, e você voltará revigorada… — O celular de mami tocou. — Catalina está ligando. — Ela saiu com o papi.

Estendi os braços bem abertos e indefesos para Pilar. Eu precisava de sua intervenção e que ela acabasse com essa ideia ridícula. Ela faria isso. Éramos uma equipe: las Reyes.

Agora que concluí o Ensino Médio, eu finalmente estava pronta para assumir minha posição de padeira-chefe em tempo integral e também de futura proprietária da Panadería La Paloma, ao lado da Pilar. Não haveria nenhum diploma universitário para mim — eu já tinha aprendido tudo de que precisava com a abuela. O negócio era nosso para assumirmos em um ano. Nosso legado, nosso futuro. A abuela havia começado, e agora era nossa vez, deveríamos levá-lo adiante a partir deste verão. Mas eu não poderia fazer isso do outro lado do oceano.

Uma Garota Cubana, Chás e Amanhãs • 21

— Mal posso esperar para ver o que você vai fazer — eu disse com uma risada sarcástica.

Pilar se levantou, me forçando a tomar outro gole de água. Desta vez eu lhe obedeci.

— O que eu vou fazer?

— Como você vai me livrar desse esquema de ir para a Inglaterra. Não temos tempo para isso. Precisamos planejar o novo modelo de negócios, o cardápio e as mudanças na equipe...

— Lila. — Ela se virou, seus olhos castanhos encobertos. — Eles estão certos. Você precisa disso. Eu amo você, mas preciso deixá-la partir. Só por um tempinho, certo?

Foi como se cada passo que dei sobre Miami nesta tarde tivesse voltado para pisar no meu peito. Estremeci. Eu só conseguia balançar minha cabeça em negação. *Não. Não. NÃO.*

— Eu não posso.

Pilar pegou o avental branco da abuela, com o *L* em azul escrito na frente. Ela o colocou em meus braços. Horas atrás, ele pingava de suor e sal.

— O que ela diria sobre isso? — Pilar gesticulou para o desastre que estava meu corpo completamente sobrecarregado.

— Sua irmã está certa, nena. — Isso veio da mami, ela havia retornado. — Abuelita lhe deixou suas habilidades e ambição. Muito além do que apenas suas receitas. Honre isso, Lila. Você chorando na câmara fria. Você em destroços, a 32km, nos assustando, não cuidando de si mesma — é assim que ela gostaria que você continuasse? — Lágrimas escorreram pelo rosto de mami. — Como pode deixar que ela olhe para baixo e veja você assim?

O que eu queria gritar era: "Como eu *posso* deixar que ela me veja assim?" Eu posso porque a única receita que a abuela nunca me ensinou foi a que eu deveria fazer dentro de mim mesma quando ela morreu e nos deixou cedo demais. A receita que eu deveria fazer quando um garoto partiu meu coração em mil pedaços e minha melhor amiga esmagou minha confiança.

O que eu realmente disse: "..."

Em silêncio e tremendo, agarrei o avental e guardei as memórias.

— Óyeme, mi amor — disse abuela meses atrás, depois de uma das minhas brigas com o Andrés. — Você ama aquele garoto como você ama a cozinha. — Ela estava mexendo uma tigela de cobertura de manga. — Mas, às vezes, você adiciona o ingrediente Lila como quando se adiciona muito açúcar. Ou muito calor.

Eu tinha zombado disso naquele momento. Eu a ignorei.

— Mi estrellita, se você brilhar intensamente demais no céu dele, vai acabar o queimando. E vai acabar se queimando tamblén.

Naquele dia, eu havia queimado meu corpo inteiro. Eu havia aumentado todo o calor e perdi o controle.

— Lila, você irá para a Inglaterra — disse mami, finalmente. — Nós não podemos lhe dar o lugar que a abuela construiu se você não estiver bem.

E aí estava.

Mas a minha corrida — a exaustão, por dentro e por fora — havia silenciado minhas palavras de luta. Quando papi entrou no website da British Airways, só consegui ficar encarando aquele *L* na frente do avental.

4

Duas semanas depois que papi reservou meu voo, o avental branco da abuela está dobrado em cima de uma mesa de cabeceira na Inglaterra. Já se passou mais de um dia inteiro desde que desembarquei, mas mal saí da cama.

Olho para o relógio — 20h, e uma cacofonia de sintetizadores e batidas estrondosas de bateria ecoam do outro lado do corredor. Tem que ser do quarto do Gordon. Não consigo imaginar a Cate ou o Spencer detonando um rock dos anos 1980 entre as funções de entreter os hóspedes e administrar a propriedade. Tão logo identifico a banda Van Halen, a música para. Menos de 10 segundos depois, a introdução de um baixo de outra música vibra através dos painéis de madeira fina, o volume foi ajustado para estourar. Então... ele para depois de alguns compassos. *¿Cómo?*

Meus olhos encontram descanso e alívio no meu pequeno altar de lembranças — as fotos emolduradas e a camiseta branca. E o golpe do *L* azul bordado.

Los recuerdos têm um tipo único de poder, um de amor, história e legado. Aqui, esta lembrança me chama alta e claramente, vários decibéis a mais que a música, na língua em que fui criada. Abuela jamais toleraria que eu ficasse tão ociosa assim, mal saindo da minha cama por mais de um dia. Por ela, vou pelo menos levantar e desfazer as malas.

Assim que tiro meu edredom, sou recepcionada por uma onda estridente de techno-pop eletrônico. Tudo bem, então é a vez de o universo, na forma de Gordon Wallace, dizer que meu período de hibernação terminou oficialmente? De qualquer maneira, não. Barulheira tão alta assim não vai funcionar para mim o verão inteiro. Antes de chegar à porta, a música para abruptamente, da mesma maneira que antes. Espero por uma repetição terrível, mas nada acontece. "Hmm", digo a mim mesma e encaro minhas malas.

Dez minutos mais tarde, depois de dividir os sapatos e as roupas entre a cômoda e o armário, estou desfazendo minha segunda mala. Minha chapinha e minha nécessaire estão logo em cima. Mas, embaixo do meu roupão, encontro um cartão quadrado com o rabisco familiar da minha irmã.

> *Hermana, não fique chateada, mas eu te conheço.*
> *Te amo e já estou morrendo de saudades. — P*

Não fique chateada? Uma maneira infalível de a Pili me deixar furiosa é me dizer para não ficar chateada, então fico extremamente desconfiada ao puxar um pacote grosso. O primeiro item que tiro da embalagem de papel marrom é um suéter preto de lã merino.

Eu não trouxe nenhum suéter.

E então as coisas ficam fora de controle:

Outro suéter idêntico na cor cinza. Um trench coat curto, preto e à prova d'água. Duas jaquetas de corrida. Um par de jeans skinny escuro. Duas blusas de manga comprida, uma com listras brancas e azuis e outra azul-marinho escuro. Por último, um cachecol grande, com uma estampa abstrata cinza e preta de oncinha.

Agora estou desconfiada de tudo que está nessa mala. Inspeciono tudo em busca de mais evidências de adulteração e encontro as botas pretas que Pilar comprou quando visitamos Nova York no outono passado. Quero abraçá-la. Quero jogar uma dessas botas em sua bunda cubana redonda. Nenhuma delas é uma opção agora, então quebro o silêncio com a minha irmã e pego meu telefone.

A tela de bloqueio acende, mostrando que tenho quatro mensagens de voz e dezesseis notificações de mensagens da mami. Nada da Pilar.

— Você sabia, Pili! — digo quando o rosto oval da minha irmã preenche minha tela do FaceTime. Ela está na cadeira de couro preta do papi, que fica no escritório dos fundos da panadería.

— Bem, oi para você também — diz Pilar. — Sem nenhum contato seu por dois dias, e é isso que recebo?

— Mandei uma mensagem para você e para a mami quando aterrissei. — Balanço o suéter preto na frente do telefone. — Você sabia.

— O quê? Que você faria as malas emburrada?

Solto um único suspiro.

— E que — continua ela — quando eu vasculhasse a sua mala, tudo o que eu encontraria seriam las camisas pequeñas e vestidinhos de verão? Claro que sabia. E eu estava certa. Um verão inglês não é um verão normal. Mami lhe disse como se preparar, a Cate lhe disse, eu lhe disse, pero...

— Vou vestir o que eu quiser.

Ela suspira e quase consigo sentir seu hálito quente circulando.

— Winchester não é Miami.

Lanço adagas através do FaceTime.

— Lila, você não acha que eu sei? Nunca fico bem longe de você, mas essa era a única saída.

— Eu. Estava. Lidando. Com. As. Coisas — digo através de dentes cerrados.

— Lidando com as coisas? Você desaparecendo, e o papi encontrando o seu carro no estacionamento e pensando... bem, o que *você* pensaria vendo aquilo? E quando finalmente encontrei você... o que exatamente encontrei? *Dios*, Lila, isso não é estar lidando com as coisas.

A Pilar raramente chora. Ela pondera e analisa. Organiza e compartimentaliza. É uma das razões pelas quais trabalhamos tão bem juntas. Sonho e crio com olhos que são grandes demais para o estômago das outras pessoas. E então faço a comida que as satisfaz completamente, enquanto ela encontra todas as maneiras possíveis de vendê-la. Mas agora ela está fungando e pingando como uma torneira que vaza, e me sinto tão estúpida por pensar que eu era a única que estava sofrendo. A única que perdeu sua abuela.

— Pare, Pili. Sei que assustei você. Só quero estar em casa. — Em casa, onde posso colocar tudo no lugar certo novamente.

Ela assoa o nariz em um lenço de papel, parecendo uma sirene.

— Sua casa não tem sido boa para você ultimamente. Você já provou isso, ok?

— A panadería…

— Já falamos sobre isso umas vinte vezes. A Angelina vai se sair muito bem.

Não confio na nova padeira, que está treinando há apenas alguns meses.

— Temporariamente.

— Claro. Sempre seremos você e eu. Mas preciso da minha irmã de volta. Dê um tempo e deixe a Cate cuidar de você. — Ela assoa o nariz novamente e, em seguida, se inclina. — Então, como são as coisas por aí?

— Você quer dizer lá fora? Não sei.

— Eu deveria ter adivinhando, considerando a pilha de lixo que você está usando como cabelo. Mas já faz dois dias!

— Eu vou… amanhã, certo?

A música explode novamente, abafando sua resposta. Dessa vez é um riff de guitarra gritante.

— Gordon — explico para Pilar, que parece confusa com o barulho.

— Parece "Gimme Shelter" — diz ela.

— Você saberia. — A inclinação de Pilar para rock clássico, especialmente no formato de vinil, é algo que não compartilhamos.

— Ele está fazendo isso... — Novamente a música para. — Não tenho ideia do que ele está fazendo, mas vou fazê-lo parar agora mesmo. Ligo para você amanhã.

— Espérate. — Pilar levanta a mão. — As roupas novas são legais, certo?

— Elas são horríveis — digo. Mas não consigo parar de passar a mão na lã de merino macia.

Ela solta uma risada um pouco sem graça.

— Você tem cobiçado minhas botas há meses.

— Sí, pero isso não significa que vou usá-las.

Uma rachadura no semblante da minha irmã.

— Mas você irá colocá-las no armário. E as blusas e a jaqueta também.

E então sinto uma rachadura no meu também, que não consigo controlar, não importa o quanto eu tente.

— Talvez.

Trinta segundos depois de eu desligar o telefone, o Gordon tocando mais uma música me manda direto para a sua porta, batendo e esmurrando. Depois, esmurrando e gritando. O barulho finalmente cessa, e o DJ descontrolado abre a porta do quarto. Seu cabelo ruivo escuro — idêntico ao de seu pai — está amarrado em um rabo de cavalo desgrenhado na base do pescoço.

— Hiya. Então você não está *realmente* morta. — Ele está segurando um lápis colorido.

Ignoro isso e começo:

— Então, a música.

— O que é que tem?

— O barulho. — Gesticulo para demonstrar. — Tem muito disso, está muito alto. Muito barulho.

É como se uma lâmpada se acendesse no meio de sua cabeça.

— Ahh. Colocamos a contenção sonora apropriada por aqui, e não estou acostumado a ter mais ninguém nesta ala.

— Não tenho nada a ver com isso.

Gordon usa o outro lado do lápis para coçar sua têmpora.

— Certo, bem, a música me ajuda a chegar a certo nível de criatividade.

— Será que uma versão mais baixa da mesma música não poderia ajudar com a vibe que você quer?

— Ah. É para isto. — Com um grande ar de sucesso, ele se afasta.

E… uau. Suas paredes são cobertas por desenhos emoldurados, feitos a lápis, de casas em todos os estilos arquitetônicos imagináveis. Detalhes sofisticados e toques coloridos de paisagismo preenchem cada composição.

— Você desenhou tudo isso?

Ele acena com a cabeça em direção a uma mesa de desenho coberta com instrumentos de medida, uma variedade de lápis de cor que parecem um arco-íris e um quadrado novo de papel marfim para desenho.

— Eu desenho há anos. É uma espécie de hobby.

Caminho pelo perímetro do pequeno bairro de casas em miniatura do Gordon, passando por alguns chalés de pedra, outros vitorianos e, ainda, alguns no estilo Tudor, inglês. Perto da janela encontro um aparelho toca-discos Crosley preto, com alto-falantes. Discos empilhados em uma prateleira aguardam pelo abuso de decibéis do Gordon.

— Achei o baderneiro.

Ele se aproxima.

— Desculpe por todos os inícios e interrupções. Eu não estava conseguindo encontrar aquela música certa, sabe? Tentarei diminuir.

— Obrigada. — Pego um LP dos Rolling Stones, lar do "Gimme Shelter". — Pilar também coleciona discos. Ela está sempre à procura de uns raros.

— É chocante por quanto alguns deles saem. Tem uma loja de discos aqui chamada Farley's. É tão boa que muitos estrangeiros visitam a cidade para dar uma olhada nela. Fica na cidade, perto da High Street.

Faço uma nota mental antes de analisar o resto das obras de arte do Gordon. Talvez seja por causa da cor ou da forma, mas sou instantaneamente atraída por um desenho de uma estrutura cor de pêssego brilhante, de dois andares, com um telhado de terracota. Delicadas folhas de palmeira balançam no gramado verde acurado do Gordon, e várias trepadeiras bougainvillea cor de rosa escalam o estuque brilhante. Eu me viro para ele.

— Isto é...?

Ele levanta o queixo.

— Achei mesmo que você fosse para esse desenho. Diretamente de Miami, Coral Gables, se bem me lembro, foi da minha última visita. Gostei do estilo e das cores.

Casa. Meu coração dá um salto, como se soubesse. Então dou um passo para trás, examinando a parede inteira. Ao lado da moldura com o desenho de Coral Gables, encontro uma releitura perfeita da Owl and Crow e um bangalô no estilo Craftsman. No meio de mansões federais de tijolos e chalés com telhado de colmo, a casa de estuque cor de pêssego parece completamente deslocada.

5

Na manhã seguinte, acordo cedo demais para os parâmetros de qualquer ser humano que foi dormir tão tarde quanto eu. Depois de três dias, meu corpo ainda está ignorando todos os relógios daqui, ainda dançando nos braços do fuso horário do Leste, no qual estive durante toda a minha vida. Meus músculos rígidos protestam enquanto desço as escadas. O espelho de filigrana de ouro no saguão da Owl and Crow diz que meus olhos parecem pratos de morte que não foram cozidos até o fim.

Como está claro que não voltarei para Miami tão cedo, preciso de algo na Inglaterra que seja meu. Necessito correr. Está mais para: eu *realmente* preciso correr.

Uma coisa que de fato coloquei na mala foi meu equipamento de treino. Por cima da minha legging de correr e da regata esportiva, coloco uma blusa de mangas compridas de secagem rápida. No meu armário tem duas jaquetas de corrida (Pilar), mas raramente preciso delas em Miami. Também não preciso delas aqui.

Outras pessoas que também madrugaram passam por mim enquanto alongo minhas panturrilhas e quadríceps no saguão. Meu celular forma uma elevação no bolso de zíper da minha calça. Fui bastante cuidadosa em evitar o Instagram por semanas, primeiro por causa do Andrés, agora por causa da Stef. Mas, depois de tanto silêncio e saudades de casa, meus dedos coçam por um clique, por uma olhadinha numa página que costumava ser preenchida tanto com a minha vida quanto com a dele. *Será que o Andrés já está namorando outra pessoa?*

O pensamento se torna mais ardente, mas a minha promessa a Pilar é mais forte e paira durante todo o meu alongamento.

Prometi a Pili que iria parar de stalkear o Instagram. Prometi seguir em frente, embora seguir em frente pareça ser a última direção para a qual meus pés desejem ir agora. Mas as minhas promessas para a minha irmã significam algo, e eu odeio isso. Então, o celular permanece no meu bolso, e sigo para o alongamento de quadríceps.

Duas garotas de tranças passam gritando enquanto sobem correndo a enorme escadaria na frente de seus pais. Os movimentos rápidos da família mexem com o ar, que tem cheiro de comida de padaria. Não consigo resistir. Em vez de sair para a minha corrida, corro na direção oposta, o corredor de serviço. O rastro de carboidratos para em uma porta de empurrar ampla, que tem uma janela que permite ver o lado de dentro. A cozinha.

Qué hermosa. Ultrapassando a soleira, fica a oficialmente segunda cozinha mais bonita que já vi na vida. Apenas a visão da nossa na Panadería La Paloma faz meu coração bater mais rápido. Fileiras de pendentes industriais de vidro iluminam um espaço enorme. O balcão de preparo da cozinha é de madeira, parece uma grande ilha que fica bem no centro e está cheio da poeira dispersa de farinha branca espalhada. Meu olhar repousa sobre os rolos de massa franceses, as tigelas de vidro e os potes; prateleiras abertas acomodam louças, utensílios de cozinha e panelas de todos os tamanhos. Uma porta aberta do outro lado da sala compele para uma convidativa e ampla despensa. Dou um passo em direção ao forno de lastro; quatro pães ovais crescem e se bronzeiam como os banhistas de Miami. O *cheiro*...

Posso ter sido forçada a deixar minha cidade e ter sido enganada para embarcar nessas férias de verão. Posso estar desesperada para voltar para casa, mas *aqui* encontro um vislumbre sutil de mim mesma. Os utensílios e os ingredientes me chamam com uma voz que ouço desde pequena. Meça, misture, tempere e cozinhe — essas são minhas palavras. E, acima de tudo, esta sala quentinha e fermentada se parece comigo e com a abuela. Não me importam as condições, não serei apenas uma hóspede na Owl and Crow. Vou me tornar um de seus padeiros.

Uma porta externa de tela abre e depois fecha com um estrondo.

— Se perdeu? — A voz nas minhas costas é descarada como os gritos de papagaios, uma reclamação gratuita, repetida mecanicamente. — O salão fica do outro lado do corredor principal. No lado oposto.

Eu me viro.

— Ah, me desculpe. Você é aquela Lila. — A voz vem de uma mulher branca que eu diria ter por volta dos sessenta e poucos anos. Ela é tão alta que faz minhas sobrancelhas se levantarem, seu corpo é marcado por bordas enrugadas e linhas retas como cortes de papel. Seu rosto sem maquiagem repousa sob uma touca achatada de cabelos grisalhos, de formato circular, o que me lembra um disco voador de um filme de baixo orçamento.

— Sim, oi, eu sou Lila Reyes.

— Polly. A senhora Wallace me mostrou sua foto. — Ela vai direto à pia, para lavar as mãos. — Se você está querendo café da manhã além do que está no seu apartamento, vou preparar a refeição de sempre no salão. Em breve. — Reconheço uma expulsão firme quando ouço uma.

E, não. Plantei-me em frente a ela, a ilha de madeira se estende entre nós como uma terra rica em ouro.

— Na verdade — digo — vou passar o verão aqui.

— Foi o que ouvi.

— Minha família é dona de uma padaria. Nós a temos há mais de 40 anos.

Polly verifica um relógio digital de parede e, depois, as massas que assam nas grades do forno de lastro.

— Acredito ter escutado algo sobre isso também. A senhora Wallace mencionou um lugarzinho cubano.

Lugarzinho. Cubano. Aperto bem os lábios, para impedir as chamas de saírem. Entretanto, por mais que eu seja a primeira a detalhar meu extenso currículo culinário, respeito a "cozinha". E esta é da Polly. Terei que ser cuidadosa com a minha abordagem se quiser passar meu verão com a manteiga, a farinha e o açúcar compondo a única parte do meu coração que ficou intacta. Não entre pisoteando, vá deslizando para dentro, aos poucos. Vou ter que ser... boazinha.

Aperto meu rabo de cavalo. E sorrio.

— Senhora, hmm, Polly, experimentei seu pão e scones no outro dia. — Muito doce. — E eu estava me perguntando se eu poderia passar um pouco do meu tempo aqui. Talvez ajudar nas tarefas culinárias?

Polly coloca seu braço fino no quadril.

— Você, cozinhando para os hóspedes? Comigo?

— Bem, parece uma boa ideia!

Polly e eu viramos nossas cabeças em direção à porta. Catalina "Cate" Mendoza Wallace é uma venezuelana furtiva.

— Sério? — Polly e eu dizemos em uníssono. Mas minha voz sai com uma alegria estridente. Polly resmunga como se a Cate tivesse acabado de me entregar o último cookie do pacote.

Cate chega mais perto de nós, com seu poncho de cashmere verde-menta sobre sua calça skinny preta. Ela põe a mão no ombro da Polly.

— Eu não confiaria sua cozinha a qualquer pessoa. Lila é altamente experiente e capaz. — Cate se vira para mim. — Espero que isso ajude você a se sentir mais em casa aqui. Mas vou deixá-la sob a responsabilidade e o comando de Polly.

Eu poderia jurar que ouvi a padeira sibilar.

— Certo — diz Cate, olhando para dentro do forno e, em seguida, para os nossos rostos — agora preciso garantir que o Gordon não se atrase para o dentista, então vou deixá-las, para que decidam as tarefas entre si.

Polly pega um fichário vermelho de uma prateleira.

— Tenho 5 minutos para lhe dar o equivalente a 30 minutos de diretrizes. Como nós fazemos as coisas. — E, por *nós*, ela claramente quer dizer *ela*.

— Garanto que posso fazer qualquer receita desse fichário. — Já estou lavando minhas mãos. — E não terei problemas em encontrar os utensílios e os ingredientes.

— Veremos. Nas manhãs, preparamos uma pequena refeição com pães, geleias e frutas da estação. Tenho scones de laranja com mel e pães brancos torrados prontos para serem servidos. Em seguida, oferecemos um chá da tarde às 15h30. — Polly abre o manual vermelho em uma receita digitada e laminada. — O dia de hoje pede bolo madeira e biscoitos de chocolate.

Biscoitos de chocolate? Abuela me ensinou a arriscar muito com sabores, do jeito que ela fazia. Mas algumas misturas simplesmente não dão certo.

— Biscoitos com chocolate? — pergunto, sentindo meu nariz enrugar.

— Se você pretende cozinhar na Inglaterra, é melhor se familiarizar com os nossos *fundamentos básicos*. — Polly diz *fundamentos básicos* como se ela já tivesse me matriculado em suas aulas de culinária para o Jardim de Infância. Ela empurra o fichário vermelho para o meu campo de visão. A foto colorida mostra que um biscoito inglês é um cookie. Ahh. Certo.

— Vou preparar os biscoitos — ela diz, virando as páginas e garantindo que eu pegue o livro desta vez. Então joga um avental limpo para mim. — Suponho que possa preparar o bolo madeira. Você consegue dar conta de quatro pães de ló?

Às vezes, respeito exige informação — un poquito. Arrumo minha postura.

— Quando eu tinha 13 anos e meus pais estavam presos em Nova York, preparei e forneci um pedido enorme para a festa do nosso parlamentar. Fiz mais de mil pastéis e aperitivos cubanos, trabalhando a madrugada inteira. O *Miami Herald* até fez um artigo sobre isso. — Localizo as panelas corretas e as pego. — Consigo dar conta de quatro pães de ló.

Polly leva uma pá de padeiro, de madeira, para o forno.

— Hmmph. Os bolos finalizados dirão a verdade, certo? — Ela abre a porta de vidro e desliza a pá sob os pães ovais dourados, transferindo-os para a ilha, para esfriar.

Examino sua receita de bolo madeira. Meus olhos imediatamente encontram problemas. A proporção de açúcar para farinha está errada e… margarina? Manteiga é melhor para esses tipos de bolo denso. Óleo fica em segundo lugar. Mas margarina? Não.

— Polly? — *A cozinha dela. Não é minha cozinha. A cozinha da Polly.* — Depois de olhar sua receita, eu estava pensando se poderia fazer um bolo inglês de manteiga, que é muito parecido. É uma receita da minha abuela — da minha avó.

Ela exala um rápido sopro de ar.

— Entendo. De qualquer forma, aquele bolo madeira é o único que já servimos aqui. *Minha* avó, na verdade. Assim como todas as receitas de scones.

Ahh, a culpada foi revelada. Uma avó feliz com açúcar em excesso e um paladar nunca treinado para outros sabores. Começo a falar, olhando para meus tênis de corrida:

— Isso é muito especial, mas...

— Céus. Tenho muitas tarefas para ficar aqui discutindo. *Suponho* que você possa fazer o bolo da sua avó. — Ela levanta a bandeja. — Se você conseguirá novamente, ainda não se sabe.

Dios. Localizo alguns utensílios importantes em um recipiente cilíndrico perto da pia. Coloco o recipiente com os utensílios na ilha de madeira, o balcão de trabalho, onde padeiros realmente os utilizariam, e então me apresento ao forno. O forno de lastro da Owl and Crow é do mesmo modelo que o nosso na panadería — pelo menos uma coisa é familiar. Sei de cor os ingredientes para o bolo inglês da abuela, mas mesmo assim verifico o aplicativo de receitas no meu celular, a fim de garantir que estou convertendo corretamente as medidas para alimentar uma multidão.

Mas um iPhone na palma da minha mão, em vez de no meu bolso, significa que o Instagram instiga minha curiosidade, bem ali na minha frente. Talvez seja o jet lag, talvez seja o cansaço por causa da Polly, mas não consigo resistir a uma olhadinha antes de pré-aquecer o forno.

Meu feed geralmente abre com uma foto de uma conta de panificação ou culinária, mas hoje, não. O sorriso brilhante de Stefanie me cumprimenta enquanto ela posa na frente da Universidade de Gana, seu rabo de cavalo loiro sobre o ombro. Seus braços estão bem abertos, em fascínio, e ela parece... feliz. Sem mim. E, mais que isso, ela tinha acesso à internet e não entrou em contato comigo. Nem mesmo para dizer que estava bem.

O auge da decepção e do arrependimento me acerta logo em seguida, em outra página que jurei evitar: *Andrés Millan*. E lá está ele, sorrindo em sua nova foto de perfil, perto do canal resplandecente que fica atrás de sua casa, em Coral Gables. Dei zoom rapidamente — pele bronzeada e músculos magros, e o cabelo escuro raspado, que sempre foi o melhor corte dele. E ainda é o melhor. Preciso tirar o zoom.

Depois de uma semana, não há nenhuma foto nova, mas uma olhada em seu perfil me causa uma sensação de mal-estar no estômago. Tudo apenas... se foi. Andrés apagou uma das minhas selfies favoritas em que estamos juntos. Outras fotos minhas permaneceram, mas aquela de nós dois, à beira-mar em Coconut Grove para o jantar de aniversário dele? Puf.

Por que fui olhar? Volto para o aplicativo de receitas, mas nossa última conversa ecoa:

Não se trata de amor. Eu preciso me encontrar e descobrir quem eu sou.

As palavras de despedida de Andrés doem novamente como feridas novas. Agora ele é um garoto que está lentamente me apagando do registro fotográfico de sua vida.

Vinte minutos depois, a massa está na minha tigela, multiplicada nas proporções corretas. Pilar, o gênio da contabilidade, se deleita com toda a matemática que evito diariamente, mas a matemática de receitas é uma obrigação para mim. E essa receita está prestes a mostrar para a monarca da cozinha da Owl and Crow algumas coisas que uma garota de um "lugarzinho cubano" consegue fazer. Quatro formas de pão estão untadas e esperando. Agora, um último toque.

Um estrondo hostil soa enquanto procuro o extrato de amêndoas na despensa. Esse barulho só pode ser um cortador de grama mutante ou uma moto com a versão motorizada de um resfriado. Momentos depois, espio da despensa e vejo um garoto molhado de chuva, mais ou menos da minha idade, na minha cozinha — er, na cozinha da Polly. Uma caixa branca de encomendas que não estava lá agora repousa sobre o balcão. Antes que eu possa sequer pensar na palavra *olá*, o garoto marcha até a ilha de preparação, mergulha um dedo na minha tigela de massa e lambe.

Eu me lanço da porta.

— O que diabos você está fazendo?

Ele hesita.

— Seu dedo! Minha tigela!

— Ah. Desculpa. — É, nem mesmo uma colher de chá de desculpas é suficiente para sua estrutura de mais de 1,80m enquanto ele se inclina contra o balcão. Cabelo loiro, um tom mais escuro que fora tingido pela chuva, ondulando levemente na parte de cima de um corte curto. Ele está usando jeans desbotados e uma jaqueta bomber de couro marrom.

— Ainda não nos conhecemos. — Ele se afasta do balcão, mas o que quer que esteja no meu rosto faz com que ele abaixe a mão que ofereceu para me cumprimentar. — Orion Maxwell.

Não quero saber seu nome. Quero seu sangue espalhado sobre as cercas do jardim de Spencer, por sua indiscrição. Mas ainda resmungo:

— Lila Reyes. — Inclino minha cabeça em direção à tigela. — E isso é para os hóspedes. E se fosse uma mistura para um merengue? Até mesmo duas gotas de água do seu dedo estragariam tudo.

— É para um merengue? — Ele mexe as sobrancelhas. — Meu favorito.

— Não, não é merengue. E suas mãos. Você dirigiu até aqui em uma moto suja.

Orion acena com a cabeça em direção à pia e balança os dedos.

— Eu lavei antes de experimentar. Sempre faço isso.

— Você quer dizer que faz isso com frequência? — Meus gestos parecem uma novela. — Você simplesmente sai por aí enfiando os seus dedos nas massas das pessoas sempre que quer?

Ele chega mais perto, tão perto que percebo olhos azuis tempestuosos, uma pequena covinha em seu queixo e seu nariz afilado. Ele tem cheiro de árvores e couro úmido.

— Só se eu for convidado.

— Não me lembro de ter feito um convite.

— Percebo isso agora — diz ele. — Eu peço desculpas. É um hábito. Polly sempre me encorajou a experimentar.

Expiração dramática.

— Vou acreditar nisso quando...

— Orion. Aí está você, querido. — Polly quase levita, flutuando da porta de empurrar para o lado de Orion. — Nossos potes estão reduzidos a borras e vapores.

Ele sorri.

— Desculpe-me. Era para eu chegar mais cedo, mas tivemos um problema na loja. Como está a sua irmã?

Crack! A Polly parece um bastão fluorescente. Orion a quebrou bem no meio, e ela está radiante dos cabelos grisalhos até os sapatos ortopédicos de cozinha.

— Ela está se sentindo muito melhor, obrigada. Era apenas uma virose.

— Bom saber. — Ele aponta para a caixa branca. — Isso deve servir para você. Café da manhã inglês, chá-verde Jasmine, uma encomenda dupla de chá Earl Grey desta vez, como a senhora Wallace solicitou. Papai ainda colocou uma amostra de um novo estoque de chá Darjeeling que ele descobriu. Muito suave.

— Ah, terei que experimentar mais tarde — disse Polly.

— Não vai te decepcionar. Até logo. — Ele se move em direção à porta, arrastando seu olhar sobre mim, de pé em um avental marfim sobre roupas de correr, segurando uma garrafa de extrato de amêndoas.

— Espere. — Polly corre até ele com um pequeno saco marrom e um sorriso largo. — Biscoitos do chá de ontem.

— Obrigado, vou tentar fazê-los durar a viagem de volta. — Ele cheira dentro do saco. — Limão! Meu favorito.

Achei que merengue fosse seu favorito.

Agora ele não está mais arrastando o olhar, está plantando seus olhos nos meus, balançando um cacho de cabelo perdido em sua testa.

— Lila.

Faço um pequeno ruído evasivo.

O brilho da Polly diminui quando Orion fecha a porta, seu rosto se contraindo, mas ela diz:

— A família de Orion é dona da melhor loja de chá de Hampshire — Maxwell's. Um menino tão doce!

Certo. Doce. Despejo a massa nas formas de bolo.

— Acostume-se com a presença dele por aqui. — Ela fala irritada enquanto joga minhas tigelas sujas na pia e, em seguida, faz um grande show, movendo o recipiente com os utensílios para onde o encontrei no balcão. — É melhor não mexer no que está quieto. E isso inclui negociações comerciais já estabelecidas. Então, pelo menos tente ser agradável. Ele sempre entrega nossos pedidos em mãos, sem nenhuma taxa extra.

Perfeito. Melhor ainda. Orion enfia o dedo na minha tigela e é recompensado com uma Polly feliz *e* com cookies? Ah. Visto luvas à prova de calor, abro o forno e enfio minhas formas de bolo. E, então, bato a porta com força.

6

Minha primeira pista é o cheiro. Dizer que sei algumas coisas sobre panificação é me subestimar. Eu *sei* quando estraguei uma massa ou um bolo. O que nunca acontece. O que acabou de acontecer.

Correndo pela porta de empurrar, desligo o forno enquanto minha barriga se afunda em pavor. A área superficial das grades do forno está envolta em fumaça. Tenho que agir. Tossindo, coloco as luvas e removo rapidamente todas as quatro formas enquanto uma nuvem de fuligem — do tipo que normalmente sucede truques mágicos de baixa qualidade ou gênios escapando de lâmpadas — me envolve.

Até mesmo da horta, tenho certeza de que Polly consegue sentir o cheiro de fumaça. Os hóspedes provavelmente estão pensando que a pousada está pegando fogo. Mais tosse e palavrões à medida que o ar fica limpo o suficiente para que eu possa ver os bolos carbonizados, transformados em pesos de porta. ¿Qué pasó?

Faço a receita da abuela desde sempre, usando os mesmos tipos de panela, no mesmo modelo de forno, mas... *ah*. Minha mente acerta em um elemento-chave que conheço há anos e esqueci completamente quando pré-aqueci o forno. A Inglaterra cozinha em Celsius, não em Fahrenheit. Eu, tentando definir a temperatura para 350º Fahrenheit, aqueci este forno inglês calibrado em Celsius para mais de 600º Fahrenheit, cerca de 315º Celsius. Padrão para pizzas. Devastador para bolos.

Os passos da Polly, vindos da horta, interrompem meus pensamentos.

Enrolo meus dedos na bainha do meu avental, preparando-me para um massacre verbal que rivalize com o de mis tías, ou com o da mami quando Pilar e eu negociávamos nosso toque de recolher. O tom será igual, talvez tenha até os mesmos gestos acrobáticos. O sotaque vai variar — e as palavras, talvez.

Ela funga, limpa a garganta e se inclina brevemente sobre meu ombro.

— Pois bem — diz secamente.

Meus olhos se arregalam. Polly está no freezer. Ela se move com uma pirâmide de pequenos pães ovais em seus braços.

— Eu os deixo prontos para momentos como este — diz ela. — Pães de gengibre. Eles vão descongelar a tempo do chá da tarde.

Polly coloca os pães em uma das grades e vai direto à pia, franzindo o cenho para a minha pilha de utensílios.

— Simplesmente pavoroso! Por aqui, vou limpando conforme utilizo os instrumentos. — Ela gesticula para as pilhas de tigelas e colheres que eu estava prestes a lavar antes do fracasso dos meus bolos. — A senhora Wallace não vai gostar de todas essas pilhas de itens gordurosos e desorganizados. E se ela trouxer um convidado especial pela cozinha? — Polly vai até a porta de empurrar, castigando o chão com seus passos fortes, e resmunga: — Espero que você cuide disso imediatamente.

Tremendo, jogo meus bolos arruinados no lixo — ou, como a Polly chama: lata de porcarias. Porcaria, verdad. Passo mais tempo esfregando panelas e bancadas de preparo de alimentos. Furiosamente.

Pois bem. Essas palavrinhas me atormentam enquanto tiro meu avental. As cozinhas sempre foram o único lugar onde eu podia confiar que teria sucesso, mas, hoje, esta é o local de mais uma perda. Não consigo passar mais um minuto sequer dentro do cheiro queimado do meu fracasso. Em termos de vestimenta, já estou pronta para uma fuga rápida. Bebo meia garrafa de água e saio pela porta lateral, decidindo seguir pelo mesmo caminho que eu iria percorrer duas horas atrás.

Aparentemente, a Owl and Crow fica no bairro St. Cross, em Winchester. Navego em direção a uma trilha pitoresca que margeia o Rio Itchen, meus passos pesam com jet lag e graus Celsius. Ofego e tenho dificuldades ao longo de uma rua estreita e encharcada de chuva, repleta de casas de tijolo e pedra. O tema arquitetônico de base é: velho. Conforme a rua se bifurca, encontro a larga abertura de uma estrada de acesso principal. Os pensamentos correm com o vento; eu sabia que eles iriam. Esta não é a primeira vez que entrego minha frustração aos meus tênis e suor.

Pois bem.

A chef em mim sabe exatamente o que a reação da Polly, ou a falta de reação, significa. Chefs iniciantes costumam ser reprimidos por chefs superiores que desejam levá-los a um nível de aperfeiçoamento excepcional. Abuela me ensinou com amor, mas ainda assim ela esperava de mim nada menos do que o tipo de comida que as pessoas ficam felizes em fazer filas para saborear. Se eu fizesse algo medíocre, escutaria reclamações. E, então, me sairia melhor da próxima vez.

Aos olhos de Polly, eu não era sequer digna de palavras críticas e de um: "Eu te avisei." Se eu fosse digna, ela teria pelo menos questionado como ou por que coloquei o forno tão quente. Teria me lembrado de que cozinheiros profissionais não têm tempo para cometer erros por falta de atenção. Mas, para ela, não sou alguém que deva ser levada a sério. Sou apenas uma criança, colocando um chapéu de chef tirado de uma caixa de fantasias, brincando de "padeira" em um jogo de faz de conta.

Até as cozinhas estão me dizendo que não pertenço a este lugar.

Meu corpo está tão confuso quanto todo o resto. Correr em solo britânico é um esporte diferente. Em Miami, o calor abafado escorrega pela minha pele enquanto o Sol chicoteia minhas costas com raios muito quentes e muito brilhantes. Aqui, a dor é outra. O frio atinge meu rosto e agarra meus pulmões, tecendo barreiras dentro dos meus seios nasais. Enfio as mãos nos punhos da camisa. A chuva seguiu em frente, mas o vento golpeia as árvores, fazendo com que gotas caiam sobre meu cabelo.

Mas, então, o mapa me leva até uma trilha para pedestres esculpida por hectares de grama cor de pistache. Spencer mencionou o Rio Itchen, entre mordidas do creme de baunilha, na noite passada. Aqui, encontro o estreito canal do famoso marco histórico, que se estende em direção ao centro da cidade. A trilha segue serpenteando ao lado da água que se move suavemente. Estou sozinha. E não sei o que fazer com esse silêncio.

Minha vida em Miami é barulhenta. Mal consigo organizar um pensamento inteiro sem que tenha, ao fundo, como trilha sonora, o som de um piano e de bateria e os barulhos do cachorro feliz do meu vizinho. Vivo sob o som de gargalhadas e zombarias na cozinha da panadería. Ondas quebrando e turistas barulhentos. Minha paisagem é estrondosa, o farfalhar dos pássaros brigando pelas flores, o despertador diário dos galos selvagens.

Mas agora sou só eu, um rio, a grama molhada e o que sobrou do meu coração. Meu cérebro preenche o vazio, encenando os ruídos da minha casa. Está gritando dentro da minha cabeça que correr era algo que Stefanie e eu sempre fazíamos juntas, todos os sábados, na ponte de Key Biscayne. Também preenche os espaços com pessoas — como Andrés e eu passeando pela movimentada Miami Riverwalk, dividindo sorvete e protetor labial de noz amanteigada, minha mão enfiada no bolso de trás de sua calça jeans. Minha mente canta o contralto acolhedor da voz da minha abuela. "Mi estrellita." Minha estrelinha. "Está na hora de fazer os tamales. Ven." Venha.

Não hoje, nem nunca mais.

Dios, não há onde colocar tudo isso. De jeito nenhum posso confiar a esse verde estranho e cinza marmorizado os últimos três meses. Não importa o que meus pais pensem, Miami sabe o que fazer comigo.

E, quando a trilha chega ao fim, na cidade, fica ainda mais claro o quão longe de casa estou. Meus passos diminuem e se transformam em uma caminhada rápida. Velho... mais velho... muito mais velho. Troque a legging colada e tênis de corrida por um vestido com corpete e sapatos scarpin. Este lugar implora por isso. Quando foi que essas casas geminadas destruídas — com portas vermelhas e cheias de trepadeiras — foram construídas? Janelas ornamentadas e brasões se projetam por toda parte. Muitas das superfícies de pedra se desgastaram até se tornarem apenas ângulos afiados e superfícies ásperas; um empurrão contra uma parede assim tiraria sangue.

Ando devagar através de ruas tão estreitas que ciclistas encostariam os ombros nas paredes. Está tudo aqui: cafés, lojas, pequenas cafeterias, carros zunindo do lado errado da rua. Quando chego a uma rua principal movimentada, não estou mais me exercitando, mas, sim, em um passeio turístico. Eu também preciso descobrir onde estou.

— Lila, não é? Da Crow?

Dezenas de ruas para os meus Nikes vagarem, mas me encontro exatamente na frente da... desvio a atenção da tela do celular e olho para cima, para confirmar. Orion Maxwell está a 1,5m de distância, com óculos protetores de plástico empurrados para trás, em sua cabeça. Ele largou o bomber de couro e está vestindo uma camisa xadrez, as mangas enroladas até os cotovelos e luvas azuis de borracha.

— Oi...

— Agora você que está na minha tigela de massa — diz ele e, quando minhas sobrancelhas cedem, acrescenta: — Minha rua. — E, quando sinto meu nariz enrugar, ele sorri e aponta para o cruzamento mais próximo. — Nossa loja é logo ali.

Sigo sua mão até a fachada de uma loja coberta por painéis de madeira branca. Mesmo daqui, consigo distinguir o grande *M* escrito sobre uma folha estilizada. Maxwell's Tea Shop.

— Se sua loja é ali, por que você está...? — Está mais para *o que* ele é? Tem uma lata de spray perto de suas botas robustas, junto de um balde cheio e uma pequena variedade de pincéis e esponjas.

Uma sombra cruza seu semblante.

— A loja de Victoria foi pichada. — Ele pega um pincel e aponta para o que agora não passa de uma bolha preta e aquosa sobre uma parede de tijolos. — Teria que ter sido feito ontem à noite, e quero limpar isso antes que ela abra. Estamos achando cada vez mais desses por aqui ultimamente.

Dou um passo para trás, olhando as janelas. Manequins bem vestidos posam em várias roupas. Leio o nome gravado no vidro em voz alta.

— *Doe Sempre*. Nome legal para uma loja de artigos usados. Mas, se não é sua, então por que você está limpando o grafite?

Ele molha a escova e a leva à parede.

— Cuidando uns dos outros. É o que fazemos.

Calor — apenas ¼ de colher de chá — se acomoda sobre a minha pele úmida. Dou um passo à direita quando o Orion se afasta da parede e tenta dar um passo à esquerda. Ele se esquiva de mim habilmente.

— Desculpa — diz e pega uma esponja molhada. Ele faz um movimento circular para remover vestígios de tinta preta da argamassa.

— Notei que você, e por *você* quero dizer os ingleses, diz muito isso. — Não com licença ou me perdoe. Apenas desculpa, desculpa, desculpa.

— Outra coisa que fazemos. — Os olhos treinados na remoção de tinta, ele nem sequer olha para mim. Mas uma extremidade de sua boca se mexe. — Você está aqui a passeio, suponho.

— Sim, da Flórida. Miami. — As palavras, como a cereja no topo da minha língua. — Cate é prima da minha mãe, mas elas cresceram como irmãs. E melhores amigas.

Agora ele se vira com um único aceno de cabeça.

— Gordon é um dos meus. Então, você é venezuelana, como a senhora Wallace?

Primeiro digo:

— Cubana. — Em seguida, dou a ele a versão de 60 segundos da minha estada de verão e minha posição na Panadería La Paloma. Deixo de fora o meu desastre com o forno Celsius, a abuela e o resto da Tríade.

Um risinho baixo agita seu peito.

— E você já conseguiu se infiltrar na cozinha da Polly? Estou impressionado. Como conseguiu fazer isso?

— É o que *eu* faço.

Agora um sorriso, do tipo em que lábios rápidos, dentes brilhantes e covinhas nas bochechas equivalem a perigo. Para algumas garotas. Não para mim. Obviamente.

— Mais cedo você parecia perdida — diz ele.

— Ah, eu estava apenas decidindo se devo voltar para a Crow, ou se vou dar uma olhada em uma loja de discos vintage que o Gordon mencionou.

— Sim, Farley's — diz ele. — A pousada fica para o lado de Kingsgate ou St. Cross. São cerca de 20 minutos andando ou o mais rápido que você conseguir correr. — Ele inclina a cabeça na direção oposta pela qual cheguei. — Farley's fica a algumas ruas para aquele lado. Você gosta de discos de vinil clássicos?

— Minha irmã gosta. — Coloco meu cabelo solto sob minha tiara. — Se bem que ela ajudou meus pais a planejarem esses três meses de "férias dos sonhos", então não tenho certeza se ela merece lembrancinhas.

Ele parece estar realmente magoado.

— O que há de errado com a Inglaterra? Ou você tem algo contra Winchester em particular?

Solto uma respiração incisiva.

— Não é Miami.

— Dificilmente. Mas, do meu ponto de vista, você ficar aqui por tanto tempo contra sua vontade se deve a um de quatro motivos. — Orion joga toda a água do balde na parede. A tinta se foi. — Correção, vamos considerar três motivos. O número quatro é considerado mau agouro na China.

— Porque a Inglaterra e a China são a mesma coisa.

— Não tem problema em ser muito cuidadoso. — Ele tira as luvas. — Então, motivos. Primeiro, um problema com seu passaporte. Segundo, um problema de família. Terceiro, alguma coisa a ver com sua mãe e Cate necessitando dos seus serviços a longo prazo.

— Principalmente o segundo.

— Complicado, problemas familiares. Espera que Winchester ajude o seu? — Azul-tempestade, direto no meu marrom-chocolate.

Ah, não. Agora, não, e este garoto, não.

— Você faz muitas perguntas.

Orion joga as luvas e os óculos de proteção no balde vazio.

— Desculpa.

Minha corrida terminou há horas. Mas, meia hora depois das onze, como diria Spencer — ou Orion —, minha mente ainda está acordada, correndo para conseguir acompanhar a nova forma da minha vida.

Com um suspiro pesado, procuro o amuleto que nunca tiro. Pilar usa um colar idêntico. Quatro anos atrás, abuela os deu de presente para nós quando preparamos um de nossos pratos tradicionais dos domingos — tamales.

O amuleto é apenas a silhueta de uma pequena pomba — uma réplica dourada do logotipo da Panadería La Paloma. Na escuridão solitária, fecho meus olhos e inalo a memória da abuela enquanto ela prendia a corrente em meu pescoço. Suas mãos eram macias e enrugadas, cheirando a massa, alho e aroma de recheio de porco.

— Un regalito — disse ela para meu eu de 13 anos e para a Pilar de 17. Um pequeno presente. — O que vocês duas fizeram no mês passado pelo parlamentar Millan trouxe muita honra para nossa família e negócios. Seu pai precisa contratar outro auxiliar, porque estamos ficando muito ocupados com a publicidade. — O sorriso da abuela mostrou dentes limpos e brancos.

Pilar concordou com a cabeça.

— O maior mês em dólares da história de La Paloma.

Tudo porque não dei ouvidos ao papi quando ele ligou de Nova York, preso com a mami e a abuela em uma nevasca. Eu deveria ter cancelado o enorme pedido de bufê do pai do Andrés. Mas eu não deixaria aquele trabalho prestigioso escapar, e Pilar não teve escolha a não ser seguir minha ambição irresponsável. Assumi o comando, discutindo com funcionários e trabalhando durante a noite inteira para fazer um caminhão de aperitivos cubanos. E venci, chamando atenção até mesmo de repórteres. Por anos, continuei vencendo, garantindo meu lugar como futura coproprietária, fazendo um mapa do meu maior sonho.

Mas, nesta manhã, eu havia fracassado e perdido. A abuela me ensinou a alimentar minha cidade, compartilhando o melhor do que sabemos. Aquela na cozinha da Owl and Crow com bolos queimados não era eu. Levanto-me e desço as escadas, para alimentar a pousada com o meu melhor.

Uma hora depois, a cobertura de laranja e amêndoa, fervendo em fogo brando, se mistura com o cheiro de manteiga quente e açúcar, enchendo a cozinha da pousada. Eu a preencho também, usando o avental da abuela por cima do meu pijama.

Uma fervura rápida, minha pequena panela de cobertura borbulha. Removo a panela do fogo e a mexo para os lados, enquanto Cate espia pela porta.

—Ah. Oi. Espero não ter acordado você—digo a ela, estremecendo.

— Não foi exatamente isso. — Ela boceja e aperta mais seu roupão felpudo. — Eu precisava de um comprimido para dor e percebi que os deixei no escritório. E tive que garantir que nenhum fantasma culinário estava assombrando nossa cozinha.

— Desculpa. — Agora estou começando a soar como o Orion.

— Então, o que temos no cardápio de hoje à noite? — Ela se move em direção ao forno, espiando pela porta de vidro. Meus bolos estão quase prontos. — Lila. Os pães de gengibre da Polly estavam bons, e ela vai pensar em outra coisa para amanhã, ou, acho que para hoje, agora. Você cometeu um erro simples. Nada que precisasse de você acordada até agora para consertar.

— Não cometo erros na minha padaria — digo, olhando para a panela de cobertura que está esfriando. Mas a verdade é que, se eu não tivesse ido stalkear o Instagram do Andrés, não teria me distraído e esquecido o sistema métrico inteiro. Odeio perceber que Pilar estava certa. Odeio constatar que qualquer parte do meu erro tenha sido por causa de um garoto.

— Eu sei o que você é capaz de fazer — diz Cate. — Grande parte de West Miami também sabe. Eles não a chamam de Estrellita à toa. Mas mesmo as pequenas estrelas precisam dormir.

Pego um pincel de alinhavo.

Cate balança a cabeça em negativa.

— Você não deveria ficar acordada até tarde cozinhando apenas para acordar cedo e cozinhar com a Polly. Isso não faz bem para você. Sou responsável por mantê-la segura e saudável.

— Sim, eu sei. Para me devolver a Miami melhor do que nunca — murmuro. O rosto preocupado de Cate suaviza meu sarcasmo. — Prometo que esta é minha última maratona culinária da meia-noite.

— Ah, como prometeu que ia ver o Padre Morales, mas cancelou escondido de seus pais?

Mas é claro que a mami contou para ela. E ela está certa; cancelei meu compromisso com o nosso padre, e eles ficaram furiosos. Entendo que aconselhamento e terapia podem ajudar as pessoas. Mas eu vou decidir com quem falo e quando. Não consegui impedir a Stefanie de embarcar em um avião para a África, ou rebobinar o discurso de despedida de Andrés ou… abuela. Eu não tinha o poder de mudar a mão de Deus. Mas poderia ter controle sobre minhas palavras, meu coração, minha dor.

O forno apita. Pego os suportes de panela e transfiro meus bolos para a ilha de madeira. O bolo inglês da abuela, feito perfeitamente.

— Vou para a cama quando eu colocar a cobertura neles e deixá-los prontos para que a Polly os encontre quando vier para cá. *Prometo*.

Cate se inclina sobre os bolos.

— Então, isso é por causa da Polly.

Não. Sí.

— Ela mal disse duas palavras depois... mais cedo. Ela pensa que sou péssima.

— Não, ela não pensa isso. Polly trabalha aqui há 15 anos e tem sua rotina. Eu entendo que você queira se redimir. Mas você ficará doente se continuar fazendo isso — diz Cate. Quando permaneço calada, ela suspira. — Vou verificar se você já está de volta à cama em uma hora. E essa é a *minha* promessa.

E então estou sozinha novamente.

Me redimir? É isso que eu estava tentando fazer? Ou eu estava apenas tentando consertar a única coisa destruída e queimada em minha vida que eu sabia que poderia consertar?

Minutos depois, os bolos estão com cobertura, bem apresentados nos pratos para serem servidos e perfeitamente documentados em minhas próprias fotos do Instagram. Minutos depois disso, estou na escadaria do apartamento particular.

Cate deixou uma luz fraca acesa no corredor para mim. Na minha porta, noto algo preso contra a moldura da base. Não devo ter visto isso ao descer as escadas. Olho para baixo e vejo o desenho emoldurado de uma casa em Coral Gables. Pego a moldura e um bilhete e o leio ao entrar no quarto.

Achei que você gostaria deste quadro para o seu quarto, para lhe lembrar de casa. Nem pense em colocá-lo em suas malas. É apenas um empréstimo enquanto você estiver aqui. — Gordon

Balanço a cabeça e inclino o desenho na minha mesa de cabeceira; encontrarei o estuque cor de pêssego e o telhado em telhas toda vez que acordar. Depois de uma rápida limpeza, pego por debaixo de lençóis de marfim para tocar a minúscula porta branca atrás do vidro. Nunca tive uma casa de bonecas quando era criança. Eu brincava com colheres de pau e tigelas tinindo. Mas aqui fantasio com a minha casa dos sonhos antes de fechar os olhos. Primeiro empurro uma Stefanie do tamanho de uma boneca para dentro da porta, vestindo-a com a camiseta da Universidade de Miami. Andrés vem em seguida, com as pernas dobradas para se sentar, bebendo Coca com limão na varanda meticulosamente desenhada de Gordon. Em seguida, miniPilar e minieu, planejando nossa dominação mundial — estilo empresa familiar —, um pastel de goiaba de cada vez. Não posso me esquecer da mami e do papi, aninhados no sofá, assistindo a seu programa de TV favorito, *Family Style*. Por último, coloco a abuela. Ela entra na cozinha, onde preparamos tamales e uma centena de outros pratos. Coloquei seus pés perto da pia, bem onde a encontrei há três meses. Eu a levanto, grandiosa. Nesta casinha cor de pêssego, há vida.

7

Três jantares depois, após o (delicioso) frango assado do Spencer, que teve como acompanhamento as divagações do Gordon sobre como os desenvolvimentos residenciais de Winchester estão arruinando a amada sensação medieval de sua cidade (festival de soneca), eu me tranco no meu quarto. O relógio marca o horário de Miami, lá é início da tarde; a Pilar já deve ter terminado sua aula do curso de férias na Universidade Internacional da Flórida.

O rosto da minha irmã se materializa no FaceTime. Mais uma vez, ela está plantada no escritório dos fundos da La Paloma, que agora parece muito mais ser dela do que do papi. Da mesma forma que a cozinha se torna mais minha a cada dia que passa, mesmo que eu esteja a mais de 6.500km. Mami e papi estão interferindo menos nos assuntos da La Paloma, pouco a pouco transformando seus esforços na busca por uma nova propriedade para uma confeitaria. Em menos de um ano, todas as responsabilidades de gestão recairão sobre Pilar e sobre mim, e mal posso esperar para começar. Depois de uma rápida saudação, preciso dizer:

— Me leva para dentro.

Pilar sabe o que quero dizer com *dentro*.

— Mas, você…

— Só me leva, certo? — O olhar que diz *é metade culpa sua eu estar aqui e estou morrendo de saudades* deve estar gritando no meu rosto, porque ela expira irritada e caminha com seu laptop pelo corredor de trás.

— Depois de 10 dias inteiros, a pintura continua a mesma, e o chão também.

— Cale a boca, Pili. — Em meu passeio panorâmico, observo os sacos de farinha e de açúcar empilhados no depósito. Mais perto da cozinha, carrinhos auxiliares estão enfileirados. Agora ela vira a câmera em direção a luzes fluorescentes, e vejo a enorme pia de metal e os espaços de trabalho polvilhados com farinha.

— ¡A ver! Diga olá para a Lila na Inglaterra! — resmunga Pilar. Ouço meu apelido sob a trilha sonora de hoje da sala dos fundos, o jazz afro-cubano. Estrellita. Javi, Marta e Joe correm para a tela e me mandam beijos.

Eu retribuo, a emoção machucando minha garganta. Também descubro que meus pais estão comandando um grande serviço de bufê.

— Angelina está por aí?

— Ela está no horário de descanso. — Pili leva o laptop até uma estante de resfriamento cheia de bandejas com empanadas. Angelina seria a responsável por elas. — Ela está se saindo bem em ser você. Melhor do que bem.

— Espere. Me leve para mais perto. — Inclino-me diante do celular para ver melhor. — Eu já disse para a Angelina não se apressar com os ovos batidos, e não apenas jogá-los nas massas como se fosse uma arte abstrata. Metade das vezes, ela não os espalha direito e não chega nem às bordas. Você acha que algum dia seremos nomeados para o *Family Style* com uma comida como essa? — Nosso sonho era aparecer no programa famoso do Canal Culinário, que apresenta empresas familiares do ramo. Mas isso não aconteceria com essas massas desleixadas. — A Marta deveria ter visto isso.

Pilar vira a tela de volta para si bem a tempo de eu vê-la revirando os olhos.

— Comi uma há 15 minutos. Deliciosa — diz ela.

— Pili! Diga a ela. — A culinária La Paloma tem padrões.

— Ah, não. Não é meu território. Vou mandar Javi cuidar disso, ou algo do tipo.

Eu me jogo na minha cama de dossel.

— Mas, sério? O sabor e a textura estavam perfeitos?

— Sí, hermana. Agora, me diga que você está pelo menos indo à cidade.

— Eu tenho... corrido.

— Liiilaaa... — Pili estende meu nome, choramingando. *Liiiilaaaaaaa.* — Você acha que evitar Winchester irá mudar tudo magicamente para que você volte a Miami mais cedo? É esse o seu plano?

Ugh. Eu poderia estrangular a minha irmã e toda a sua exatidão. Meu rosto diz isso a ela. Mas, então, meu queixo se contrai, e meus olhos transbordam. Da mesma forma, eu também poderia facilmente deslizar para o lado dela em nosso sofá. Nosso local de conversas, tarde da noite, com nossos ombros encostados, comendo lanches que eu provavelmente teria feito.

Pilar cobre o rosto com as duas mãos.

— Eu lhe diria para sair e fazer amigos ou qualquer coisa por *mim.* Ou, se eu quisesse realmente ser grossa, talvez até mesmo pela abuela. Mas você não vai. Sei que você tem que querer, por você.

Ela quer que eu queira recomeçar, seguir em frente, continuar. Tantos *em frente.* Desvio o olhar por um momento.

— Quando as pessoas perguntarem, estou muito bem aqui, certo? As férias dos sonhos.

Ela franze a testa.

— Seu Instagram falso e chamativo é uma coisa. Fotos de pasteles e vistas da sua janela. Mas não vou mentir por você.

Eu queria que os pais de Andrés e de Stefanie vissem o melhor de mim.

— Pense nisso mais como um marketing criativo. No qual você é a especialista.

Ela apenas balança a cabeça em sinal de negação.

— Pili — digo, por fim. — As empanadas da Angelina eram boas, mas, você sabe, não tão boas quanto as minhas, certo?

Pilar está de volta ao escritório que em breve será oficialmente seu. Ela torce os lábios pintados da cor rubi.

— Nada jamais será tão bom quanto você e eu.

Nós desligamos, mas meus olhos ainda estão úmidos quando pego o controle remoto da televisão. Sons abafados preenchem meu quarto, mas não apertei nenhum botão. Ouço vozes fracas, vozes alegres e risonhas. Também não estão vindo do quarto do Gordon. Da janela lateral, vejo um pequeno grupo de corpos rodeando o pátio da igreja vizinha.

A janela solta um terrível grito de alma penada quando abro os vidros. As vozes param, e todos os olhos se voltam para mim. Claro, Orion Maxwell estica o pescoço em direção ao canto da pousada que dá para o pátio.

— Lila da Flórida — grita ele, enquanto seus irmãos ou amigos ou membros de um culto de chás que sofreram lavagem cerebral assistem.

Consigo fazer um pequeno aceno cortês.

— Troque essa janela por uma varanda, e você poderia se passar pela Julieta — diz ele. A cadência melódica de seu sotaque é quente, em contraste com o céu frio e escuro.

Julieta? Só se Shakespeare secretamente quisesse conceber a namorada de Romeu com um coque alto bagunçado, usando uma camiseta preta e jeans boyfriend.

— Boa *noite*, Orion e amigos do...

— Junte-se a nós.

Lanço um olhar fugaz para dentro do meu quarto suavemente iluminado. Ah, tenho tanto a fazer. Maratonar à vontade alguns episódios de *Family Style*, uma máscara facial hidratante e a tentativa de canalizar a rotina de sono regular que deixei em West Dade.

— Eu. Hum. — Minha irmã saiu da minha tela, mas ainda vejo seu rosto, já posso sentir o sorriso caloroso que ela enviaria através dos oceanos se eu lhe dissesse que não apenas saí do quarto, mas também conversei com adolescentes de verdade.

— Descer aqui é realmente do seu interesse. — Os outros voltam às suas conversas, mas Orion se afasta, dando um passo em direção à parede. — Já estive no quarto de hóspedes dos Wallaces. Sua cama está voltada para o norte, e não consigo nem começar a soletrar para você o tipo de problema que isso significa.

Acabou — já estou rindo. Não consigo evitar. A variedade de risadas da Lila estava fora de estação desde março. Eu dificilmente conseguia encontrá-la. Mas, aqui, ela brota grande e frondosa sob uma Lua amarela.

Ficar no quarto ou sair — a escolha é minha. Com as minhas condições. Ninguém está me forçando a fazer mais do que estou pronta para fazer. E, hoje à noite, também não vou mentir para mim mesma. Aquela onda de risadas brilhantes me fez tão bem quanto cozinhar. Estendo minhas mãos, cedendo.

Orion sorri.

Quase esbarro com o Gordon em nosso corredor.

Ele levanta os olhos do celular.

— Desculpa. — Outro usuário do desculpa. — Estava descendo para encontrar alguns amigos.

— Eu também, na verdade. — Quando chegamos ao segundo andar, eu já tinha contado ao Gordon sobre a minha escassa história com o Orion e o convite para sair.

— Ele te contou a história sobre sua cama ser voltada para o norte, então? — Ele solta uma risada. — Cara ridículo. Ele gosta muito de superstições. Tem um depósito de histórias em sua cabeça.

O número quatro é considerado mau agouro na China. Agora faz sentido.

— Interessante — digo, seguindo-o até o saguão. Escolhemos a porta lateral da cozinha, porque fica mais perto do pátio. Fracas luzes fluorescentes estão sempre acesas, e hoje à noite a tigela da Polly de morangos da feira espera que, amanhã de manhã, ela, ou eu, faça uma compota para os biscoitos de manteiga recheados. Já se passaram três dias desde que trabalhei para além da meia-noite, consertando meu fracasso colossal nos bolos ingleses. E a mesma quantidade de dias desde que a Polly teve que admitir que meu bolo refeito estava mais do que bom e que eu merecia um lugar em sua cozinha.

Com uma condição.

— Iremos fazer as receitas que estão no meu fichário. E apenas essas receitas — disse Polly. Se quisesse trabalhar com farinha e açúcar, eu tinha que lhe obedecer. Mas Lila Reyes de Miami não estava sem ideias. E truques.

Nesta noite, atravesso o estacionamento lateral da Owl and Crow com o Gordon. Uma placa de madeira indica que o edifício de pedra vizinho é uma das muitas Paróquias da Igreja Anglicana. Nada indica que um grupo de adolescentes não possa de maneira alguma sair para se encontrar com os amigos no pátio murado da igreja, especialmente tarde da noite.

Orion dá um tapa no ombro de Gordon e aponta para uma de minhas mangas curtas.

— Talvez você queira voltar lá dentro rapidinho para pegar um pulôver.

— Um o quê?

— Desculpa. Um moletom.

— Não preciso — digo a ele. A verdade é que meus dedos dos pés estão congelados nos chinelos, e os pelos em meus braços estão arrepiados, rígidos como a postura de um militar. Mesmo assim, não. Canalizo mentalmente as noites de verão de Miami. Calçadas quentes sob os pés descalços e brisas abafadas, ainda pesadas com o calor do dia.

Orion encolhe os ombros.

— Como quiser. — Ele se vira e diz aos outros três: — Esta é Lila. Ela é de Miami e está passando o verão na Crow. Depois de quase duas semanas compartilhando um banheiro com o Gordon, ela provavelmente já sabe que ele exagera na colônia.

A poucos metros, o Gordon envia mensagens de texto com uma das mãos e estira o dedo para o Orion com a outra.

Seus amigos estão posicionados como as pontas de um triângulo. Imediatamente, um garoto negro, ainda mais alto que o Orion, se aproxima e bloqueia minha visão. Ele estica a mão.

— Remy.

— Lila.

O sorriso do Remy é temperado com uma grande gentileza jovial, e o resto dele está usando uma camisa xadrez com as mangas enroladas, jeans curto e tênis estilo europeu.

— Espere um momento, pessoal. Eu a vi na janela. — A voz hiponasal vem de um banco de madeira. Uma garota está deitada no assento e envolve as pernas em denim preto no encosto, balançando seu Converse fúcsia de cano alto. — Quase consegui. — A garota de ponta-cabeça no banco vestiu seu corpo curvilíneo com um top elástico cinza e um colete de franjas aveludado, acentuado por um colar com um pingente turquesa enorme. Esse estilo de roupa é algo que nunca daria certo em mim, mas funciona totalmente para ela, contrastando com sua pele pálida marfim e seu cabelo loiro quase branco.

Ela fecha um caderno roxo, então fica de pé em uma manobra de um único movimento.

— Desculpa. Tenho que colocar minhas ideias no papel ou é como se elas nunca tivessem existido — diz ela e folheia as páginas. — Eu sou a Jules. Nunca Juliana.

A tarefa de atualização rápida do Orion revela que ela e Remy são um casal, que a família de Remy é dona do melhor pub da cidade e que a Jules compõe.

Orion acrescenta:

— Uma dica, preste atenção no que você diz, porque pode acabar aparecendo em uma das letras dela.

— Ele não está exagerando — diz Remy.

Um leve puxão de apreensão me surpreende. Tento disfarçar com um sorriso rápido.

— Lembrarei.

— Não importa o que aconteça, nada irá superar quando confundi a tigela de massa da Lila, achando ser da Polly, e provei um pouco — diz Orion, levando alguns segundos para detalhar a história completa, balançando sua bandeira de constrangimento por conta própria. Não sei se esse tipo de honestidade fácil e autodepreciativa é uma coisa britânica ou uma coisa de Orion Maxwell.

Quando ele termina a história, Remy dá um pequeno empurrão em Jules, que está dando risadinhas.

— Você acha que pode transformar o momento de glória do Ri em uma música?

— Acho que devo isso à música, um constrangimento como esse — diz Jules.

— Sim — digo através de uma risadinha. — Minha abuela estaria correndo atrás de você com a sandália de borracha dela nas mãos, perguntando que tipo de educação sua mãe lhe deu.

Antes mesmo de minha boca fechar, minhas palavras paralisam os rostos de todos. Orion abaixa a cabeça olhando para longe, assentindo lentamente. Remy pegou seu celular, que está tão de ponta-cabeça quanto a postura da Jules quando a conheci. A compositora estuda seu livro de letras novamente.

¿Qué hice?

Minha culpa. Eu que causei isso, mas não sei o que *isso* é.

Depois do que pareceram séculos, a Jules interrompe o silêncio:

— Então, você é de Miami? Há alguns anos, meus pais me levaram para Los Angeles, em julho. Você sabe, férias típicas. Calçada da Fama de Hollywood, Beverly Hills. Houve uma onda de calor, e minha maquiagem pingou por toda parte. Eu estava tentando passar a imagem de, você sabe, uma roqueira britânica indiferente, mas acabou saindo algo como cara de gambá de Hampshire com axilas suadas se apropria de West Beverly.

Acabei de conhecê-la, mas sinto uma necessidade repentina de assar para a Jules-nunca-Juliana cookies de "obrigada" e pastelitos de goiaba de "você salvou a minha vida".

Remy sorri de uma forma que toma o seu rosto inteiro. Orion se aproxima, seus traços rígidos e engomados, desconfortável com uma memória incômoda.

Percebo que estou inquieta e parada, esperando algo acontecer. Inquietação real, e então minhas palavras superam minha própria curiosidade e o desconforto de todos.

— Miami no verão é como pegar LA e mergulhá-la em um tanque de alcatrão fervendo, coberto por uma sauna a vapor e chuva quente. O Gordon pode te dizer, ele já... — Mas Gordon se afastou para a borda larga da fonte da estátua adormecida — provavelmente um santo — no centro do pátio. Ao seu lado, uma garota que parece ser alguns anos mais nova do que o resto dos amigos do Orion está conversando com ele. — De qualquer forma, por que vocês se encontram por aqui?

— Todos nós moramos perto daqui, e os terrenos da Owl and Crow são proibidos, exceto para os hóspedes — diz Orion. — Durante a maior parte do ano faz muito frio para nos encontrarmos em ambientes externos à noite. — Ele encolhe os ombros. — O verão em Winchester é curto. Nós nos encontramos aqui e aproveitamos nossa curta estação de clima agradável enquanto ela dura.

— Esta não é a minha definição habitual de clima agradável. — O vento noturno frio sopra sobre a calçada encharcada de chuva, uma chuva forte que caiu mais cedo. Sopra forte sobre mim. Mal consigo sentir os dedos dos pés.

O olhar do Orion analisa minhas roupas da cabeça aos pés.

— Foi assim que a senhora Wallace disse para você preparar suas malas para a Inglaterra?

Resmungo.

— Está mais para como eu disse a mim mesma como preparar as malas para a Inglaterra.

— Bem. — Ele tira um cardigã cinza de tricô, com a gola larga e botões grandes. Fora de seu corpo, é algo que um vovô britânico escolheria. Mas, em Orion, parecia que havia sido imaginado e criado apenas para ele. Casual, moderno e em perfeita harmonia com seu corpo esguio. Envergonhado, ele o estende para mim. — Ver você batendo os dentes e ficando arrepiada me deixou com ainda mais frio. Então, se você usar isso enquanto estiver aqui, na verdade me beneficiaria tanto quanto a você.

¡Ponte un suéter, que te vas a resfriar!

Dói mais à noite. E de manhã, quando estou cobrindo massas com panos úmidos, para que cresçam. E o tempo inteiro.

Ainda assim, meus membros me traem. Eles precisam de mais calor do que tenho sido capaz de lhes dar ultimamente. O casaco está em meus braços estendidos, e tem um sorriso no rosto do Orion, e, *Dios*, a lã é tão macia! No começo, apenas o coloco em volta dos meus ombros, mas meus braços cavam um túnel longo e profundo, dobrando os punhos longos sobre meus dedos como luvas.

— Obrigada. — Mas todos nós estamos olhando para Jules, que está rabiscando em seu caderno.

— Sério? Isso inspirou letras? Um cardigã e uma garota da Flórida com frio? — diz Orion.

— Não ligue para o que estou fazendo. — Jules escreve mais um pouco. — De qualquer forma, o cavalheirismo está longe de ter morrido. — Seu rosto inteiro brilha. — Cavalheirismo. Há! Isso me lembra do domingo. — Ela mexe em Remy com o cotovelo e aponta o queixo para Orion.

— Certo — diz Remy para Orion. — Meu pai está pronto para aquela, hum, coisa que você precisa para aquela pessoa na sua casa.

Jules bate a palma da mão na testa.

— Não seja tão idiota! O que há de errado em dizer que o Orion estará "recebendo"... — ela gesticula aspas com as mãos no ar — ... uma garota em casa e que o pai de Remy concordou em fornecer uma boa refeição que ele possa esquentar?

— É um bom segundo encontro — diz Remy. — Atencioso. E você já a levou ao cinema.

Acho que o incidente da tigela de massa foi uma boa referência para conhecer o rubor de Orion. Mas aquilo foi apenas uma prévia. Uma mancha vermelha de ponche de frutas, mais alta do que a música do Gordon, se espalha das bochechas do Orion até o pedaço do seu peito exposto sob o colarinho.

— Será que vocês dois poderiam gentilmente calar a...

Movimentos na forma da Garota-da-Fonte avançando em direção ao portão da frente interrompem o resto do pensamento de Orion. Seu corpo de fada se transforma em um gorro bonitinho de cachos loiros.

— Espere um momento, Flora — diz Orion. — Você não conheceu a Lila.

Flora revira os olhos e levanta o celular.

— Você pode perder 30 segundos. — Suas palavras cortam como um cutelo de carne.

Ela caminha em nossa direção com coturnos pretos Dr. Martens e jeans cinza apertado.

— Lila, essa é minha irmã, Flora.

Ahh, irmã. De perto, eles realmente se parecem, compartilham os mesmos cachos e pele clara cor de pêssego. Os olhos azuis como o oceano também, embora os da Flora guardem um tornado.

— Prazer em conhecê-la — digo.

Recebo um rápido gesto com o queixo.

— É. Aproveite a Inglaterra — diz ela, inexpressiva, e depois se direciona ao irmão: — Tenho que ir.

— Para onde você disse que vai? — pergunta Orion.

— Eu não disse.

Orion olha para a esquerda e depois para a direita antes de puxar Flora gentilmente pelo cotovelo. A metros de distância, ouço trechos de:

— "As regras não mudam só porque o papai está viajando." — Eles lançam sussurros baixos e olhares obstinados.

Os outros três foram para o banco da Jules. Gordon e Remy estão estudando a tela do celular de Gordon, enquanto a Jules escreve com a cabeça no colo de Remy e os joelhos por cima do braço de madeira, os pés balançando.

Eu me sento sozinha na borda da fonte, com o frio da superfície de pedra sangrando através da minha calça jeans, até que Orion transforma minha festa de uma pessoa em uma festa de dois. Ele se dobra ao meio, com as mãos apertadas sobre o colo.

— Ela tem 15 anos e odeia que os 4 que tenho a mais me tornem responsável por ela quando o papai está fora.

— Ele viaja muito?

— Por causa da loja. Ele faz algumas viagens grandes todo ano para lugares remotos do mundo, tentando descobrir as últimas misturas ou colheitas de chá. Agora ele está na China.

E a mãe deles? Ela deve ter algo a ver com a reação ao meu erro acidental. Mas não parece que tenho espaço para perguntar. Mal parece que eu tenha qualquer espaço. Minha mente vagueia para o que sei, ideias surgindo.

— Eu poderia ajudar também. Domingo à noite e o seu... — Meu rosto se enruga.

— O nome dela é Charlotte. — Um minúsculo revirar de olhos sobre um pequeno sorriso. — Não é um grande segredo, e meus amigos são ridículos.

— Ela mora por aqui?

— Não, mas é perto. Uma cidade vizinha. A família dela gosta dos chás da nossa loja.

— Me parece que ela gosta de mais do que apenas o chá.

O rosto de Orion se acende com um olhar de travessura e apenas um toque de caos. Os olhos azuis se concentram em algo disforme e distante, que não está cercado dentro deste pátio minúsculo.

— Sobre sua proposta?

Puxo seu casaco com força no meu peito, enterrando meu nariz no cheiro de seiva de árvore e nos resquícios da fragrância de colônia amadeirada.

— Certo. Um jantar impressionante...

— Chá. Isso é jantar. E significa um convite para uma refeição, em vez de convidar alguém para uma *xícara* de chá.

Ugh, Inglaterra.

— Um *chá* impressionante merece uma sobremesa impressionante...

— Pudim.

Um grande olhar furioso.

— Não, sem pudim. O que eu estava tentando dizer é que posso fazer um bolo ou uma massa para o seu encontro na cozinha da Crow.

— Em primeiro lugar, não há necessidade de tanto trabalho. Em segundo lugar, as sobremesas por aqui costumam ser *chamadas* de pudim. O que torna tudo ainda mais confuso, suponho, que vários pudins também sejam comumente servidos como... pudins.

Ah, minha cabeça. Não é o jet lag desta vez. A Inglaterra o tempo inteiro.

— Olha, eu poderia me dar ao trabalho. Acredite em mim quando digo que não tenho nada melhor para fazer. Também acredite em mim quando digo que meus *pudins* são legitimamente incríveis.

Orion sorri.

— Tudo bem, eu aceito. Obrigado. — Ele abre e fecha a boca, inquieto, mexendo a cabeça em vários ângulos diferentes. — Agora tenho uma proposta minha.

Gesticulo para que ele continue.

— Bem, é que, como você é nova por aqui, pode precisar de alguém para lhe mostrar um pouco das coisas e dos lugares. Vivi aqui durante toda a minha vida. — Ele aponta o polegar na direção de seus amigos. — Eles também, e as provas acabam em breve. Então nós poderíamos, hum... todos nós poderíamos... err, fazer isso. Levar você para passear.

Meu radar cubano apita. Espérate — algo está errado. Em um lado de seu jeans, os dedos do Orion se movem inquietos, e seus olhos, como um cervo evitando os passos de um caçador.

— Me levar para passear. Certo. E isso foi ideia sua?

Seus tênis devem ser muito interessantes. Ele está estudando-os tão atentamente...

— Bom, quer dizer, acho que poderia ajudar...

Solto uma risada.

— Ela te convenceu, não foi?

Ele se levanta.

— O quê?

— Sua proposta inteira parece ter sido escrita por uma mãe latina, em papel latino e tinta latina. Foi Cate, certo? O que foi? Ela entrou na sua loja ou esbarrou com você no mercado? — Quando seu queixo se contrai, recebo confirmação o suficiente para continuar. — Eu sabia!

Orion estende a palma da mão.

— Lila, eu sinto muitíssimo. — Ele balança a cabeça. — Não é tão, não sei, tão conspiratório quanto parece. A senhora Wallace mencionou você e sua estada. Foi a partir daí...

Tenho certeza que sim. Ela escolhendo o que preciso em vez de me deixar escolher o que preciso — saído direto do manual da mami para pais — apesar dos 20 anos morando na Inglaterra. Outro pensamento surge e faz com que eu queira me esconder atrás da estátua da fonte. Olho para cima, para a minha janela no terceiro andar. Julieta, até parece.

— Acho que facilitei.

Ele ofega, as mãos gesticulando como um árbitro.

— Não. — Ele se encolhe. — Droga, sei o que parece, mas a senhora Wallace não teve nada a ver comigo chamando você para se juntar a nós esta noite.

Minhas sobrancelhas se elevam.

— Juro. Aquilo foi o impulso do momento. — Ele fica sério. — Sou muitas coisas, mas não mentiroso.

Eu lhe dou um aceno resignado. Não há nada aqui que me faça duvidar de sua sinceridade. Está tão quente quanto seu casaco. E não é culpa dele ter sido arrastado para isso por uma venezuelana bem intencionada, mas intrometida.

Mesmo assim, sou eu quem decide como são meus dias e noites por aqui.

— Sobre o esquema da Cate, está tudo bem. E isso não tem nada a ver com você ou seus amigos. Eles parecem legais. Mas quanto a cumprir alguma proposta da mãe do seu amigo, não se preocupe com isso. Consigo ler um mapa. Vou encontrar os lugares que quero.

O ar escapa de seu peito.

— Parece justo. Mas você não precisa de um convite para ficar com a gente aqui. Ou em qualquer outro lugar.

— Parece justo.

Nós nos juntamos aos outros, e, tenho que admitir, não foi terrível.

Um tempo depois, me separo das risadas, do frasco de prata que o Gordon está passando, para voltar ao meu quarto. Deslizo para fora do casaco do Orion, sentindo toda a temperatura do cenário — *Temperatura que Não É a de Miami Celsius*. Penso em como congelamos alimentos para usar depois. Para preservá-los e impedir que apodreçam. Talvez seja isso que minha família quisesse. Congelar o coração de uma estrela flamejante, o corpo incandescente de um planeta, enquanto se cura.

8

Pedalo dois quarteirões em direção à cidade, em uma das bicicletas Pashley verdes da Owl and Crow, antes de desistir e dar a meia-volta, meu rosto se contorcendo em protesto. Ainda não usei nenhum dos suéteres da Pilar. E eu nem mesmo admito estar usando a jaqueta térmica preta que transferi do meu armário para o meu corpo gelado. *¡Carajo!* Recuso-me a discutir isso comigo mesma.

Como a Polly tira folga aos domingos, deixando preparada toda a comida para o café da manhã e chá da tarde já aos sábados, fui correr mais cedo, durante o horário em que habitualmente estaria na cozinha. E agora estou pedalando durante o horário em que habitualmente estaria correndo. As ruas de St. Cross são úmidas e apáticas; coros de cachorros latindo e o badalar de sinos de igreja se entrelaçam no meu caminho. O ar — limpo e doce — bate em meu rosto, e, em questão de minutos, chego ao centro da cidade e tranco a bicicleta perto do shopping a céu aberto da High Street.

Caminho pela faixa comercial, permitindo que Winchester me mostre o seu domingo. Não acredito em magia nem em lendas; mas, por alguns momentos, esta pequena cidade se torna grande o suficiente para me fazer esquecer de onde vim e por quê. É estranha — essa versão enfeitiçada de mim que se sente leve e que não está tão desesperadamente faminta pelos ontens.

No entanto, essa magia é temporária. Logo o feitiço se quebra, e volto a ser a versão de mim que sempre se lembra de coisas demais. Estou pesada e com os pés no chão quando chego à loja de discos, Farley's Records. Um sino anuncia a minha entrada em um espaço revestido por painéis de madeira, tomado por um cheiro forte de patchouli e papel velho. Os clientes circulam entre vitrines de madeira, discos bem embalados, ou navegam através de cubículos presos à parede, repletos de achados vintage.

Começo a fazer minha própria exploração, peneirando lendas do punk e do jazz e bandas britânicas das quais nunca ouvi falar. Não tenho ideia do que *talvez* comprar para Pilar. Estou prestes a abandonar este lugar pelo mercado quando uma capa de álbum antiga marrom chama minha atenção. *Orquestra Epoca*. Música de salsa. Meu interior já está dançando. Viro a capa e deixo que as memórias de uma vida inteira relacionadas à primeira música listada, "Trampas", preencha meus espaços que estão morrendo de saudades de casa com a percussão, o piano e os riffs dos instrumentos de metal.

Depois de alguns momentos, abro os olhos e noto uma jaqueta bomber preta cheia de patches e um cabelo bob, loiro e cacheado. Flora, a irmã do Orion, também é cliente do Farley's. Estou quase completamente escondida atrás de uma das vitrines. Flora está analisando um CD usado, quando um homem alto — um adolescente mais velho, na verdade — aparece em seu campo de visão. Seu cabelo preto assimétrico cai sobre metade de seu rosto. Ele está usando uma calça jeans de alfaiataria e uma jaqueta de couro verde-musgo. Não consigo ouvir a conversa deles do lugar onde estou. Seus rostos vão ficando tensos até que Flora coloca a caixa acrílica de CD de volta em seu lugar, saindo apressada pela porta da frente. Mas o garoto a segue, e Flora diminui o passo antes que eles desapareçam de vista.

Será que Orion, o irmão mais velho, sabe disso? Agora estou começando a soar como as chismosas de West Dade — digamos que são apenas pessoas aleatórias intrometidas —, que seguiam cada passo meu com o Andrés. Será que ainda estão falando sobre mim nas lojas, salões e restaurantes do bairro?

Nenhuma fofoca me segue até aqui. Posso sair e caminhar até o mercado, e ninguém conhece minha história. Claro, ainda sou a garota que carrega a tríade de perdas. Sempre serei. Mas, enquanto perambulo por essa calçada, sou apenas uma garota de 17 anos que está indo comprar ingredientes para um flan cubano. E essa parece ser a melhor parte de casa.

Flan cubano — foi isso que escolhi preparar para o Orion e a... Charlotte? Depois de toda a conversa do Orion sobre pudins na outra noite, escolhi o que é basicamente um pudim de creme chique. Os cubanos têm muitos pudins: Natilla e arroz con leche estão na linha de frente. Pudins de arroz, baunilha e canela são iguarias simples, adequadas para sobremesas a serem servidas durante a semana. Comida caseira, não confeitos impressionantes para encontros.

Mas flan é suave e sexy, e talvez até elegante. A poça de calda de açúcar caramelizado em cima brilha como ouro acobreado. Existem diversas variações de flan adaptadas de suas origens europeias. Naturalmente, preparo a versão cubana da abuela, que é um pouco mais densa e doce. Essa é uma das poucas sobremesas que faço em que adicionar um pouco mais de açúcar é melhor. E é sempre memorável.

Hoje a cozinha da Crow é toda minha, sem a Polly. Meus ingredientes estão medidos e prontos. Os ovos daqui são diferentes dos de casa, menores e mais brilhantes. Estou batendo claras reluzentes e gemas de uma cor laranja ardente, como pequenos sóis.

A porta traseira se abre, e Spencer e Cate entram com uma cesta repleta de suas colheitas da horta.

— Até mesmo em dias de folga, não dá para mantê-la fora daqui — diz Spencer.

Cate examina minha tigela.

— Flan cubano?

Misturo o leite evaporado e o condensado.

— É meio que uma encomenda especial para o Orion.

— É especial mesmo. Spence e eu não comemos um bom flan há 4 anos — Cate comenta.

Aponto para as duas formas.

— Imaginei. Estou dobrando a receita, então há um para vocês também.

— Bem, esta é uma bela surpresa. — Spencer coloca tomates e pepinos em uma tigela de madeira.

Ele deixa a cozinha, mas Cate entra e sai da despensa apressada, para pegar uma das latas de chá. Fiquei quieta sobre meu pequeno encontro com o Orion, me perguntando se ela mesma tocaria no assunto. Ou talvez ela esperasse que eu trouxesse isso à tona. E será que ela acha que esse flan tem alguma coisa a ver com sua intromissão?

— Não é à toa que o Orion não se importa de trazer em mãos suas encomendas. Definitivamente, não me parece que ele passe muitas horas trabalhando na loja, com todo seu tempo extra para bancar o guia turístico.

Cate teve a elegância de parecer envergonhada. Mas apenas por meio segundo antes de sua boca se curvar para um lado.

— Você sabe que não pude evitar.

— Imaginei que não pudesse — digo casualmente e pego meu batedor. — Eu recusei, obviamente.

— Imaginei. — Bem. Nossos olhos se fixam uma na outra até que ambas cedemos. Seu sorriso. Minha cabeça balançando e a revirada de olhos dramática.

Cate se aproxima um pouco antes de sair, seus longos fios soltos e bagunçados da jardinagem.

— Quando entrei, você estava sorrindo.

— Sempre fico feliz na cozinha.

— Unhuuuuum. — Cate estende a última sílaba para que ela perdure até mesmo depois de ela sair do ambiente.

Com ou sem sorrisos, sou totalmente profissional enquanto retorno para o meu flan. Os passos se desenrolam em uma hora com minha memória muscular. Quando a massa está pronta, pego uma assadeira e espio meu celular no balcão traseiro. Deixá-lo exposto é uma bobagem, porque ninguém me manda mensagens ou me liga aqui. Mal amanheceu na Flórida. Quem vai me enviar uma mensagem? Mas o Instagram nunca dorme.

Andrés Millan. Universidade de Miami. Entusiasta do time de futebol americano Hurricanes e do time de beisebol Marlins. Viciado em sorvete.

Era uma vez, na sua bio estaria escrito que ele era viciado em pastelitos. Viciado em Lila. Não mais. Analisar o feed dele é como mexer na casca de uma ferida. Sei que não vai sarar assim. Claro que sí, eu deveria enfaixá-lo e mantê-lo fora de vista. Mas não sou tão forte enfrentando memórias quanto sou na frente de tigelas de mistura.

A página do Andrés mostra uma foto nova de ontem, com a localização ativada em South Beach. Quase consigo sentir o brilho do Sol forte — meu Sol, não a versão filtrada, que brinca de esconde-esconde da Inglaterra. Sinto o cheiro de água salgada e de seu protetor solar favorito, Sun Bum. É uma foto com zoom em sua toalha estirada, fones de ouvido e chinelos Rainbow posicionados em primeiro plano. Na legenda está escrito: *O sábado me deixou meio...*

O sábado deixou você meio como, Andrés?

Não consigo esconder o pensamento que balança como um fio solto do avental da abuela: Andrés nunca vai à praia sozinho. Será que ele estava com amigos ou...?

Derrubo meu celular como se fosse uma batata quente.

¡Basta! Chega. Na semana passada, esses pensamentos inúteis venceram, e estraguei meus bolos e fiz papel de idiota. Uma amadora. Deixei que ele interferisse nos meus bolos ingleses, mas não vou deixar que destrua meu flan. Pego meu celular e pressiono o pequeno ícone com uma câmera, para fazer o Instagram desaparecer.

Inspiro e expiro, segurando o momento por um instante antes que ele desapareça também. Agora é hora de trabalhar.

Divido a massa entre as duas formas já preenchidas pela minha calda de açúcar caramelizado e as coloco dentro da assadeira, no meu forno pré-aquecido. Depois, o baño maria — o banho-maria. Isso fará com que meu flan cozinhe uniforme e lentamente, sem se rachar no topo. Uma chaleira elétrica apita de sua chapa quente. Despejo cerca de 2cm de água fervente na assadeira e confio o forno à ciência, que parece mágica. O tipo de mágica em que acredito.

Depois do espaguete à carbonara do Spencer com salada da horta e meu (perfeito, delicioso) flan, estou dobrando a roupa lavada e olhando pela janela ao anoitecer. Duas horas atrás, enviei Gordon, o entregador de flan, à casa do Orion, após seu juramento:

— *Sim, Lila, vou ter cuidado com o prato que tem a redoma de vidro e não vou deixá-lo cair.*

Depois do som de uma notificação, a janela do FaceTime pisca na tela do meu laptop. Meus pais estão na mesa da cozinha, juntos, na frente do computador de papi. Fora da câmera, a TV reproduz a música-tema viciante que pertence ao programa *Family Style*. O Sol do início da tarde de Miami ilumina suas costas.

Esta não é nossa primeira conversa, claramente. Mas nossas palavras iniciais ainda são hesitantes. Nós não somos *nós*... não temos sido desde que perdi meu mundo e eles me enviaram para o outro lado dele, para tentar juntar meus pedaços.

— Aí está minha linda garota — diz papi. Mas seus olhos castanhos encobertos falam outra verdade. *Será que um dia você voltará a ser a Lila que conhecíamos?*

— Vocês parecem estar muito bem — digo. Tão banal. Tão superficial. Consigo sentir o cheiro da cozinha através da tela. Laranjas e goiabas, borra de café, mas não tamales. Eles conseguem ouvir isso através da tela? Será que conseguem ouvir o que estou realmente gritando? *Vocês não vão comer tamales até eu voltar! Pilar, Stefanie e eu fazíamos com a abuela aos domingos. Depois Pilar, eu e Stef. Agora duas dessas adições-chave se foram, e Pili não os fará sem mim.*

Mami pergunta:

— Agora que está estabelecida aí, você tem tudo de que precisa? — *Você conheceu pessoas novas? Você está se encontrando?*

Preciso que a Stef volte da África e fale comigo. Preciso que o Andrés perceba que pode se encontrar e ainda me amar. Preciso...

— Mandem goiabada. Eles não vendem em Winchester e é caro online. E café cubano. Há um bilhão de cafeterias aqui, mas o expresso não é o mesmo. E também tem toda a coisa dos chás. — Penso no Orion.

— Me dê até segunda para arranjar a guayaba — diz mami. — A Stop and Shop fará uma promoção.

Foi como se a própria abuela tivesse entrado direto na nossa conversa. Ela sempre insistiu que sua poupança fora construída sobre um princípio frugal de cada vez.

— Na próxima semana está bom, mami. — Uma pequena maneira de honrar seu espírito.

Papi conversa por mais alguns momentos e depois me manda um beijo de despedida, indo para La Paloma, mas mami permanece.

— Precisa de mais alguma coisa?

— Uma passagem de avião.

— Lila. — Minha mãe chora com comerciais de comida para filhotinhos de cachorro e com garotinhas adoráveis que vêm da igreja para comprar doces e pastéis em vestidos fofos. Suas mãos se levantam, batendo em direção ao peito, como asas. Rosto contorcido, seus olhos transbordando, e as palavras verdadeiras vêm agora, ousadas com sua própria dor, fortes com a maternidade. — Ainda? Você *ainda* acha que queríamos mandá-la para a Catalina? Você acha que não entendemos o quão difícil é essa separação? Sentimos sua falta.

Mas nada disso é suficiente para me colocar em um avião de volta. E eu não sei por quê, mas só agora percebo algo: três perdas, três meses. Isso foi ideia da Pili? Ela me conectou a algum de seus algoritmos de contabilidade, reconciliando a irmã que ela conhece e ama?

— Você terá sua passagem em breve. Prometo. — Mami respira fundo. — Mas há algo de bom por aí, certo? Cate me disse que você descobriu a cozinha.

A palavra *cozinha* é a única coisa que me impede de desligar a chamada.

— Top de linha — digo, lembrando-me de que mami estava aqui há dois anos, quando papi a surpreendeu com uma passagem de presente de aniversário. — Mostre-me lá fora. — *Mostre-me minha casa. Minha vizinhança, meu mundo.*

Minha mãe é uma daquelas bonecas de pano em que o vestido e a cabeça podem ser alterados para mostrar duas emoções opostas. Boneca de rosto triste, boneca de rosto feliz. O rosto choroso da mami pode facilmente mudar para um rosto travesso que diz *tenho novidades.* Esse último preenche minha tela. Em seguida, ela liga seu computador para que eu possa espiar através da grande janela da cozinha.

— Talvez eu não devesse dizer isso.

Revirando os olhos internamente.

Nem dois segundos depois, ouço:

— Vi a Angel saindo da casa do Chany. — Ela se inclina para frente. — Sí, era cerca de 7 da manhã.

— Interessante. — E talvez eu só esteja meio que dando atenção à conversa sobre a ex-namorada do meu vizinho, porque estou olhando para a nossa rua através da pequena janela no computador.

Mami continua, fragmentos de sua atualização se tecendo em minhas memórias.

— Óyeme, a Señora Cabral tirou a vesícula biliar...

Crianças jogando beisebol na rua antes da hora do jantar. Galos selvagens correndo soltos e nunca me deixando dormir até mais tarde. A filha de Gloria praticando saxofone na garagem.

— Vi a mãe da Stefanie na Dillard's outro dia. Eu não subi, mas...

O bebedouro para beija-flores, as mangueiras e Andrés em seu Camaro prateado, estacionado a três casas de distância, me beijando.

— Mami, eles ainda estão... — digo baixinho. — Eles ainda estão falando sobre mim? — Sobre Andrés e Stefanie? Como uma garota conseguiu perder tantas pessoas em tão pouco tempo?

— Cariño, não se preocupe com essas coisas.

— Mas o que você... — Sou interrompida por batidas estranhamente persistentes na porta. Cortei minha linha de raciocínio e a conexão com um adeus, jurando questionar Pilar sobre as fofocas mais tarde. Encontro o Gordon do outro lado da minha porta.

— Jules e Remy estão lá fora. Chamando por você — diz ele. — Na verdade, por nós dois, mas especialmente você.

Eu? Encolho os ombros e sigo o Gordon pela escadaria privada. Ele dispara à frente quando chegamos ao saguão, tirando Remy e Jules do frio da noite.

Jules tira os braços de uma capa com uma estampa de leopardo branco, enviando mensagens de texto furiosamente enquanto acena para mim.

— Orion acabou de mandar uma mensagem — diz Remy. — Houve um pequeno contratempo na casa dele.

— Me diga que ele não derrubou o flan — falo.

— Está mais para: o encontro dele caiu no chão e quebrou — diz Jules, colocando o celular no bolso de sua calça jeans. — Charlotte cancelou. Disse que estava doente.

— Mas isso não é nem o pior. Teddy… ele trabalha na loja Maxwell's… viu a Charlotte entrando em um café em Twyford com algum outro cara, que estava babando por ela — diz Remy e se vira para mim. — Essa é uma cidade próxima. Ele contou ao Orion agora mesmo.

— Bem, isso é uma droga mesmo — diz Gordon.

Jules nota meu recuo exagerado e continua:

— Exatamente. E é por isso que todos nós estamos indo para lá agora. Distração. O pai de Remy enviou porções gigantescas de rosbife, com batatas e legumes. E ainda tem todo aquele pudim que você fez para eles.

— O que só iria lembrá-lo de sua noite arruinada — diz Remy gravemente.

— Gordon e eu já comemos. Acabamos de comer flan também.

— Lila, você realmente quer que seu flan se torne um símbolo de tristeza? — pergunta Gordon. E depois diz aos outros: — O flan dela é completamente espetacular. Além disso, não podemos deixá-lo sofrendo sozinho.

Eu cedo, mas me examino. Estou um desastre com calças de ioga, chinelos e uma camiseta longa. O espelho me mostra meu cabelo em um coque de ninho de pássaros.

— Me deem 5 minutos.

Nossa pequena equipe de distração faz uma caminhada curta até a casa de Orion. Embora Orion tenha rejeitado a ideia a princípio, no momento em que chegamos à rua próxima, alinhada com estreitas casas geminadas de tijolo, ele já está na porta, os braços cruzados sobre um suéter azul-marinho. Meias de compressão aparecem na soleira.

— Entrem, então. — Orion se move para o lado, e seus amigos invadem a casa. Jules tira a capa e vai direto para o home theater de Orion. Uma música eletrônica grave enche a sala de estar.

Fico para trás enquanto o Orion tranca a porta, sentindo a linha do baixo vibrando sob o piso de tábuas de madeira.

— Eu sinto muito.

— Obrigado. — Seus olhos percorrem a sala. — Mas às vezes as coisas são assim. Ou na maior parte do tempo — acrescenta quase como se estivesse acostumado com decepções. Mas então ele abre um sorriso. — De qualquer forma, bem-vinda.

Depois de duas semanas dentro dos espaços amplos e altos da Owl and Crow, a casa de Orion parece mais aconchegante. Vagueio dentro dela. Uma escada estreita aparece logo diante da porta da frente, perfeita para alguém tentando entrar ou sair furtivamente, sem ser percebido. A sala de estar é tomada por uma iluminação suave, tapetes persas e móveis desgastados de couro bordô. Paredes limpas e brancas apoiam estantes cheias e colagens emolduradas. Eu me aproximo de uma. Fotos em preto e branco mostram a Grande Muralha da China e uma floresta infinita de bambu. Pores do sol no deserto e seções abstratas de pontes e monumentos. É como se o mundo estivesse nessa parede.

— As viagens do meu pai — diz Orion atrás de mim.

— Você já foi com ele?

— Não para tão longe. — Ele aponta para uma foto de uma montanha plana gigantesca. — Montanha da Mesa, na África do Sul.

— Ri, arrumamos tudo — chama Jules da cozinha. — Não consigo segurar esses bárbaros por muito tempo.

— É melhor se apressar caso seus amigos sejam de algum modo parecidos com a minha família — digo.

Em menos de 5 minutos, Jules e Remy conseguiram arrumar artisticamente pratos de comida reaquecida no balcão do Orion. Eles se movem pela cozinha como se pertencessem a esse lugar. O rosbife fatiado com cobertura espessa de ameixa, as pequenas batatas com ervas e os legumes assados cheiram quase tão bem quanto sua aparência.

Remy entrega um prato a Orion.

— Você primeiro, e nós pegamos o que sobrar.

— Como animais de fazenda. — Gordon me entrega um prato e pega um para si. — Deveríamos guardar um pouco para a Flora? — Ele estica o pescoço. — Afinal, onde ela está?

— Na casa da Katy, para comer pizza e fazer o que quer que seja que elas façam — diz Orion, enchendo seu prato com as iguarias do pai de Remy. — Ela pretendia sumir enquanto, você sabe… mas ela tem toque de recolher.

Não estou com fome, mas ainda assim pego um pouco de tudo antes de me juntar ao Orion em uma mesa redonda de fazenda. Jules puxa uma cadeira sobressalente da parede. Ela a vira, de modo que a parte de trás do encosto fica contra a mesa, depois monta na cadeira como se fosse um cavalo. Será que em algum momento essa garota senta em cadeiras de maneira normal?

Remy e Gordon são os últimos, colocando na mesa cinco garrafas geladas. Leio o rótulo — Sidra Oldfields — e me lembro de que aqui o Orion já tem idade suficiente para comprar álcool. Eu sou novata na sidra alcoólica. Meu primeiro gole é uma explosão de felicidade com toques de maçã, lúpulo e um sabor azedinho. A sidra é perfeitamente equilibrada, como qualquer sobremesa adequada.

Não demora muito para que Jules se familiarize profundamente com a dela. Ela aprisiona um arroto em silêncio, mas seu peito ainda estufa com ele.

— Um brinde — diz Orion, segurando sua garrafa — aos amigos que não escutam quando você diz que precisa de espaço, seus muppets idiotas intrometidos.

Risadas por toda parte.

— À Jules, por ter esquecido seu caderno de músicas na correria até aqui — diz Remy, e os brindes alternam entre goles, com o Gordon saudando a comida deliciosa do pai de Remy, e Jules dando créditos a Remy por suportar seus surtos criativos temperamentais.

Todos os olhos recaem sobre mim, a garota nova, com a sidra nova e feridas antigas. Tento mantê-las fora da mesa. Elas não pertencem a amigos como esses, que largam tudo por um dos seus.

— A ter uma opção melhor do que ficar assistindo Netflix — digo.

Quatro garrafas vêm em direção à minha. Bebo de novo, me sentindo quente com a maçã azeda e efervescente.

— Mas um verão inteiro — diz Jules, depois de engolir seu rosbife — sem seus amigos de Miami. Você deve sentir muita falta deles.

— Eu... — Tenho certeza de que não consigo esconder a onda de amargura que me invade.

— Especialmente aquela garota? A loira que sempre estava por perto quando visitávamos — diz Gordon.

— Stefanie — respondo.

— Isso. Ela não poderia vir aqui de visita por pelo menos parte do tempo?

Ela não poderia ter me contado seus planos de mudança de vida? Ter sido honesta?

— Não quando ela está em uma vila remota em Gana.

As sobrancelhas se erguem, os garfos descansam, e, mais uma vez, ninguém força arrancar detalhes do meu coração. Se eu falar, a escolha é minha. Adicione álcool e o aconchego do pequeno recanto da cozinha — isso me abre. Eu me viro para o Orion.

— Não querendo me apropriar da sua noite nem nada, mas ainda assim, minha amiga me abandonou pelos próximos 2 anos. — Dou-lhes uma introdução de 10 segundos sobre La Paloma e sobre como praticamente cresci na cozinha da padaria. — Stefanie deveria estar lá comigo, como sempre estivemos desde que éramos crianças. Seu plano era estudar enfermagem e trabalhar conosco meio período. Estávamos pensando em comprar nosso próprio apartamento ano que vem.

Mas esse plano esfriou e mudou para uma receita completamente nova. Conto ao grupo sobre seu trabalho voluntário como auxiliar médica.

— Isso é gigantesco — diz Orion. — Ela não falou nada mesmo sobre a África?

— Eu não fazia ideia. A família dela ia à minha padaria duas vezes por semana, e nada. Não sabia de nada até o dia em que fui à casa deles e vi a enorme mochila e o passaporte de Stefanie em sua mesa. Ela disse que eu teria tentado impedi-la de ir. Mas eu teria apoiado e dado a minha bênção. — Tenho que forçar essas últimas partes para fora. Elas querem grudar como mel no fundo da minha garganta.

Jules pergunta:

— Como vocês deixaram as coisas?

— Quebradas. — A única palavra que se encaixa.

O tempo rasteja. Consigo realmente ouvir o tique-taque, tique-taque do relógio de parede acima da minha cabeça. É oficial. Eu não deveria fazer parte da pequena equipe de distração. Sou Lila Reyes, padeira deslocada de Miami e genuinamente assassina da diversão. Não viemos aqui para animar o Orion? Lamento por dentro e dou um pulo.

— Flan?

Jules abre um sorriso meio de palhaço, e os garotos se sentam mais eretos em suas cadeiras, os olhos brilhando. Flan, a única palavra de que preciso.

9

Meu prato de flan com a redoma de vidro está na prateleira de cima da geladeira do Orion. Descubro e apresento o creme redondo e amarelado, com cobertura de caramelo. Tem cheiro de calorias e pecado.

Orion pega a primeira fatia e olha para ela com um ar sonhador, quase adoração. Imagino que seja o olhar que a Charlotte esteja perdendo no momento, ébria em confeitos e produtos de panificação cubanos. E agora se volta para mim, olhos azuis como o inverno e boca macia.

— Isso é incrível. Você nos conhece há apenas alguns dias e ainda assim se deu a todo esse trabalho.

— É o que eu faço — digo a ele e vejo seu sorriso tímido se transformar em um sorriso aberto.

Distribuo os pedaços restantes, esquecendo-me de que o Gordon já havia comido duas fatias na Crow e prudentemente me lembrando da minha fatia. No entanto, não consigo resistir a outro pedaço aqui.

Os outros comem, e gemidos de verdade se sobrepõem à música.

— Vocês precisam de um quarto privado com seus flans? — Com baunilha aveludada gelada e calda de caramelo doce se apropriando de cada mordida.

Remy diz:

— Desculpe o nosso êxtase, mas…

— Meu *Deus*, quer dizer, é semelhante aos nossos cremes tradicionais. — Jules se interrompe com sua colher. — Mas é como se você tivesse infundido a massa com um ataque de beijos ardentes.

Todos nós rimos.

— Nenhum tipo de beijo fez parte da preparação do seu flan. — Infelizmente, nenhum tipo de beijo fez parte do meu passado recente também.

Mas realmente gosto de ver pessoas amando minha comida. Eu me concentro nisso até que várias porções demolem a maior parte do flan. Começo a empilhar pratos vazios para ocupar minhas mãos, mas a Jules me impede:

— Nada disso, Lila. Os cozinheiros não lavam a louça na minha família.

Os meninos também ajudam, então, me levanto e atravesso a sala de estar adjacente. Eu havia deixado minha bolsa em um banco de piano de ébano. Pego meu celular; é início da tarde em Miami, mas ninguém me mandou mensagem. Também não há e-mails importantes ou chamadas perdidas, como é o estado normal do meu celular. Oficialmente me perdi para a Inglaterra.

— Lila?

Eu me viro. Orion está estendendo outra sidra alcoólica para mim como uma oferta de ouro líquido.

— Já bebi o suficiente, obrigada.

Remy joga um pano de prato para Gordon.

— Mamãe ligou. Um dos funcionários do pub precisou ir para casa porque estava doente, então vou precisar assumir o turno dele. — Ele aponta para a sidra e diz a Orion: — Beba outra por mim? E mantenha a cabeça erguida, cara. — Ele destranca as fechaduras e elogia meu flan uma última vez.

Jules pega uma bolsa-carteiro cinza e, em seguida, coloca a capa com estampa de leopardo branco sobre os ombros.

— Espere, querido. Também vou, para ajudar. Fico incrível naqueles aventais listrados.

Remy segura a porta.

— Ela só quer cantar grandes clássicos do rock com os cozinheiros.

Gordon é o próximo a ultrapassar o limiar da porta do Orion, acenando exageradamente para nós dois.

— A droga da prova de literatura me chama — diz ele. Começo a segui-lo, mas ele continua: — Você levará a Lila para casa, então, Ri? Alguém tem que ficar um pouco, para se certificar de que você não vai se dissolver em uma poça das suas próprias lágrimas.

— Sempre otimista — diz Orion. E depois acrescenta: — Espere aí, Gordy. — Ele para seu amigo na varanda.

Sozinha e aparentemente ficando aqui por mais um tempo, estudo o piano erguido contra a parede da escadaria. *Bösendorfer*, diz o logotipo escrito em dourado. Arranhões suaves marcam o acabamento liso de ébano fosco. Os encaixes de bronze escureceram, e as teclas, embora em perfeita ordem, apresentam uma leve tonalidade amarelada. Esse piano é muito amado e usado.

Por mais intrigante que o instrumento seja, a série de fotos emolduradas em cima dele é que chama minha atenção. A primeira foto mostra uma noiva e um noivo sob um caramanchão floral. O homem poderia ser Orion — o mesmo corpo esguio, mas sob um fraque cinza, e o mesmo cabelo loiro escuro com a promessa de cachos nas pontas. Segurando seu braço, está uma mulher magra e delicada em um vestido de noiva de renda marfim. O cabelo loiro cai para trás, e um buquê de rosas desabrocha em suas mãos. Os pais de Orion — tem que ser. Ao lado dessa moldura, está uma foto de estúdio da mesma mulher, equilibrando um garotinho sentado em sua perna e um bebê em um vestido com babados nos braços. Por último, há uma foto de família contra um fundo tempestuoso de grama e uma praia rochosa. Pego a grande moldura de prata. Os Maxwells aparecem juntos em um amontoado de lã e tweed sob um céu cinza. Orion parece ter cerca de 10 ou

12 anos, e a pequena Flora se agarra ao lado da mãe, seus cachos de Sol caindo pelas costas.

— Irlanda. Falésias de Moher, no Condado de Clare.

Olho para o Orion, sua família em minhas mãos. Seu rosto fica tenso como se estivesse lutando contra o peso das histórias não contadas. A curiosidade vence a polidez, e pergunto ao garoto que acusei de fazer muitas perguntas:

— Ela é sua mãe?

Ele pega o quadro. Acena com a cabeça em sinal afirmativo.

— Minha mãe.

— Ela... se foi? — *Como a abuela?*

Eu não esperava a maneira com a qual sua boca se comporta, dobrando-se de maneira irônica e descentrada.

— Sim e não.

— Ela foi embora? — *Como Stefanie?*

— De certa forma. — Ele recoloca a foto lentamente, quase com reverência. — Mas não da maneira que você pensa.

Qual é o meu problema? É como se eu tivesse me tornado o outdoor de exposição de almas ultimamente?

— Sinto muito. Eu não deveria ter perguntado — digo através de uma respiração irregular. Pego minha bolsa no banco rapidamente. Meus olhos se arregalam. As fotos. A parede das viagens de seu pai. Cozinha. Porta da frente. — Eu deveria ir. Posso ir sozinha...

Orion dá um passo à minha frente e gesticula para o sofá.

— Por favor, sente-se. — Um grande *Posso?* aparece em seu rosto enquanto ele hesitantemente pega minha bolsa preta, colocando-a no banco. — Fique. Está tudo bem, Lila.

Eu aceno, concordando, e afundo em um couro bordô grosso.

Orion pega sua sidra em um aparador.

— Não vai beber nada? Tem certeza?

— Talvez só água.

Ele está de volta com um copo de cristal gravado. Desliga a música e se senta, uma almofada entre nós. E não diz nada.

O silêncio parece uma eternidade. Levanto meu copo em direção à garrafa em sua mão.

— Então. Um brinde? — Torço meu nariz. — Ou isso é estranho?

Ele se esquiva da minha tentativa, mas a sala silenciosa volta ao ritmo.

— Na verdade, isso pode ser letal para nós dois, de acordo com os gregos antigos. Os mortos costumavam beber do Rio Lete no submundo, para esquecer suas vidas passadas. Então, os gregos sempre brindavam aos mortos com água, para marcar a viagem através do rio para o submundo. — Ele gesticula amplamente. — Como resultado, brindar a alguém com água é considerado o mesmo que desejar má sorte para a pessoa e para você mesmo ou até para a morte.

— Uau. Ok. Sem brinde, então. Mas todas essas superstições sobre as quais você está sempre tagarelando… você não acredita realmente nelas. — Estreito meu olhar. — Certo?

Ele hesita, parecendo extremamente ofendido.

— Ei, e se eu acreditar? Seria tão ruim?

— Hum, sério?!

— Sim, é sério — rebate ele.

— Existem toneladas de superstições vindas de centenas de culturas diferentes. — Minha mão livre se agita. — Algumas delas provavelmente se contradizem. Se acreditasse em todas elas, você literalmente não faria mais nada! Quer dizer, camas viradas para o lado errado, não pisar em rachaduras, não passar por debaixo de escadas e gatos pretos traiçoeiros, e isso apenas nomeando algumas!

Orion me olha, um diabinho em seu rosto.

— Sua voz aumentou cerca de dois decibéis bem aí.

Bem. Ele me fez cair direitinho. Minhas bochechas parecem duas maçãs do amor quentes, sem necessidade de olhar no espelho.

— Então *você* estava apenas tentando fazer aflorar o meu... não direi *cubano*, porque nem todos os cubanos têm temperamentos vulcânicos. — Faço uma careta para ele: mais um sorriso exagerado do que qualquer outra coisa.

— Sem pressuposições. — Outro gole. — Na verdade, eu só estava tentando dar uma de espertinho. Como sempre. — Quando meu sorriso se curva em um rosnado brincalhão, ele acrescenta: — E, não, Lila. Sobre as superstições, gosto mais de colecioná-las. Um tipo de hobby. Também gosto das histórias por trás delas. — O osso de seu ombro aparece. — Gosto disso há anos, desde... — Ele corre para uma estante de cerejeira, voltando com uma foto, e mantém o assunto emoldurado em direção ao peito.

— Eu não estava sendo evasivo sobre minha mãe ou tentando fazer você se sentir mal. É uma longa história. Mas vou lhe contar o básico.

Coloco meu copo em um porta-copos, balançando a cabeça.

— Sete anos atrás, ela foi diagnosticada com um tipo de demência de início precoce chamado de DLFT — Degeneração Lobar Frontotemporal. Eu mal tinha completado 12 anos, e a Flora tinha 8. E a mamãe tinha apenas 42.

Sua revelação mergulha pesado dentro de mim, girando em um caos silencioso, afastando os golpes provocadores de apenas alguns momentos atrás. Minhas palavras mudam.

— Eu sinto muito. — Vem facilmente. — Ela está aqui? No andar de cima?

— Não mais. Papai queria que ela ficasse em casa pelo maior tempo possível. Tivemos cuidadores saindo e entrando durante anos. E em meus últimos 6 meses de escola, eu estava estudando em casa, para poder ajudar. — Ele olha para frente agora. — Mas, cerca de 9 meses atrás, a doença já estava muito avançada. Nós a transferimos para um lar de cuidados especiais, onde eles cuidam muito bem dela. Eu a visito quase todos os dias.

Ele coloca a foto em minhas mãos.

— Esta foi uma das últimas fotos que papai fez dela antes do diagnóstico.

Engulo a seco o nó em minha garganta. Sua mãe está linda no suéter creme e com o cabelo loiro claro caindo sobre os ombros. Orion tem os olhos dela, e fico perdida ao ver esta mulher, sua mãe, parada sob uma flor de cerejeira desabrochando.

— Oh, Orion, ela é…

— Ela é tudo. — Sua voz falha. — As flores de cerejeira em Londres eram suas favoritas. Flora recebeu esse nome por causa delas. Mas ela já não me conhece mais, nem o papai e nem a Flora. Já não sabe mais nem seu próprio nome.

Minha boca se abre para oferecer algum tipo de consolo, extraindo do lugar onde minha própria perda cresce, quando a porta da frente se abre.

Flora entra, trazendo consigo uma rajada fria atrás dela. Quando me vê, seu semblante fica branco com o que poderia ser dúvida; claramente não sou Charlotte de Twyfold.

Orion dá um pulo.

— Oi, Pink, você quer um pouco do flan de creme incrível que a Lila fez? — pergunta ele, como se estivéssemos discutindo filmes ou música ou qualquer coisa, exceto a mãe deles. Também percebo o apelido da Flora. Pink por causa das flores de cerejeira? Talvez. Mas seu traje preto e cinza é o oposto de rosa *ou* floral.

Flora já está a ⅓ do caminho para o andar de cima, subindo as escadas, um pouco antes de dizer um *Não, obrigada*. Orion se aproxima, sussurrando por cima do corrimão. E, então, ela desaparece.

Ele se vira, inclina a cabeça e agarra a massa de lã cinza escura pendurada no corrimão. É o cardigan que usei na outra noite, no pátio da igreja.

— Aqui. Você está tremendo.

Os pedaços de antebraço visíveis sob minha blusa de manga ¾ cor de ameixa estão completamente arrepiados. Percebo que não estou com tanto frio quanto estou sobrecarregada. Mas troco a moldura da foto pela lã macia e a coloco em volta dos meus ombros.

— Obrigada.

Orion substitui a foto, desta vez pelo piano.

— Era da mamãe. Ela era uma pianista incrível. — Ele chacoalha a cabeça. — Foi assim que suspeitou de que houvesse algo errado no início. Músicas que havia memorizado há anos e que tocava o tempo inteiro, bem, ela começou a se esquecer das notas.

— De qualquer modo, apenas 42 anos. É difícil pensar nisso acontecendo com alguém tão jovem.

Orion se senta, desta vez mais perto.

— É mais comum do que deveria ser, em termos médicos. Mas você nunca imagina que vai ser com você ou com a sua família. Especialmente quando tem 12 anos.

— Você deve ter tido que amadurecer muito rápido.

Um único aceno de cabeça.

— É por isso que me apeguei às superstições. Como um escape mental, não como um código de conduta. Papai e os médicos tentaram me ajudar e me informar, sempre de maneira muito franca sobre o que estava acontecendo, mas havia muito mais coisas por dentro. Confusão e amargura. Colecionar me deu uma distração. Superstições explicam ou dão sentido a algumas coisas que não podemos entender. — Orion pega a sidra e passa o dedo pelo seu lábio. — As culturas aprisionaram essa confusão em objetos ou noções relacionáveis. Trouxe às pessoas uma sensação de fechamento, resolução e, talvez, algum controle.

Algumas coisas que não podemos entender. Como Stefanie pode compartilhar um passado comigo, mas não pode confiar em mim sobre seu futuro. Como Andrés pode dizer que ainda me ama, mas não pode ficar comigo. Como a abuela se foi cedo demais.

— Minha família também tentou me ajudar. — E aconselhar, cuidar e mimar. — Mas eu não aceitei, então, eles me mandaram para cá.

Orion se inclina para frente, as mãos cruzadas.

— Ainda assim, três meses. Tudo por causa da sua amiga?

— Eu gostaria que fosse só isso. — Mordo minha bochecha.

— Entendo. Bem, sobre a minha mãe, parece ter mil anos de história. Mas eu lhe dei a versão altamente resumida. A mais simples, se é que podemos chamá-la assim.

Eu o espio com um olho obstinado.

— Você quer dizer que eu poderia te dar a versão rápida e fácil da minha história, como quando você compra uma mistura para bolo já pronta em mercados, em vez de preparar e assar algo do zero?

— Você poderia, sim. — Ele aponta para mim. — Mas aposto o meu próximo salário no fato de você nunca ter usado uma mistura para bolo já pronta. E que também nunca irá usar.

Minha boca se abre, apenas para respirar.

— Tudo bem. Eu consigo formular a versão altamente resumida. — Vejo-me dizendo. Tenho segurado todo o trauma da última primavera com toda a minha força. Mas, assim como foi mais cedo com os amigos do Orion, ninguém aqui vai transformar meus assuntos pessoais no próximo pedaço de chisme da vizinhança. Ninguém me julgou ou se prolongou demais em cada palavra e movimento meu. Orion acabou de compartilhar a história de sua mãe comigo. Ainda estamos dentro desse espaço pequeno e silencioso. Um lugar que parece… seguro.

Então eu começo.

— Chamo isso de Tríade. Stefanie é apenas uma das extremidades. Quanto aos outros dois, meu namorado de 3 anos terminou tudo comigo há cerca de 6 semanas. E minha avó. Minha abuela. — Estamos nos olhando, cara a cara. — Ela morreu de ataque cardíaco em março. A receita de flan desta noite era dela.

— Uau, isso é muita coisa de uma vez só. — Ele olha para o chão e depois para mim. — Sinto muitíssimo. E essas não são apenas palavras descartáveis. Eu entendo… perdas como essa.

— Eu sei. Ainda tenho minha mãe, no entanto. Ela e meu pai são incríveis. Eles me criaram. — Minha voz vacila. — Mas abuela… ela que me fez crescer.

Ao contrário da minha massa de cabelos caindo em ondas grossas, minhas mãos são pequenas e leves. Ele tenta alcançar hesitantemente a que está repousando perto de sua coxa, cobrindo-a quando aceito com um único aceno de cabeça, dobrando meus dedos em um punho circular. Um planeta em miniatura dentro da forte gravidade de seu aperto. Meus olhos se fecham. Senti falta disso. Não, não de apenas um garoto, vivo e quente ao meu lado. Mas de alguém além da família.

Orion também escuta. No andar de cima, os passos pesados das solas da Flora carimbam o teto. Pedaços de suas conversas telefônicas abafadas vazam pelas saídas de aquecimento. Logo, terminamos nossas bebidas e nos encontramos caminhando pelo bairro da St. Cross, em direção à Crow.

Caiu uma chuva enquanto eu estava fora. Caminhamos juntos, os pés batendo no chão encharcado. Mas está demorando mais do que quando andei até a casa dele com seus amigos.

— Estamos indo por um caminho diferente?

O contorno de seu sorriso muda sob o brilho dos postes da rua.

— Mais longo, sim. Achei que precisava disso depois das duas fatias do flan.

Solto uma risada.

— Você quer dizer três. — Nós dois desviamos para evitar uma poça extragrande. — Novamente, sinto muito sobre a situação com a Charlotte.

— Sim. Eu gostava dela, mas já deixei isso de lado. Não faço joguinhos.

A palavra soa na minha cabeça, dizendo-me que é hora de desistir de um jogo que também já não posso mais ganhar. Aqui, contra o cobertor escuro das copas das árvores e a força das paredes velhas de tijolos, paro de fazer joguinhos com a Inglaterra. *Tudo bem*, digo a esta pequena cidade medieval. *Você não é tão ruim assim. Feliz agora?*

Dobramos uma esquina que reconheço. Passando pela igreja, depois pelo pátio murado com sua fonte santa adormecida, chegamos à pousada. As luzes brilham atrás das janelas do segundo andar.

Orion me para na entrada do caramanchão.

— Você e os outros, mas principalmente você fez minha noite não ser uma droga, então, obrigado por isso. — Ele está tão perto. O tipo de proximidade que faria qualquer pessoa que passasse por nós nos confundir com um casal à luz das estrelas, momentos antes de se beijar. Mas não somos. Somos Lila Reyes de Miami e Orion Maxwell de Winchester.

— Posso pedir algo a você? — O sabor agridoce da sidra alcoólica desliza pelo seu hálito.

Hesito e estremeço um pouco. Talvez seja o frio.

— *Pode* — digo com meu próprio golpe brincalhão em sua formalidade.

Ele deixa escapar uma risadinha fraca.

— O que estou prestes a sugerir... não é minha intenção ser constrangedor, Lila.

Normalmente, quando as pessoas iniciam com isso, significa que o constrangimento as segue bem de perto, como um cachorrinho.

— Você poderia ter dito que não queria ser britânico.

Isso conquista uma risada tanto profunda quanto brilhante. Quando enfraquece, ele diz:

— Veja, mesmo que esteja frio agora, o verão *está* ficando mais quente, e as temperaturas também. E eu esperava que a Charlotte estivesse por perto para fazer coisas com ela. Tem o cinema e alguns eventos divertidos que acontecem anualmente. E a banda da Jules, Goldline, faz vários shows legais.

Fico tensa.

— Você quer que eu seja substituta da Charlotte para você? — Não sou substituta de ninguém.

— Não. De maneira alguma. Entendo o que você passou. Você acabou de terminar com aquele cara. Qual era o nome dele?

— Andrés. — Andrés Christian Millan.

Suas sobrancelhas saltam.

— Andrés. Esse é um nome marcante. — Eu me movo para abaixar minha cabeça, mas suas próximas palavras estão bem ali, erguendo meu queixo. — Lila, o que estou propondo é mais como um negócio.

— Prostituição também é. Você não está se ajudando aqui.

Orion exala pesadamente. Ele esfrega o rosto, da testa ao queixo.

— Entendo por que você recusou minha oferta na outra noite... a senhora Wallace insistindo que eu a levasse para sair.

Meu lábio inferior cai.

— Mas ela estava certa sobre uma coisa. Você não pode viver naquela cozinha o tempo inteiro. Você deveria sair, e não só sair sozinha. Portanto, minha proposta extremamente decente é esta: vou levá-la para sair, conhecer as coisas, e você pode ser minha acompanhante. Desta vez, sou apenas eu, sozinho, fazendo essa proposta a você. Não a mãe do meu amigo.

É a mesma oferta, mas também é completamente diferente. Nesta noite, ela é genuína. Experimento minha resposta na minha cabeça. Miami ainda estará esperando, mesmo que eu me esforce mais em viver onde estou agora, certo? E então, digo em voz alta:

— Sim.

Orion sorri.

— Genial.

Abro um sorriso.

— Parece que, no final das contas, terei mesmo um guia turístico.

— Claro, vamos chamar assim por enquanto. Há muitas coisas sobre a Inglaterra que os mapas não podem lhe mostrar. Mas eu posso.

Devolvo seu cardigan.

— O que aconteceria se a Charlotte aparecesse na sua porta amanhã?

— Nada aconteceria. Não depois do que ouvi de Teddy. Veja, misturas para bolo genéricas vendidas em mercados são boas. — Ele se afasta, brilhando como as estrelas. — Mas eu gosto mesmo do que é autêntico.

10

Estou tentando limpar uma manhã inteira de trabalhos de confeitaria e panificação dos meus equipamentos quando o cronômetro do forno toca. E toca ainda mais. Mas nada da Polly. Seus cookies Jammie Dodger — ah, biscoitos — vão queimar, e minhas orelhas vão explodir. Limpo minhas mãos no avental da abuela e, em seguida, vou até o forno de lastro.

Transferi duas das três assadeiras para o balcão de madeira no centro da cozinha, quando a padeira-chefe da Crow passa pela porta de empurrar.

— O que você está fazendo?

Estou pintando minhas unhas e sapateando. Jogo a terceira assadeira no balcão e fecho a porta do forno com força.

— Seus biscoitos. Eu estava preocupada que você não tivesse escutado o cronômetro.

Polly volta a vestir seu avental.

— Claro que escutei. Estou aqui, não estou?

Dios. Não é minha cozinha. É a cozinha da Polly. Levanto as mãos, simulando uma rendição, e volto a lavar as infinitas tigelas e os utensílios que foram necessários para fazer as receitas do dia indicadas no fichário vermelho da Polly.

Minhas mãos estão afundadas até os cotovelos em espuma de sabão, quando o Orion entra pela porta traseira da cozinha, vestindo calças esportivas e uma camiseta de corrida de manga longa. Basicamente, a versão masculina do que estou vestindo, com exceção da tiara domadora de cabelos e do rabo de cavalo.

Polly está empilhando cookies nas prateleiras de resfriamento.

— Bem, olá. Não temos uma encomenda para hoje, temos?

Relaxado e com os olhos baixos, Orion consegue se dirigir a ela através da minha orientação geral.

— Você, não. Mas, se minha memória não me falha, o horário de trabalho da Lila na cozinha pelas manhãs deve terminar agora, e então ela sai para correr. E eu decidi começar a correr novamente.

Ah, sério?

Polly inclina a cabeça.

— Mais uma razão para se abastecer com algo doce primeiro. Os doces estão servidos no salão.

— Eles *estavam* servidos. — Isso veio da Cate, que apareceu com duas cafeteiras. — Temos alguns pães de bannock que sobraram, mas não sobrou nem mesmo uma migalha na bandeja de pães de Chelsea.

Penduro meu pano de prato, intrigada. Polly que fez os bannocks — pães redondos, achatados e saborosos — mas eu que fiz os pães de Chelsea. Iguarias de massa de fermentação natural com recheio de groselha, semelhantes aos rolinhos de canela.

Polly se vira para mim.

— Você não fez a quantidade indicada no livro de receitas? Sempre é o suficiente para uma casa lotada de hóspedes, assim como uma quantidade extra para ser deixada na sala de descanso para as governantas e a equipe de paisagismo.

Agora, ela está me acusando de panificação preguiçosa? Balanço seu fichário vermelho.

— Quatro dúzias, exatamente como indicado na *sua* receita.

— Interessante — diz Cate. — Vi o Sr. Howell do quarto 6 com 3 em seu prato. — Em seguida, diz para a Polly: — Também estamos com pouco café.

Um breve aceno de Polly, antes de ela pegar duas panelas limpas e sair porta afora.

Olho brevemente para o Orion, que está encostado no balcão, com os braços cruzados e um sorriso atrevido no rosto, aproveitando a edição mais recente do impasse Polly-Lila. Melhor do que qualquer novela da mami. Digo para Cate:

— Polly me colocou na seleção dos doces matinais nos últimos dias. Eu deveria fazer mais em quantidade?

Ela se move até a porta da cozinha, com a tesoura e a sacola de jardinagem em mãos.

— Você deveria, sim. Achei que fosse puro acaso, mas não houve sobras desde a semana passada.

Orion folheia o livro da Polly.

— O que você tem colocado nos seus doces, Lila?

Asseguro-me de que estamos sozinhos.

— Está mais para o que eu não tenho colocado neles. Polly insiste que eu faça as receitas de sua família, e não as minhas próprias. Mas, às vezes, as proporções estão erradas. Então eu as tenho refinado. — Empilho as tigelas nas prateleiras abertas.

— Mas essas receitas são tradicionais britânicas e vêm da família dela há décadas.

Eu me viro.

— Você já comeu os pães de Chelsea da Polly?

— Várias vezes. Ela costuma enviá-los quando trago os chás.

Pego um pequeno prato perto da geladeira.

— Este meu saiu um pouco deformado, então não o coloquei para ser servido. Vá em frente, prove.

Sua boca se torce antes que ele prove um pedaço grande. E então outro.

Guardo as colheres e os copos medidores lavados.

— Quero dizer, os hóspedes estão claramente comendo porções extras por piedade, e euzinha arruinei totalmente a…

— Lila.

— E as adulterei com...

— Lila.

— O quê? — Tiro o avental da abuela.

— Este é o pão de Chelsea mais esplêndido e incrivelmente delicioso que já comi na vida.

Olho para ele como se já soubesse disso.

— E — continua ele — ainda assim é parecido com os que eu comia desde que usava fraldas, mas também é muito melhor. *Você* comeu alguma das coisas que você preparou hoje?

— Apenas a degustação do chef.

Orion arranca metade do pãozinho restante e o estende para mim.

— Diga-me por que é melhor.

Entre mordidas na gostosura pegajosa, digo:

— Um pouquinho menos de açúcar na massa. Uma pitada de cardamomo junto com a canela e casca de limão infundida na cobertura.

— Exatamente como a abuela teria feito.

Ele lambe os dedos.

— Nunca mais duvidarei de você.

Eu lambo meus dedos.

— É melhor não duvidar mesmo, se quiser treinar comigo. Além disso, sou uma ótima corredora.

— Eu dou um jeito. Mas eu deveria ter lhe perguntado antes. Ou você vai me dizer que correr é algo que você faz sozinha, para pensar, o que está tudo bem. Ou você vai deixar que eu lhe mostre algumas rotas novas. A maioria dos habitantes locais diz aos visitantes que percorram a cidade pelo caminho de pedestres da faculdade, perto do rio.

— Essa é a única rota que percorri — digo. — A única que conheço.

— Nem sequer pensei em mudar algo que estivesse funcionando bem.

— Pois bem. — Seu rosto mostra um sorriso que está entre malicioso e sincero. — Posso lhe mostrar o que você está perdendo.

11

Orion corre ao meu lado, possivelmente disfarçando, com uma respiração descompassada e silêncio, os pulmões fora de forma que queimam profundamente. Não digo a ele que não estou me esforçando no ritmo habitual. Eu realmente não sou tão ruim assim. Geralmente. Mas a vista vale a nossa lentidão.

Ele ofega, racionando suas palavras.

— O que é aquele... orbe circular brilhante... que acabou de aparecer?

Eu rio, mas não preciso olhar para o céu. Caminhamos da calçada para um caminho escondido. Nem mesmo tento esconder meu suspiro de surpresa enquanto Orion me leva a um caleidoscópio vivo. As árvores se declinam em direção ao chão com o peso das folhas no formato de estrelas, enquanto os arbustos alongados se estendem para cima e para os lados, as pontas se tocando. A luz solar é filtrada, alternando padrões rendados sobre o solo. A iluminação se projeta no Orion em listras, como um gato malhado.

— O cenário compensa a companhia inesperada? — pergunta ele.

— Muito. É incrível. — Mas esse caminho força muito mais do que apenas meus músculos, porque este é exatamente o tipo de lugar que eu escolheria para vir sozinha e chorar. Para sentir falta de pessoas. Eu me sentaria como faço no arborizado Parque Estadual Oleta River, perto da Baía de Biscayne. Esperando que os pedaços brilhantes escurecessem, para combinar com aqueles encobertos por sombras dentro de mim.

Mas eu não estou sentada agora. Estou correndo com um propósito, mais lenta do que o normal, mas ainda assim me esforçando por completo. Ir em frente — eu havia me esquecido de como era essa sensação. Ela vai durar? No se. Mas este túnel arejado não me aprisiona como uma cabine da British Airways ou a passagem só de ida que me trouxe aqui.

Mantemos nosso ritmo até que a trilha se abre, mais perto do centro da cidade do que eu imaginava. O pináculo de quatro pontas que indica a Catedral de Winchester aparece à distância. O comércio e os automóveis revelam outro tipo de vida.

Orion toca em meu braço.

— Eu trouxe você através de uma espécie de semicírculo, provavelmente equivalente a cerca de 5km.

— Você está dizendo que deveríamos parar? — Mas esse é realmente um começo digno para alguém que não corre há algum tempo.

— Talvez caminhar um pouco? Não é longe da Maxwell's, e preciso preencher uma encomenda rápida e entregá-la em um lugar que fica a apenas umas ruas abaixo. E você pode provar um pouco de chá.

— Degustação de chá. Isso faz parte da minha iniciação a Winchester? — Desacelero para uma caminhada, virando meu pescoço.

Ele não responde. Está curvado para baixo, na altura da cintura, tragando o ar como se estivesse estocando para mais tarde. É tão... *fofo*.

Viro-me de volta. Dou um soquinho de brincadeira em seu ombro.

— Está vivo?

— Engraçadinha — diz ele e se desdobra. — Você é uma boa corredora, Lila de Miami. Mas ainda vou alcançar você. Vamos embora. Podemos pegar o caminho pela catedral.

Eu o sigo por uma trilha perto da Universidade de Winchester, o ar frio do meio da manhã contra minha pele aquecida. Conheço bem esta parte, mas o Orion para novamente perto de um muro de tijolos baixo de contenção que indica o fim do caminho.

Imediatamente vejo o porquê. Assim como a loja de roupas de segunda mão na semana passada, a parede foi pichada com tinta spray preta.

— De novo?

— As mesmas pessoas também. — Ele aponta para a forma de grafite distorcida. — O que isso te faz lembrar?

— Mais ou menos como se fosse aquelas correntes de papel que costumávamos fazer na escola, que você arranca uma todos os dias de dezembro até o Natal. Só que mais curta.

Acenando com a cabeça, ele diz:

— Acho que são símbolos do infinito. Mas, ao contrário do símbolo único que limpei na parede da Doe Sempre, este parece representar alguns conectados entre si. — Ele traça o dedo ao longo de uma das formas, e está correto em sua suposição. Uma cadeia de três símbolos do infinito.

— Quem está fazendo isso e por quê?

— Ninguém daqui. Eu apostaria a loja nisso. Veja, há uma banda indie de Londres. Na verdade, um vocalista, baixista, baterista e a equipe deles. Eles passam bastante tempo em Winchester. Tempo até demais. Estão sempre tentando achar algo raro e interessante no Farley's. E, ainda com mais frequência, estão criando confusões em pubs, entrando em brigas e causando distúrbios em praticamente todos os lugares aonde vão. Eles têm mais ou menos a nossa idade e são completos idiotas.

Minha sobrancelha arqueia.

— Mas e o grafite?

Orion nos conduz a uma caminhada lenta.

— Meus colegas proprietários de lojas e eu não temos provas concretas de que são eles. Mas temos motivos mais do que suficientes para suspeitar. Os grafites já estão aparecendo há cerca de um ano. A cada vez, eles picham um símbolo tirado diretamente das letras de suas músicas. Não de títulos, isso é muito óbvio. Mas uma de suas músicas tem a frase "Lance-me ao infinito." Também já vimos flechas, coroas… todas as principais referências imagéticas encontradas em suas músicas. Mas, novamente, não podemos fazer nada, porque ninguém conseguiu pegá-los em flagrante.

Sinto minha testa enrugar.

— E você imaginaria que uma banda que faz shows teria coisas melhores para fazer com seu tempo do que importunar Winchester.

— Nossa pequena cidade de Hampshire tem uma coisa que o vocalista, Roth Evans, quer muito. Muito mais do que vinis raros do Farley's. — Ele olha direto para mim. — Jules.

— O Remy deve ter algumas, ou muitas coisas, a dizer sobre isso.

Orion gesticula sem objetivo.

— Ah, ele tem, sim, mas não como você imagina. Eu disse a você que a Jules era talentosa, mas isso é para dizer o mínimo. Ela não é apenas uma compositora brilhante; Jules é uma vocalista extraordinária. Tão boa no sentido de conseguir futuros contratos com gravadoras e ter seu nome em letreiros luminosos.

— Uau. — Estou sorrindo por dentro e por fora. Eu já adorava a Jules. — Então, esse tal de Roth quer que a Jules faça parte da banda?

— Obsessivamente. Ele tem tentado convencê-la a sair da Goldline, a banda dela. — Passamos por um parque Greenbelt; placas ilustradas indicam o caminho para a catedral. — Especialmente desde que ele cantou com ela uma vez. Receio que tenha sido arquitetado pela Flora.

Quase tropeço nos meus próprios pés.

— Flora?

Ele suspira.

— No ano passado, todo o grupo do Roth estava fazendo compras no Farley's. Flora discutiu com eles sobre algumas curiosidades estúpidas sobre música. Uma aposta foi feita, valendo dinheiro de verdade, coisa que a Flora tem pouco.

Balanço a cabeça.

— Ela perdeu a aposta.

— Ela perdeu. E Roth acabou encontrando diretamente a Goldline. Ele disse a Flora que a aposta estaria paga se ela conseguisse convencer Jules a cantar uma música com ele no Win-Fest. — Quando meu rosto se contorce em uma careta, ele acrescenta: — Temos um grande festival de rua anual aqui, no mês de outubro. Roth estava se apresentando e queria que a Jules cantasse com ele a outra metade de um dueto. Você deveria ter visto a multidão.

— Então isso realmente aconteceu?

— Sim, porque Jules ama Flora o suficiente para cantar com o maior rival da Goldline para salvá-la. Jules concordou relutantemente, e isso ainda é uma fonte de drama entre os integrantes da Goldline. — Ele acena lentamente. — Roth e Jules fizeram uma versão acústica de "Blackbird". Meu deus, odeio admitir que foi absolutamente maravilhoso.

Meu coração aperta.

— Stefanie é uma grande fã de Paul McCartney. Sempre que dirigíamos por Miami, ela insistia em colocar sua playlist no Spotify.

Orion abre um navegador de internet em seu celular.

— Este é o Roth, abreviação de Maximillian Evans Rothschild III. Ninguém que valoriza sua integridade física o chama assim na sua frente.

Minhas entranhas estremecem por outro motivo.

— Espere, deixe-me ver isso de novo. — Pego o celular. — Outro dia eu estava no Farley's e vi esse cara com a Flora. Pareceu uma conversa intensa, mas eles foram embora juntos.

Orion xinga baixinho.

— Você imaginaria que ela aprenderia a ignorar esse grupo, mas minha irmã é impressionável. E o baixista do Roth, o Fitz, tem um irmão que os ajuda com a parte de tecnologia e promoção. Ele gosta da Flora. Até agora, ele está apenas a examinando de longe, mas, se chegar a mais que isso, terei problemas. Depois do que a Jules sacrificou por ela, é simplesmente uma droga. Além disso, ele tem 19 anos, e ela mal tem 15. Não gosto nem um pouco disso.

Olho para o Orion, seu rosto pesado e cansado por motivos além da corrida.

— Você quer ficar de olho em cada segundo do que ela faz, não é?

— Está mais para querer ficar de olho por segundos suficientes para que faça alguma diferença. Mas é como rastrear uma abelha — diz ele com ironia, e penso em Pilar tentando lidar comigo todos esses anos. Protegendo, guiando e me irritando quando eu saía da linha. Na maioria das vezes, eu devolvia em dobro toda a irritação, mantendo-a na linha também. Miami inunda minha mente e meu coração. Sinto saudades da minha irmã.

Orion alonga os ombros rapidamente.

— Agora você sabe a história do nosso problema com o grafite. Roth e seus amigos estão apenas tentando manipular a situação. Você sabe, intimidar e provocar, porque eles não conseguem o que querem. E um dia iremos pegá-los no ato. — Ele esfrega o rosto e respira fundo. — Mas agora você e eu vamos dar uma olhada rápida em uma pequena igreja antes de irmos para a cidade.

Uma pequena igreja? Dificilmente. A pontada de saudades desaparece quando nos aproximamos da Catedral de Winchester. Passei pela enorme estrutura gótica de longe, mas esta é a primeira vez que estou bem em frente à sua fachada imponente, com suas janelas de vitral arqueadas. A catedral é muito ornamentada. Não sei para onde olhar primeiro.

— Impressionante, não é? — E, quando tento acenar com a cabeça em sinal de afirmativa, ele acrescenta: — Século XI. Uma das maiores catedrais do Reino Unido.

Contornamos a lateral da nave extensa, ancorada como uma longa caixa torácica com centenas de vitrais. A seção intermediária se projeta levemente em ambos os lados — como uma cruz — assim como a Catedral de Notre-Dame, em Paris. Mas só vi esta por fotos.

Orion estala a língua, um brilho saindo de seus olhos — fofo também —, e eu sei o que está por vir.

— Uma superstição russa diz que, se você pegar uma moeda velha e andar com ela em volta de uma igreja três vezes, depois ir para casa e colocar a moeda em um local onde você guarda objetos de valor, você ficará rico.

— Ah, isso é tudo de que preciso? E aqui estava eu, planejando ganhar os meus milhões alimentando Miami com doces e massas cubanos.

Saímos do território da igreja por uma rua estreita de acesso. Mais casas e lojas pitorescas, mais coisas antigas.

— Então, sobre esses doces e massas cubanos? — pergunta ele.

— Você quer dizer sobre você comê-los? — Solto uma risada. — Estou apenas começando aqui, mas, depois de uma visita ao supermercado, acho que terei alguns problemas. Não há goiabada em nenhuma prateleira, e este é um item obrigatório. Minha mãe está enviando algumas. Tudo o que encontrei foi pasta de figo. Quero dizer, *figo*!

— Espere um pouco. — Ele realmente para. — Lição número um do seu guia turístico. Nunca critique o figo por aqui. Uma olhada no livro da Polly deve ter lhe mostrado o pudim inglês natalino, as tortas de figo e os rolinhos de figo.

— Me cago en diez — digo do canto da boca. — Nunca mencione aquela monstruosidade vermelha chamada de livro culinário perto de mim.

— Olhe para isso. — Ele aperta o cadarço. — Eu te irritei direto para o modo espanhol. Aposto que foi um palavrão. Preciso aprender esses.

Ele recebe minha melhor encarada lateral.

— Continue mencionando a Polly.

Estou conferindo o folheto com os sabores e a lista de preços na Maxwell's Tea Shop. Já conheci o Teddy e a Marjorie, estudantes universitários locais que trabalham juntos como atendentes na loja. Eles habitualmente lidam com os clientes enquanto o Orion vai para os fundos.

No entanto, essa loja tem mais surpresas para mim do que chás gourmet. Não esperava que se parecesse tanto com a entrada da Panadería La Paloma. O mesmo piso de madeira clara e balcões brancos e limpos. Luzes suspensas industriais semelhantes e tinta creme nova.

Orion aparece irritantemente limpo e refrescado em uma camiseta nova de mangas compridas (ele tem um closet aqui?). Ele aponta o polegar em direção à abertura em arco atrás do balcão.

— Temos um banheiro nos fundos, se você quiser.

Ah, minha testa úmida e as manchas de suor querem muito.

— Obrigada. — A passagem leva a uma pequena cozinha comercial, mas é uma cidade culinária fantasma de equipamentos cobertos e balcões que funcionam como depósito. Não posso deixar de sentir pena desse espaço, ou de qualquer espaço que esteja obviamente sentindo falta de um chef próprio. Reviro os olhos para mim mesma e dou as boas-vindas ao sabonete de gardênia e à água quente do banheiro.

Quando retorno, Orion está embalando um pedido de atacado. Pesando e enchendo saquinhos metalizados com chás soltos, ele poderia facilmente ser um boticário que avançou no tempo para um espaço moderno, cheio de luz e roupas de corrida. Dezenas de vasilhas de metal estão enfileiradas na parede atrás dele. Sua própria variedade de ervas e poções.

— Tudo pronto. Vou deixar isso no bistrô a caminho de casa, para tomar banho. — Ele acena para mim do pequeno bar de degustação que cobre uma das extremidades do balcão.

Caio em um banquinho.

— Você vai trabalhar hoje, oficialmente?

— Mais tarde, quando o Teddy for para a aula. Primeiro vou visitar a mamãe. — A pequena palavra oscila entre a gente. Nós a seguramos por alguns segundos antes de o Orion exalar, com um sorriso resignado. — Agora, o quanto você sabe sobre chás?

— Tanto quanto você sabe sobre café cubano. Fora isso, Miami tem mais a ver com chás gelados em cafés ao ar livre.

Orion faz uma careta, a pequena fenda em seu queixo se franzindo ligeiramente.

— Ah, Deus, isso é um sacrilégio. Tenho um trabalho difícil. — Ele se move para a grande seleção na parede. — Por onde começar? Hummm, vamos tentar algo simples e clássico. Café da manhã inglês.

Observo seus movimentos em uma pequena área de serviço, onde ele ferve água em uma chaleira elétrica, depois aquece uma pequena panela de porcelana com um enxágue rápido. Ele mexe as sobrancelhas e pega uma das latas. Mede. Coloca duas xícaras de chá com minirrecipientes de leite e açúcar.

Observá-lo me acalma. Minha respiração desacelera.

— Este é um belo ritual.

Orion passa um pano de prato no balcão.

— Se você gosta de rituais, espere até eu preparar alguns chás-verdes asiáticos para você. Ou um chá oolong. — Ele coloca a bandeja arrumada na minha frente e se joga em outro banquinho.

É mais do que fofo que ele faça tudo isso por mim. É gentil. Sorrindo, pego o pote, mas ele me impede com a palma da mão. Seus dedos são longos e finos.

— Mais um minuto. Tempo é tudo. Não se pode apressá-lo.

Tempo. Pelos próximos três meses, minha família assumiu o controle do meu tempo, desde o relógio ao calendário. Eu também não consegui comprar uma passagem de avião antecipada ou apressá-los.

— Lila?

— Eu… obrigada. — Orion serve chá marrom escuro e perfumado em nossas xícaras. — Os clientes podem comprar chá avulso, mas não podem pedir uma xícara para beber aqui? Talvez com uma massa, um doce ou um scone?

— Não no momento. Herdamos a cozinha dos fundos com a propriedade, mas não estamos preparados para um serviço de alimentação.

Meus olhos encontram os dele, assentindo antes de colocar meus dedos na asa da xícara. Conheço o sabor. Mas o chá de café da manhã inglês cobre minha língua com sabores que não consigo identificar.

— É muito bom. Ousado e completo.

Orion sorri.

— Vou aceitar isso como um elogio. Agora, você quer tentar ser realmente britânica e adicionar um pouco de leite?

Uma Garota Cubana, Chás e Amanhãs • 109

Percebo que quero, sim, de uma maneira pequena e insignificante. Talvez seja apenas o jeito como ele perguntou, o seu sotaque suave e meloso, temperado com uma pitada de atrevimento. Sirvo o leite e vejo o chá clarear e se tornar um tom de mocha claro.

Orion adiciona um pouco à sua xícara também.

— Então, com toda aquela conversa mais cedo sobre a Jules e a banda dela, Goldline, esqueci de convidar você para o próximo show deles, no próximo final de semana.

Dou mais um gole. Lembrar-me do Orion falando tão bem sobre a voz dela e sua presença de palco mais cedo me fez concordar com um sim fácil.

— Ótimo! É um... — Ele cora em um tom de vermelho profundo, com o qual nossa corrida não teve nada a ver. — É você e seu guia turístico de Winchester, certificando-se de que sua agenda esteja reservada para o sábado à noite.

— Mal posso esperar — digo e percebo que é verdade.

— Então, Lila de Miami. — Ele aponta para minha xícara. — A maioria dos moradores locais toma um chá que consideram seus. Você sabe, sua assinatura, seu favorito. Por exemplo, Victoria, da loja de artigos usados, adora esse chá-preto do Ceilão que oferecemos. Ela o escolhe acima e antes de todos os outros. Temos que encontrar o seu. Sei que você precisa experimentar mais variedades, mas o chá de café da manhã inglês está na disputa?

Estou quase terminando minha xícara.

— Não tenho certeza. Quer dizer, gosto muito dele. Posso não conhecer chás, mas conheço qualidade, e, bem, este é de qualidade. Só não sei se é o meu.

— Não tem problema. Acho que tenho quase 3 meses para descobrir. — Isso ele diz como se fosse tempo o bastante, mas, igualmente, como se não fosse o suficiente.

12

Hoje é o dia mais quente em Winchester desde que cheguei aqui. Consegui sobreviver ao clima usando um vestidinho, enquanto vasculhava a feira livre em busca de ingredientes culinários cubanos aceitáveis. Um brilho tênue e amarelado de luz solar se apega ao final da tarde, o suficiente para que eu vista uma jaqueta jeans e encontre uma poltrona-espreguiçadeira no terreno da pousada. Farei uma chamada de FaceTime com Pilar daqui. Do outro lado do gramado, Spencer e Cate estão colhendo vegetais da horta.

Eu o vejo dar um beijo na testa de Cate e não consigo evitar me perder dentro de outro jardim — o jardim do meu tio-avô, no bairro de Little Havana, em Miami. Foi onde Andrés me beijou pela primeira vez.

Aquele pequeno pedaço de terra contém todas as nossas raízes familiares. Quatro anos depois que a abuela deixou Cuba, meu tio--avô seguiu seus passos através do oceano. Ele trouxe seus poucos pertences e uma sacola de tecido cheia de grãos de milho seco da fazenda da família. O milho em Miami, o milho nos Estados Unidos inteiro, não serviria. Ele ainda planta a safra todos os anos. Nós moemos a colheita para fazer masa. Comemos do que nasceu em solo cubano há mais de 50 anos.

A casa do meu tío também é o local da maioria dos nossos grandes jantares de família. Durante anos, Stefanie me acompanhava nessas ocasiões, para se deliciar com porco assado, feijão-preto e o flan da abuela. No verão em que completei 15 anos, convidei o Andrés também. Stefanie tinha apenas um trabalho depois daquele jantar: distrair a abuela e mis tías e seus olhares curiosos, enquanto eu levava o Andrés escondido para o jardim, na parte de trás da casa. Eu tinha um plano.

Eu o conduzi a uma excursão puramente inocente através de canteiros de calabazas y lechuga y cebollas. Contornamos abacateiros e limoeiros. Em seguida, o canteiro de milho — o tesouro do jardim. Ousada como o Caribe, agarrei a mão de Andrés e o puxei para um lugar escondido entre os caules.

O milho nos engoliu inteiros. Jogou-nos dentro de um segredo.

Quando ele me beijou ali, um formigamento percorreu meus membros, fogos de artifício explodindo dentro da minha barriga. Seu beijo tinha o sabor do flan e da Coca com limão que papi colocara em suas mãos. A linguagem silenciosa de aceitação do meu pai.

Todo está bien — está tudo bem.

Sentada neste jardim inglês a milhares de quilômetros de distância, pergunto-me o quão bem o Andrés realmente está. Será que ele ainda está solteiro? As palavras estavam acomodadas dentro de mim, ganhando força, desde que vi seu Instagram. Finalmente as libero no FaceTime depois que Pilar termina sua atualização sobre Miami.

Pili se engasga e cospe seu refrigerante, bolhas de gás subindo pelo nariz.

— Lila. — Ela tosse novamente, em seguida, me encara por cima do copo.

— Apenas me diga. Juro que não olho o Instagram dele há dias, mas, da última vez que olhei, ele estava na...

— South Beach. — Claro que ela viu a foto. E a Pilar é assim. Ela vai me dizer centenas de vezes para seguir em frente e ignorar esse garoto que partiu meu coração. Mas, tão certo quanto sua irmandade, ela estará lá, adicionando dicas e pistas, seus freios e contrapesos. É o que *ela* faz.

— E então? — pressiono. — Você sabe com quem ele estava? Qualquer coisa?

Ela exala pesadamente.

— Tudo bem. Annalise agora faz aulas de balé funcional com a namorada do Christopher, Jacqui, e…

— Vá direto ao ponto. — Eu sei como informação viaja.

— Aquele dia na praia. Andrés estava lá com Chris e Jacqui… e Alexa.

Alexa Gijon. Ela cresceu com o Andrés em Coral Gables e até saiu várias vezes conosco em grupos. De repente, assisto em minha cabeça a uma apresentação de slides de cada interação que vi entre eles.

— Hermana — enfatiza Pilar —, juro que não sei se isso significa alguma coisa. — Acredito nela. Podemos enfeitar histórias, mas Pilar e eu não mentimos uma para a outra. É uma das razões pelas quais estamos destinadas ao sucesso como sócias.

— Está tudo bem. — Andrés provavelmente foi para South Beach com ela como amigos. Pode ter sido completamente inocente. Ou talvez ele *estivesse* em um encontro duplo. Tudo o que quero fazer é correr para longe desse pensamento, ao longo de qualquer rota de Winchester que eu possa encontrar.

— Não pense demais nisso, tudo bem? — diz ela. — Atenha-se ao que sabemos por…

— Pili, eu preciso ir. Conversamos depois. Besitos. — Desligo antes que ela responda, precisando de algum espaço da sua revelação. Enquanto minha irmã está fielmente presente com suas provas e coleta de fatos, Stefanie sempre foi de outro jeito. Notícias como o Andrés e a praia a fariam andar para todos os lados nesses belos jardins ingleses, com raiva e determinação. Esqueça tentar resolver qualquer coisa, Stef simplesmente me permitiria ser muito dramática. Reclamaríamos e lamentaríamos, às vezes planejando grandes esquemas de vingança em nossas mentes, dignos de qualquer novela. Na maioria das vezes, acabávamos rindo tanto quanto chorando.

Sinto falta dessa parte de nós. E, seja no drama e nos enredos de novelas, ou na vida real e honesta, simplesmente estou sem mais desculpas para não falar com ela. Tenho adiado isso. Tenho adiado *ela*. Insiro meu e-mail e, depois de digitar e apagar pelo menos 10 versões diferentes, contento-me com 8 pequenas palavras:

Querida Stef,
Oi. Acho que precisamos conversar.
Lila.

O amanhã agora depende dela. Pressiono *Enviar* e guardo o celular no bolso da minha jaqueta, vendo o Spencer ajudar sua esposa a se levantar dos canteiros do jardim. Eles se movem em minha direção em vez de seguir para a porta lateral da cozinha.

— Boa colheita? — pergunto enquanto o casal se joga nas duas cadeiras restantes.

— O jardim está crescendo bem. Bem o suficiente para saladas decentes esta semana. — Cate sacode sua cesta antes de colocá-la na grama. — Outra notícia dos arredores, a Polly entregou hoje um aviso-prévio de duas semanas para se afastar.

Estou zero por cento surpresa com meu rápido lampejo de alegria, ainda mais doce depois da minha chamada com a Pili.

— Ela não está se demitindo — corrige Spencer. — É apenas temporário. A mãe de Polly tem um problema cardíaco. A enfermeira fará uma cirurgia no joelho e estará de licença até meados de agosto. A mãe se recusa a permitir que ela contrate uma enfermeira substituta. Teimosa. Polly não tem outra escolha a não ser assumir os cuidados, sozinha. Neste ínterim, procuraremos ajuda. Já que você está trabalhando com ela, queríamos que você soubesse.

A bela cozinha da Crow surge em minha mente. Um espaço vazio sem o fichário vermelho e sem a Polly pairando e atrapalhando meu estilo?

— Vocês não precisam procurar mais ajuda. Posso assumir todo o trabalho culinário sem problemas. E a Polly nem precisa cumprir as duas semanas de aviso-prévio.

Spence inclina a cabeça.

— Então, bem. Certamente você é capaz.

— Capaz, sim, mas a carga de trabalho integral pode ser mais do que você deseja assumir agora — acrescenta Cate. — Você não está aqui como Cinderela. Forçada a trabalhar o dia inteiro, sem nenhum tempo para se divertir.

Encaro minhas mãos, notando as marcas de queimaduras descuidadas e as manchas secas persistentes por causa do contato com tanta farinha o tempo inteiro. Mas, para mim, isso é beleza. A cozinha é todo o castelo de contos de fada de que preciso.

— Por favor. Eu quero.

Em silêncio, Cate consulta Spencer. Acena afirmativamente com a cabeça.

— Tudo bem, mas com uma condição. Você prepara o café da manhã e o chá da tarde, mas eu que arrumarei tudo e servirei o chá da tarde, como a Polly faz. E você terá um tempo para sair.

— Combinado — digo e, então, finalmente verbalizo um desejo. — Sei que esta é uma pousada britânica tradicional, mas será que eu poderia começar a adicionar ao cardápio alguns pães, massas e doces cubanos?

Spencer diz:

— Queremos que você flutue um pouco nas variedades. Que tal vermos como isso se desenrola?

Eles me deixam com mais do que um novo emprego. Os pensamentos sobre Andrés e Alexa juntos na areia de South Beach brotam novamente, crescendo tão bem quanto qualquer coisa no jardim do tío. Não consigo afastá-los desta vez. Talvez eu tenha distorcido a verdade para a Pili, pelo menos um pouco. Não está tudo bem. E eu quero saber — Alexa estava nos observando nas saídas em grupos durante anos? Assistindo à boca do Andrés na minha, sua mão deslizando pela minha coxa descoberta, enquanto todos nós passávamos um tempo no deck da piscina dele? Será que ela esteve esperando durante todo esse tempo, e agora é ela que tem a pele sob as mãos dele, passando seu protetor Sun Bum, e o dedo dele brincando de estalar as alças da parte de cima de seu biquíni entre suas escápulas?

Stefanie sempre costumava falar sobre gatilhos emocionais, pequenos pontos de traumas e memórias que sempre a prendem.

Andrés ainda está solteiro? Esse é o meu gatilho.

13

Orion deve chegar aqui em 15 minutos, para irmos ao show da Jules, e estou em uma disputa perversa de encarar meu armário. Até agora estou ganhando. O que não significa que esteja realmente vestida. Além da minha procrastinação geral, é difícil me concentrar em escolher uma roupa quando minha mente está agindo como um tipo de guarda-roupas próprio. Meus pensamentos estão pendurados em imagens recentes — velhos amigos, notícias sobre ex-namorados, praias e perguntas sem respostas.

Receita para um Término de Namoro
Da Cozinha de Lila Reyes

Ingredientes: uma garota cubana. Um garoto cubano. Um vestido de baile de formatura cor champanhe. Uma sandália de tiras dourada. Uma bolsa clutch dourada. Uma melhor amiga. Uma irmã. Farinha. Água. Fermento. Açúcar. Sal. Banha.

Modo de Preparo: ouça — atordoada — enquanto seu namorado de três anos diz que não está largando você porque não a ama mais. Ele simplesmente não consegue mais estar com você e precisa de espaço. Corra para a casa da sua melhor amiga e chore por horas enquanto ela planeja o fim dele de infinitas maneiras criativas. Na noite do baile de formatura, enquanto seus colegas de classe dançam, asse uma dúzia de pães ovais.

* Deixe de lado todas as roupas elegantes do baile. Sua irmã irá tirá-las do seu armário antes que você as veja.

Temperatura de cozimento: 232ºC, a temperatura perfeita para pan cubano.

Sou arrancada do meu armário virtual por três fortes batidas na porta do meu quarto.

— Lila? Minha carona está lá na frente, então já estou saindo! — grita Gordon. — O Ri nunca se atrasa. Apenas um conselho.

Certamente não estou disposta a admitir minha procrastinação e meus pensamentos errantes para o Gordon.

— Está tudo bem por aqui, obrigada! — respondo. — Vejo você no show.

— Certo!

Agasalhe-se, o Orion me avisou esta manhã, durante nossa corrida ao longo do Rio Itchen. E uma última vez, quando ele me deixou na Crow, antes de ir para o trabalho. Depois de uma pincelada de sérum de alisamento para cabelos, provo mais algumas opções de roupas na minha mente.

Meu celular apita na escrivaninha.

Orion: Aqui na frente

Eu: Tão cedo!

O Gordon não estava brincando.

Eu: Desço em 5 minutos

Orion: Sim, e eu vou congelar aqui fora

Isso não ganha nenhuma resposta.

De volta ao armário e atrasada, desisto e me contento com um dos suéteres pretos de lã merino de Pilar. Arranco a etiqueta e combino o suéter com uma calça jeans skinny escura. E, enquanto estou apostando em *O que Não Usar, Edição Miami no Final de Junho,* visto meias finas e as botas pretas da minha irmã. O sotaque do Orion soa em meus ouvidos, então ponho um cachecol grosso, com estampa animal cinza e preta. Passo o batom Impassioned, da MAC, que colore meus lábios na cor toranja vermelho-rubi.

Desço as escadas correndo e abro a porta da frente. Estou mais sem fôlego do que qualquer corredor decente deveria estar. Bem. Orion parece perfeitamente quentinho em sua jaqueta bomber de couro marrom e um cachecol xadrez azul-marinho de lã em volta de seu pescoço.

— Congelando aqui fora, até parece — digo. — Além disso, chegar cedo é algo britânico?

Ele dá um passo para trás, e fecho a porta atrás de nós.

— Isso se chama ser pontual, e a maneira como você pergunta isso me faz pensar que chegar atrasado é uma coisa da Lila.

— Nem *sempre.* — Uma rachadura no meu lábio-fingindo-chorinho rosa brilhante. — E nunca quando se trata de cozinhas.

Seu sorriso é a coisa mais calorosa que ele usa.

— Você está bonita. Considerou o meu aviso. Mais ou menos — acrescenta ele timidamente.

Jogo minha bolsa transpassada no corpo.

— O que você quer dizer com "mais ou menos"?

Durante este fim de semana inteiro, a faixa de estacionamento em frente a Crow está bloqueada para pequenas obras na estrada. Viramos a esquina, e paro abruptamente.

— Espere um pouco. Isso é o nosso transporte? — Não sou covarde. Mas nunca andei de moto, o que ocupa a posição 5000º na minha lista de top 10 coisas que preciso fazer.

— Isso — diz Orion, apontando para a máquina de mortes prematuras, preta e de duas rodas, com assento de couro bege — é uma

Triumph Bonneville 1982. Totalmente restaurada, mesmo que seja um pouco barulhenta.

Lembro-me do estrondo invadindo a cozinha da Crow quando o conheci.

— Hum. Mas.

Ele ri, balançando a cabeça.

— Aproxime-se, Lila. O latido dela é definitivamente maior do que a mordida.

Nada de me mover, nada de me aproximar.

— Dela?

— Claro que sim. Ela se chama Millie e era do meu avô. Agora é minha garota favorita. Eles não fabricam mais outras como ela. Millie é um clássico.

Um tremor percorre meu corpo.

— Talvez exista um motivo válido para que eles não a fabriquem mais. Talvez porque elas sejam varas metálicas velozes de destruição corporal.

— Veja, ela é inofensiva. — Ele pega meu cotovelo dobrado. Leva-me até a Millie. — Eu a lustrei mais cedo e tudo mais. Você não está com medo, está?

¡Carajo!

— Claro que não. É só que é realmente perigoso lá... fora.

Orion se coloca como mediador entre a moto e eu.

— Piloto essa moto desde que era criança, muito antes de ser legal. Centenas de horas sem nenhum incidente, e posso percorrer o caminho até o clube de olhos fechados. Claro, não posso prometer que nada *jamais* vai acontecer conosco. Você pode garantir isso quando sair de qualquer calçada da cidade?

Garantir que uma coisa, ou três coisas, não vão revirar meu mundo? Nunca. Eu me nego.

— Certo. Mas não gosto de ficar convencendo as pessoas. — Ele arqueia uma sobrancelha. — Especialmente minhas companhias de visitas guiadas para atividades que sei que as machucariam.

Não, ele não faria isso — ele não conseguiria. Não este garoto que sofreu dores o suficiente para pavimentar todas as ruas de Winchester. Meu corpo relaxa.

— Ok, tudo bem. — Pego o elástico de cabelo que está em volta do meu punho, prendendo meus cabelos alisados em um rabo de cavalo. — É melhor eu correr de volta para pegar uma jaqueta.

— Não há necessidade. Além disso, precisamos ir logo, ou perderemos a apresentação da Goldline. — Ele abre uma mochila e puxa uma lã cinza familiar. — Depois do que você disse sobre suas malas para Winchester, eu não tinha certeza sobre a situação das suas roupas.

Visto o cardigan dele por cima do meu merino de gola redonda. O suéter do Orion é mais macio do que o trench-coat pendurado no meu armário. Eu poderia me perder dentro dele. Ajusto meu cachecol para que as pontas desçam pelo meu peito.

— Isso está se tornando um hábito.

— Conheço hábitos piores — diz ele, e em seguida sobe na moto. — Sua vez.

Monto no resto do assento de couro atrás dele, descansando minhas botas no lugar onde ele me indicou.

Orion se curva para mim.

— Pegue na minha cintura e não solte. E se incline comigo nas curvas. — Ele acelera a Millie. O motor vibra sob minhas coxas. — Segure-se, Miami!

Orion começa devagar, enquanto percorremos a St. Cross. Então ignora minha virgindade de motos quando a estrada de fachada se abre. Eu corri nesta estrada. Mas, na moto dele, todos os meus sentidos são temperados pela noite e pela velocidade.

Durante os primeiros minutos hesitantes, não pude deixar de pensar no conversível prata do Andrés. Mesmo a toda velocidade, nossos dias em Miami me perseguiram com repetições da brisa tropical banhada pelo Sol e passeios pela Avenida Collins. Mas a moto do Orion tem algo a dizer sobre as minhas memórias. Mais alto do que as velhas palavras em minha mente, a moto e o seu habilidoso motorista lutam para vencer. Cheiro de pinho fresco e grama circulam com o vento, subindo pelo meu nariz como uma droga de rua.

A velocidade ousada me pressiona nas costas do Orion. Durante parte do caminho, aperto-o mais forte e descanso minha bochecha em couro desgastado. Estou quentinha em seu suéter, meus braços cheios com seu corpo sólido. Fecho os olhos e apenas *sinto* até a moto desacelerar e Orion transformar-se em um estacionamento lotado.

— Já?

Eu disse isso mesmo?

Aparentemente, sim, porque o Orion está rindo enquanto estaciona. Ele me ajuda a descer da moto. Meu corpo ainda acha que estamos no meio de contornos e curvas vertiginosas, o acelerador ecoando em meus ouvidos.

— Trouxe você até aqui inteira, e você ainda conseguiu se divertir.

— Eu... sim — digo, enquanto minhas pernas se lembram de como trabalhar.

— Então talvez você queira libertar a pobre e inocente jaqueta de um cara antes de entrarmos?

Olho para baixo; minha mão prendeu instintivamente como uma braçadeira em seu antebraço.

— Ah, desculpe. Eu nem percebi.

— A Millie tem esse efeito. — Outra risada, seus traços calorosos e convencidos. — Você gostou, então.

14

Minhas pernas conseguem voltar da sensação pós-moto ao normal quando chegamos ao prédio branco com telhado duas águas e acabamento preto. Na placa sobre a entrada, está escrito: *Heaven's Gate*; mas os locais chamam este clube apenas de Gate.

Lá dentro, a luz filtrada emite uma tonalidade fantasmagórica. Suor, cerveja e um buquê de centenas de perfumes acompanham nossos empurrões na tentativa de atravessar a multidão. Orion coloca a palma de sua mão nas minhas costas e nos guia direto para o centro. Remy e o pessoal guardaram assentos para nós, o que foi uma coisa boa — não sobrou mais nenhum.

Nosso grupo conseguiu pegar duas mesas de bistrô e as juntou. Observo a Flora com algumas garotas e garotos na outra extremidade. Nós nos esprememos para sentar em nossas cadeiras.

Gordon acena, e Remy me cumprimenta da esquerda, dizendo:

— Então sobreviveu à Millie? Você tem coragem por trás do seu avental, Lila. Ri é um monstro naquela coisa. Geralmente acaba pegando o carro do pai dele quando está levando alguém.

Orion se projeta para frente.

— Você já falou demais.

Eu me viro, direcionando o olhar para o meu chofer.

— Um carro? Você tem acesso a um carro e...

— Goldline é a próxima banda. — O olho esquerdo do Orion desvia do meu caminho. Sua boca se franze de maneira irritante.

— Nós não terminamos de discutir isso — digo.

— É hora de música, Lila.

A verdade o salva, e a multidão aplaude a Goldline, que está entrando no palco. Remy faz uma chamada dos integrantes para mim. Leah, a baterista, aparece primeiro, depois Tristan e Jack — um no teclado, e o outro, no baixo. Por último, Carly, uma morena baixinha com um violão, se aproxima de um microfone regulável. Ela apresenta a Jules. A vocalista aparece com um vestido longo casual cor borgonha e uma jaqueta biker de couro preta por cima, os cabelos lisos e tingidos como pink lemonade.

A garota boba que arrota com sidra alcoólica e que não consegue se sentar direito em uma cadeira desapareceu. Com o microfone na mão e uma banda competente às costas, ela é uma sedutora profissional de harmonias e presença de palco. Jules o domina.

Depois de algumas canções, entendo seu estilo único de música. Pilar o descreveria melhor, mas até eu sei que a Goldline pega emprestado seu estilo eclético de muitos gêneros e décadas de referências musicais. Um pouco alternativo, um pouco folk, eles adicionam ousadia o suficiente para evitar que o conjunto polifônico de sintetizadores e guitarra seja artificial.

Orion detecta meu olhar de soslaio.

— Está gostando? — pergunta baixo e suave como a luz, e sei que ele está falando da música. Uma respiração ainda passa pela minha língua.

— Ela foi feita para a música. — Sua voz aerada, mas controlada, prende meu coração em um anzol.

Orion se mexe, o couro tocando meu braço.

— Ela escreve a maioria das músicas. Aquele livro roxo que está sempre com ela. — Ele aponta um longo braço em direção ao palco. — É por isso que fazemos suas vontades.

Perco a noção do tempo entre uma balada acústica e uma música alternativa mais sombria. Meus olhos piscam de volta para o presente quando as luzes do clube aumentam para uma pausa rápida da banda. Cinco músicas passaram rápido demais.

Remy estica o pescoço para examinar o local antes de se inclinar em direção a Orion e a mim.

— Cristo. Jason Briggs está aqui. Atrás de vocês.

Orion aponta para um ruivo alto com uma barba grande.

— Ele é assistente de produção da gravadora Four Points Records. Jules pede para o Remy stalkear o feed do Twitter de olheiros e gerentes de Londres, para ver a quais shows eles estarão assistindo. Sempre há uma chance de isso acontecer.

— Você acha que ele está aqui por causa da Jules? — pergunto, animando os ouvidos do Gordon.

— Há mais bandas depois, mas esperamos que sim — diz Remy. — Não sei quando ele chegou aqui. — Ele gira de um lado para o outro. — Ele precisa mesmo ouvi-la cantar, mas não há mais assentos, e a administração não vai permitir que ninguém fique parado em pé nas laterais por muito tempo.

A dança das cadeiras acontece depois de menos de 10 segundos de deliberação entre nós. Gordon sinaliza para que Briggs sente em sua cadeira, que agora está vazia ao lado de Flora, em seguida desliza para a de Remy. Remy se senta na minha. E eu? Acabo no lugar mais lógico: no colo de Orion Maxwell. Não tenho o hábito de me sentar no colo de garotos, muito menos dos que conheço há menos de duas semanas, mas, pela Jules, o constrangimento vale a pena. O dono do colo também está cheio de sorrisos, gesticulando para que eu me aproxime, como se realmente não fosse grande coisa.

Ainda assim...

— Está tudo bem? Você tem certeza? Não sou muito pesada ou *algo do tipo?* — Enfatizo o *algo do tipo* com tudo se agitando em mim com asas de mariposa.

— Não há nada com o que se preocupar. — Orion me vira lateralmente, minhas pernas repousando sobre sua coxa direita.

As luzes do clube diminuem, e a multidão chama a banda de volta ao palco. Jason Briggs se acomoda na cadeira em que Gordon estava enviando mensagens de texto, mas é o que tem para hoje. Estou mais preocupada em tentar me equilibrar no colo do Orion sem invadir completamente seu espaço pessoal. Jules canta os primeiros compassos de um cover acústico impressionante de "Dream On", do Aerosmith, e me contorço como se tivesse formigas cubanas bêbadas nas minhas calças.

Não está ajudando: o suspiro pesado e quente do Orion contra meu pescoço. Ele fecha os braços ao meu redor, envolvendo-me, puxando-me contra seu peito.

— Relaxa — diz ele, enquanto Jules lança seu soprano mortal no refrão. — É igual a como estávamos na moto.

Ele tem razão. Isso me acalma. Navegamos através do resto da setlist juntos, nos inclinando em frases e contornos, virando em curvas melódicas. Eu me perco em sensações e sons novamente, mas é mais do que apenas um passeio emocionante de moto e uma setlist brilhante. É o fato de que tudo ao meu redor é novo e está acontecendo com cada vez mais intensidade. Acontecendo agora mesmo — uma garota de Miami em um clube inglês, ouvindo uma banda inglesa, sentada no colo de um garoto inglês, seu suéter quente me envolvendo. E não consigo evitar apreciar isso de verdade. Minha pulsação e minha respiração marcam um ritmo constante, batendo contra o couro sintético marrom e o aroma cítrico mentolado do sabonete do Orion.

Estar nos bastidores é similar a estar presa no meio de um desfile de Mardi Gras. Orion e eu ficamos juntos, mas perdemos os outros. Quase sou atropelada por um grupo de garotas usando minissaias de couro com lantejoulas e botas de verniz de salto agulha. Jules finalmente aparece, correndo à frente da banda, passando apressada pelo corredor estreito com cabos e guitarras afinadas.

Depois que Orion e eu nos precipitamos em um festival de entusiasmo esmagador sobre sua setlist, Jules agarra meus ombros.

— Diga-me que Remy não estava brincando e que é real. Jason Briggs estava realmente na sua mesa? Não consegui ver nada por causa da iluminação do palco.

Limpo minha garganta e decido deixar de fora a situação dos assentos.

— É verdade. E ele definitivamente assistiu à segunda metade do seu setlist. Ainda estava lá quando saímos.

— Naturalmente isso significa que tenho que stalkear o Twitter dele agora. Ele sempre faz um encerramento de fim de semana e dá pistas sobre o que gostou — diz Jules para mim e, em seguida, lança seu olhar para as vigas. — Por que eu me torturo? — Ela aponta para a programação das bandas colada na parede. — Você não quis ficar? A banda GLYTTR entra no palco em alguns minutos.

GLYTTR? Uau. Mas me lembro dos stilettos e lantejoulas no corredor. Apropriado.

Orion diz:

— Estávamos aqui por você. Além disso, já ouvi as músicas delas antes, e o estilo parece uma mistura cósmica de música eletrônica, K-pop infundido com uma dose extra de adrenalina e um ato circense.

Encolhendo-me de vergonha, estou prestes a fazer um comentário, mas o Gordon aparece furtivamente entre nós.

— Vocês viram a Flora? Ela estava conosco quando Remy e eu fomos buscar bebidas, e então... desapareceu. Todo mundo está querendo ir embora, mas não queremos deixá-la. Ela não está respondendo as mensagens.

Orion muda sua postura de frequentador de shows relaxado para guardião protetor em menos de meio segundo. Ele franze a testa para Gordon.

— Vamos encontrá-la. Junte os outros e espere na bilheteria.

Eu o acompanho enquanto passamos algumas vezes pelo andar principal, encontrando nossos antigos assentos já tomados por outras pessoas, e Jason Briggs ainda está assistindo aos shows. Mas nenhum sinal da Flora.

— É algo típico dela desaparecer e ignorar o celular? — pergunto.

— Não... sim. Sim, é completamente típico dela. — Orion enfia as mãos nos bolsos da jaqueta. — Seis meses atrás você teria recebido uma resposta diferente.

Nós nos dividimos. Verifico o banheiro feminino enquanto o Orion vasculha a entrada de serviço. No caminho de volta, ainda sem Flora, encontro espectadores entrando e saindo de uma escada estreita no saguão. As escadas me levam a um mezanino onde as pessoas podem socializar, mas grossos pilares de apoio obstruem a vista da maior parte do palco.

Não consigo encontrar goiabada em Winchester, mas encontro a irmã de Orion 10 segundos depois de atravessar a multidão do mezanino. Flora está encostada na parede dos fundos, e um cara usando um gorro e uma camisa xadrez paira à frente dela. Envio uma mensagem rápida enquanto a banda GLYTTR começa suas músicas no andar abaixo. A crítica de Orion sobre a banda foi perfeita; o som é o tipo ruim de estranho.

Orion aparece, passando ao meu lado e chamando a Flora. O rosto dela muda de "sonho" para "pesadelo" ao ver o irmão.

— Você não atendeu ao celular — diz ele. Nada de Pink ou outros apelidos fofos esta noite.

— Está barulhento aqui — retruca ela.

Orion se planta determinadamente no chão, cruzando os braços.

— Seus amigos estão esperando na bilheteria para ir embora. *Com* você.

O garoto recua, mas apenas um passo.

— Levarei a Flora para casa. Sã e salva.

— Outro dia, William — diz Orion.

Flora bufa, checando o relógio.

— Mas nós íamos…

— Outro *dia*, então. Você está com Gordon e seus amigos esta noite. E eles estão saindo para comer alguma coisa.

Cedendo, William levanta as mãos em sinal de rendição para Orion. Ele fica sombrio, os olhos estreitos em Flora.

— Ligue quando puder.

Ele recebe o sorriso solitário de Flora antes de ela passar por nós sem dizer mais uma palavra. William levanta o queixo para Orion antes de voltar à grade do mezanino.

— Então — digo, enquanto descemos a escadaria. — Vocês dois já se conheciam.

— Aquele é o Will. Lembra que eu lhe contei que um dos técnicos de Roth Evans estava cercando a Flora?

Por instinto, olho para cima.

— Aquilo não parecia ser algo bom. Definitivamente, hum, cercando.

Ele me leva para fora.

Uma Garota Cubana, Chás e Amanhãs • 129

— Poderia ser ainda pior. Se Will está por aqui, é provável que o resto do grupo de Roth esteja ou estivesse aqui também.

— Então Jason Briggs não era o único que estava aqui para assistir à Goldline.

Atravessamos o estacionamento, ziguezagueando entre os carros estacionados em fila dupla.

— Exatamente. Jules lançou três músicas novas esta noite, incluindo aquela sobre trens de que você gostou. — Ele aponta para um carro Land Rover prata. — Ali. É o carro do Roth. Eu sabia. Eles não vieram de Londres esta noite para assistir ao show da GLYTTR. Centenas de grandes artistas femininas em Londres, mas o Roth quer a Jules e seu estilo único de música, e eu realmente não posso culpá-lo por isso. Mas ele não desiste. — Orion para a cerca de 1,5m da moto, expirando. Sua aflição se transforma em um meio sorriso. — Depois da situação com a Flora e tudo aquilo, um passeio cairia bem. Há um lugar legal por perto que já está na sua lista de atividades de Winchester. Você aceita ou precisa acordar cedo?

Já contei ao Orion sobre meu trabalho como padeira na Owl and Crow. Mas também já adiantei toda a panificação e confeitaria de hoje e de domingo esta manhã (scones de chocolate, rolinhos de canela, bolo inglês da abuela e biscoitos de açúcar), o único hábito da Polly que estou mantendo.

— Vou dormir até mais tarde amanhã, então aceito. E há uma lista de atividades?

— Eu seria um péssimo exemplo de guia turístico se não tivesse uma.

O suéter do Orion me mantém aquecida na temperatura perfeita enquanto caminhamos para uma pequena seção da cidade perto do Gate. O Rio Itchen corta o centro da cidade neste local. Atravessamos pontes antigas, a água correndo sob nossos pés. E o Orion é um livro de história.

— Este moinho de água antigo está aqui desde 1086. Foi usado para lavagem de roupas durante a Primeira Guerra Mundial.

— Nosso Rio Itchen se estende por 45km.

— Winchester é habitada desde os tempos pré-históricos, mas um incêndio destruiu grande parte da nossa cidade em 1104. O arcebispo mandou reconstruir grande parte dela.

Ouço com satisfação, mas a paisagem e as ruas começam a parecer familiares. Muito familiares. Desenterro um pouco de história por conta própria.

— Espere um segundo. Se a Rua The Broadway é logo ali, poderíamos ter vindo para cá direto pela St. Cross Road em minutos. Mas pegamos essa rota rural extensa e demorada em torno dos limites da cidade e viemos pela parte de trás?

Ele se mexe para cima e para baixo com suas botas gastas.

— E?

— E? *E* o Remy disse que você pode usar o carro do seu pai.

— Eu uso o carro com frequência. — Seu estômago ronca, e nós dois soltamos uma risada. — Então, lanches? Podemos passar no Tesco. Meu jantar mais cedo foi meio que… não.

Seguimos em direção ao supermercado, no final do quarteirão.

— Você está tentando me distrair da sua desculpa questionável para me fazer andar de moto, dizendo a uma cozinheira obsessiva que você está comendo porcarias?

— Apenas declarando fatos. Acabei pegando apenas uma maçã e um sanduíche de queijo.

Funcionou.

— Lamentável. Agora que a cozinha da Crow é toda minha, vou começar a fazer todas as comidas cubanas possíveis com ingredientes ingleses. — Minha voz fica mais fina. — Sinto falta disso.

Uma Garota Cubana, Chás e Amanhãs • 131

— Imagino que você sinta falta. Há alguns lugares em Londres, mas acho que nunca experimentei comida cubana. Então, você vai dividir?

Britânicos astutos com suas motos desnecessárias não deveriam receber sorrisos, mas o estômago vazio de Orion Maxwell, seu entusiasmo infantil e as sobrancelhas arqueadas são mais fortes do que a minha careta.

— Nenhum guia turístico meu vai sobreviver de chás e sanduíches de queijo. — Chegamos ao Tesco. — Você está encarregado dos lanches, e eu vou caçar uma nova máscara facial. — Minha pele está sentindo falta da umidade da Flórida.

Saindo do supermercado, deixamos o centro da cidade para trás. Orion não me dá nenhuma dica sobre nosso destino, enquanto me conduz por uma ladeira que se eleva progressivamente através de um bairro sofisticado com casas enormes.

O bairro nos leva a uma trilha marcada com grades de ferro forjado e degraus largos.

— A iluminação é questionável e é um pouco íngreme, mas nós dois temos botas resistentes. E o que está no final, à espera, vale a pena. — Ele puxa o celular, toca no ícone da lanterna e me incentiva a fazer o mesmo. — Confia em mim?

Eu confio, sem questionamentos, em três coisas: nas receitas da abuela e suas variações características; no negócio da minha família, a forma como funciona; e na cidade onde funciona. Mas, até agora, este garoto manteve um relutante transplante de Miami instruído, bem direcionado, entretido e acolhido em uma lã cinza macia. Agora, confio nele também. Talvez até demais para o pouco que o conheço.

— Lidere o caminho.

15

A trilha e os degraus são íngremes, mas não são páreos para meus pulmões de atleta. A trilha secreta termina com uma plataforma cercada e uma vista que me deixa sem palavras. Assim como Stef e eu fazíamos na Disney World, quando éramos crianças, corro em direção à luz noturna colorida do tamanho de uma cidade abaixo de nós. Winchester se espalha como uma galáxia invertida de brasas douradas. Estamos em um lugar muito alto. Árvores e edifícios brilham contra um céu azul-escuro. Os trilhos do trem serpenteiam como caudas de cometas. No centro, a enorme catedral está mergulhada no tom amarelado dos holofotes.

— St. Giles Hill. — Orion aponta para o extenso parque na colina à nossa esquerda. — Venha. Só espero que a grama não esteja muito encharcada.

A grama está, bem, não exatamente encharcada, mas úmida o suficiente, porque isto é a Inglaterra. Orion se diverte muito com meu rosto enrugado e a acomodação hesitante do meu jeans na camada de orvalho.

— Já que acha minha bunda molhada tão hilária, estou esperando que você me conte algum mito cultural aleatório sobre grama — digo.

— Agora você está solicitando superstições? E eu pensando que todos os meus fatos e histórias sobre Winchester a enviariam diretamente de volta a Miami de tanto tédio.

A palavra *aprisiona-me*, e, de maneira tão repentina, estou desarmada e fraca com a paisagem, motos e música. *Estoy aqui — ainda estou aqui*, diz Miami. Como se eu pudesse esquecer. Mas, desta vez, Miami apenas toca superficialmente minha pele, porque deixei essa vista cintilante da cidade mudar a minha. Posso pertencer inteiramente a um lugar, mas vou me sentar em uma colina e aproveitar este momento agora. Talvez até mesmo amá-lo.

— Lila. Eu não tinha a intenção de...

— Mostre-me o que está dentro dessa bolsa — digo.

— Sim. Mas eu sei que você quer...

— Quero que o seu estômago resmungão cale a boca.

Ele expira, seja de alívio ou humor, eu não sei. Mas sacode a bolsa marrom.

— Alguns petiscos britânicos clássicos para sua iniciação.

— Ei, minha vida não é cem por cento desprovida de "coisas" britânicas. Pego meu celular e mostro a ele uma foto do meu Mini Cooper turquesa.

— Você está brincando. — Ele ergue os olhos, sorrindo.

— Combina com você. A cor é bem Miami e é uma cor viva.

— E rápido. Sinto falta de dirigi-lo.

— Não vai demorar. Antes que você se dê conta, vocês já estarão juntos. — Ele entrega essa fala como um juramento. — Três meses, e diminuindo.

E minguando como a Lua. Também a encontro; à espreita através de uma árvore que margeia a colina, volumosa e redonda. Então me viro para o Orion, e talvez apreciar uma coisa linda me permita apreciar outra. Orion Maxwell é uma criatura atraente. Mais para *muito* atraente. As partes gastas e usadas dele — couro surrado, botas cheias de arranhões, o cabelo que está sempre flertando com cachos — são *interessantes* contra um rosto iluminado pela cidade, seus contornos bem definidos e olhos azuis saídos diretamente da paleta de um pintor. Minhas próximas palavras saem como se estivessem presas em imaginação, cheias de nuvens.

— Que tipo de prestadora de serviços de alimentação sou eu? Distraí você da sua bolsa de lanches.

— Certo. — Com um floreio, Orion organiza nosso pequeno piquenique de lanches. — Batata frita Walkers sabor bacon, que você chama de salgadinho. Erroneamente. E, para uma dose extra de açúcar, barras de chocolate Aero e Dairy Milk. — Por último, ele apresenta uma garrafa gigante de aparência familiar. — Sim, Oldfields novamente. Estava com pressa, então optei pela escolha segura.

Ele serve a sidra em dois copos de plástico transparentes.

— O balconista do Tesco me deu esses copos quando viu nosso estoque e eu mencionei a colina. Assim, não teríamos que beber direto da garrafa. — Ele brinda, batendo seu copo contra o meu. — Como pagãos.

Aconchego-me no suéter do Orion, bebo sidra e provo os lanches. Os salgadinhos de bacon — batatas fritas — tornam-se rapidamente os favoritos. A vista também. Outra coisa em que eu poderia mergulhar completamente, até mesmo com um guia turístico como ele — e talvez até um novo amigo — me mostrando todos os lugares por aqui.

Orion me observa enquanto contemplo o céu.

— Analisando as estrelas? — pergunta.

Inclino-me para trás, deitando ao longo da inclinação, meu cabelo na grama úmida, mas não me importo.

— Eu estava procurando você. Sua constelação.

Ele sorri.

— Isso foi ideia do meu pai e o motivo de mamãe ter escolhido o nome da Flora. Orion é um caçador na mitologia grega. Papai sempre "caçou" lugares distantes. Combine isso com o amor pela astronomia, e você terá um nome pelo qual as crianças zombam de você na escola.

— É o melhor nome. Único e forte — me pego dizendo.

— Obrigado, eu gosto agora. Tive que me acostumar a ele. Mas você não vai me encontrar nestes céus esta noite.

— Por que não?

— Orion é visível à noite no hemisfério norte nos meses de inverno. Volta a aparecer por aqui no início de agosto, mas apenas ao amanhecer. — Ele bate no meu ombro. — Orion cumpre o horário dos padeiros.

— Ainda estarei em Winchester em agosto e preparada com a massa do pão. Terei que sair e procurar, se é que conseguirei encontrar no meio da neblina e das luzes da cidade. Nunca estive em um local bom para observar as estrelas. Sempre havia cidade demais em nossas viagens, e em Miami também. — Minha bela e iluminada casa nunca fica escura o suficiente.

— Você está brincando. — Mesmo na penumbra, percebo o horror fingido em seu rosto. — Sua lista de atividades turísticas aumenta a cada minuto. Existe um lugar dos sonhos para apreciadores de astronomia, escuro como o pecado, uma viagem curta, mas ainda não muito longe na Millie.

— Eu gostaria disso. — Inspiro e expiro uma respiração profunda. — Foi apenas nas últimas semanas que consegui olhar para as estrelas sem desmoronar. Depois do funeral da minha abuela, eu não conseguia. — Giro minha cabeça e o encontro parado e esperando. — Eles me chamam de Estrellita em Miami, no meu bairro. Estrelinha. Como se eu estivesse iluminando o céu noturno — e a cozinha — enquanto todos os outros dormem.

— Você ilumina, sim — diz Orion. — Isso transparece na sua comida.

— Obrigada. Preciso dessa motivação para o que vou fazer quando voltar para casa.

— Para os negócios da sua família? Eu entendo disso.

Aceno com a cabeça.

— Minha mãe não cozinha, mas é uma decoradora de bolos habilidosa. Quando Pilar se formar no próximo mês de maio, meus pais querem abrir uma pequena confeitaria personalizada em outra parte de Miami. E Pilar e eu assumiremos La Paloma — isso significa pomba. Vou supervisionar a equipe da cozinha e toda a comida. E Pilar gerenciará as finanças e coisas de negócios.

— Uma equipe vencedora. — Ele estende um dedo em minha direção, mas não me toca. — Isso explica este magnetismo. Se tudo isso está esperando por você em casa, entendo por que é difícil estar longe.

Eu me sento, tateando em busca da pomba dourada. Do jeito que meu cachecol está dobrado, o passarinho fica pendurado logo abaixo da lã com estampa de oncinha.

— Estar longe é como estar ausente do meu próprio coração. Mas é minha culpa. Meio que agi como a Flora, multiplicado por mil.

Ele se senta também, mastigando sua barra de chocolate Cadbury.

— Imaginei que eles não a mandaram para longe por três meses porque você fugiu e ignorou suas mensagens.

— Não, mas um dia o luto venceu, e fui imprudente. Eu sentia falta do Andrés, e a morte da abuela estava me consumindo. Então a Stefanie foi embora. Tudo o que eu conhecia e era familiar estava se esvaindo, e senti que precisava reivindicar minha cidade inteira para consertar as coisas, colocando os pés no chão para a realidade.

— E como alguém reivindica uma cidade?

— Corri o máximo que pude em Miami por horas. Não respondi nenhuma mensagem. Pilar acabou rastreando meu celular e me encontrou a quase 32km de casa. Eu estava deitada na grama de algum parque aleatório, desidratada, sem mais nenhuma lágrima e vazia. Basicamente, uma bagunça.

— Cristo, agora entendo por que eles estavam tão preocupados. Alguém poderia ter roubado você... ou pior.

— Sim — sussurro. Esta é a primeira vez que falo sobre aquela noite. A sensação de soltar algumas das imagens nas quais ainda penso enquanto minhas mãos preparam massas é melhor do que imaginei. O pânico de sentir os pulmões queimando e não ter ar o suficiente, minha garganta ficando mais seca do que a Flórida jamais poderia imaginar. E Pilar penteando delicadamente meu cabelo lavado antes de esquentar a sopa.

Pego-me querendo continuar.

— Veja, mandar entes queridos para longe não é o que minha família faz, a menos que seja o último recurso, então acho que é assim que você poderia chamar minha passagem para cá. A ida da abuela aos Estados Unidos foi uma oportunidade especial que meus bisavós não poderiam deixar passar, um programa de intercâmbio através de sua igreja. Mas, depois de alguns anos, a maioria dos meus parentes seguiu seus passos, se amontoando em casas até que encontrassem trabalho e pudessem pagar seus próprios lares. Ficamos próximos, e essa unidade familiar é tudo. — Meus olhos ficam turvos. — Tanta coisa minha é...

— Tanta coisa sua *é* Miami — diz ele.

— Exatamente. É onde começamos, de certa forma.

O celular do Orion apita.

— Pode olhar. Pode ser a Flora — digo.

Ele aponta o queixo para mim antes de ler a mensagem.

— Não é a Flora. É o Remy. Lembra da Jules e seu comentário sobre stalkear o produtor no Twitter? — Quando aceno, ele diz: — Jason Briggs tuitou sobre alguns destaques de sábado na pequena cidade de Winchester. Mas nem uma palavra sequer sobre a Goldline.

Endireito minha coluna.

— Isso é ridículo. Jules é uma das melhores cantoras que já ouvi.

— Sim, e às vezes uma mensagem de texto não serve. Devíamos ligar para ela. — Ele liga e, quando Jules atende, Orion coloca no alto-falante. — Isso é uma bela de uma porcaria — diz ele.

— Essas são letras bem adequadas agora, Ri — diz Jules na ligação, impassível. — Briggs até deu um aceno de cabeça para GLYTTR — GLYTTR!

— Jules, é a Lila. Você e sua banda foram muito melhores do que qualquer outra pessoa naquele palco. Ouvi um pouco desse grupo GLYTTR, e elas são um zero à esquerda. Eu realmente sinto muito.

— Obrigada, querida.

Continuo:

— Então, o estúdio de Briggs é em Londres? Eu poderia cozinhar algo para ele, você sabe, algo especial, com um ingrediente extra, para mantê-lo preso no banheiro por longas e dolorosas horas.

Uma harmonia de risadas preenche a colina silenciosa.

— Essa aí é sinistra. Gostei. — Isso vem do Remy.

— Eu também, e é tentador, mas acho que não — diz Jules. — É assim que funciona. Toda a indústria é subjetiva, e se trata apenas de atrair a atenção de alguém no momento certo. Vou apenas parar de agir como uma garotinha e lançar minhas músicas novas por cima daquele Jason Briggs. E, de agora em diante, não quero ouvir de vocês mais nenhuma palavra sobre meu livro roxo.

Nós concordamos e dizemos isso a ela. Então desligamos, e o Orion novamente me pega com o rosto virado para o céu limpo e escuro.

— Você está procurando por outros caras com nomes de constelações?

— Engraçadinho — digo, imitando-o, e recebo uma risadinha divertida. — Pensei ter visto uma estrela cadente, mas era apenas um avião. E eu também estava pensando na Jules e em como ela não está esperando e torcendo para que sua grande chance caia no seu palco. Ela está trabalhando muito para isso.

— Ela não está confiando seu futuro a pedidos feitos para estrelas cadentes, isso é certo. Ela vai se tornar a estrela.

Olho para cima novamente.

— Mas ainda assim é divertido desejar. Se aquela pequena luz caindo não fosse um avião, o que você desejaria?

— Provar sua comida cubana.

Direciono meu olhar para ele. — Isso já é certo.

— É mesmo? — Ele gira, se apoiando em um cotovelo. — Você *diz* essas coisas, mas eu ainda...

— Você vai. Vou começar com algo chamado de sanduíche cubano. Nenhuma dica, exceto que isso requer refogar algumas paletas de porco e assar um presunto. Então, dias, Maxwell. Não há necessidade de desperdiçar uma estrela cadente nisso. Agora, qual é o seu verdadeiro desejo?

Seu sorriso feliz se fecha. Ele aponta a mão em direção às estrelas apagadas.

— Parei de fazer desejos a estrelas há muito tempo. Quero dizer, ainda tenho sonhos e esperanças. E certamente não significa que fico sentado esperando que as coisas aconteçam. Mas fiz esse acordo com o universo. Aprendi a não pedir mais do que aquilo que recebo, seja bom ou ruim.

— Desde… a sua mãe?

— Desde então, sim. Cresci para encontrar paz e aceitação em não lutar contra o que não posso controlar. Não corro mais para Deus ou para o universo como um mendigo. Isso me ajudou. — Sua boca treme ligeiramente. — E, veja, às vezes o universo me dá noites realmente divertidas, levando cubanas padeiras e turistas para o show da minha amiga, passeios de moto e nossos lanches nativos. Então você pode desejar estar em casa. Entendo isso e todos os motivos. Mas agora você está aqui, e não consigo me imaginar pensando que isso tudo seja tão ruim assim, Lila.

— Não. Não é ruim de maneira alguma. — As palavras saem correndo de mim, ultrapassando incontáveis ecos de Miami, raízes cubanas e tudo que coloquei em minha bolsa para este lugar frio e estrangeiro. É totalmente verdade. Estou vestindo o suéter dele, e é tudo muito bom, e é um novo tipo de bom que eu esteja começando a vestir a cidade dele também.

Um vento noturno passa entre nós, soprando em meio a todo o peso e carregando nossos copos de plástico vazios colina abaixo. Então, compartilhamos o resto da sidra, passando a garrafa para cá e para lá. Como pagãos. E não importa que sua constelação homônima seja visível apenas na Austrália ou na Nova Zelândia em junho. Eu estou aqui, no hemisfério dele. Eu encontro Orion de qualquer maneira.

16

É por causa do Spencer que minha corrida do meio da manhã começa e termina na cozinha da Crow. Tudo o que o Spencer teve que dizer ao Orion quando o encontrou na entrada do caramanchão foram quatro palavras: doces cubanos, pães cubanos.

Sem fôlego, me lavo e jogo uma garrafa de água para meu parceiro de corrida.

— Acho que hoje alcançamos o ritmo mais rápido para fazer aquele círculo, até agora. O seu não teria nada a ver com os pastelitos, teria?

Ele passa o plástico frio na testa e bate na pia.

— Eu havia me esquecido completamente deles.

— Mentiroso. — Viro minhas costas para seu grunhido e pego seu estoque secreto. A cozinha brilha recém-organizada e arrumada para combinar com a minha organização em La Paloma. Com a saída de Polly, finalmente esta cozinha é minha. Pelo menos até o final do verão. Anteriormente, reaproveitei uma das caixas de entrega de chá de Orion como uma embalagem de padaria. Levanto a tampa, revelando meia dúzia de pastelitos. Os pastéis retangulares são abertos na parte superior para revelar recheios doces.

— Oh, Deus. Agora entendo por que você me fez esperar até depois da nossa corrida. De jeito nenhum eu pararia em apenas uma mordida, e isso não me levaria a nada de bom. — Ele inala o cheiro de manteiga e massa folhada.

Aponto para os dois tipos, coco y guayaba.

— Coco e goiaba. Minha mãe mandou goiabada, mas eu a uso para cozinhar para amigos, não para hóspedes. E, não, eles não são todos só para você. — Balanço a cabeça em sinal negativo para sua carinha de choro. — Duas outras pessoas moram na sua casa.

Ele morde o pastel de goiaba e depois faz uma cara engraçada e meio embriagada.

— Isso deveria ser ilegal. Não me lembro da última vez em que tive algo tão gostoso na minha boca.

Meus olhos se fixam nos dele, mais rápido do que um estalar de dedos. Em suas marcas, preparar e corar. Não consigo evitar. Por favor, deixe-o pensar que é apenas o meu rubor facial pós-corrida.

Sua risada ressoa dentro de seu peito. Falhei.

— Como você tem a mente suja! Eu estava falando estritamente sobre a massa de pastel, muito leve. Você fez isso também?

¡Tranquila! Acalme-se, Lila. Limpo minha garganta e lanço um olhar que diz: *Você não me conhece?*

— Passei o dia inteiro ontem preparando o equivalente a um freezer cheio de massas folhadas para as próximas semanas.

Enquanto ele come, trago para perto um grande pão oval, perfeitamente dourado, com a parte superior dividida no meio, ainda quente do forno.

— Pan cubano. Pão cubano. Muitas culturas têm um pão nativo, e este é o nosso. É semelhante ao pão francês, mas utilizamos banha. Amamos nossos produtos suínos.

— Eu aprovo produtos suínos. — Ele levanta uma sobrancelha quando deslizo o pão para frente. — É todo para mim?

— Para você e sua *família*. Estou feliz por ter escondido o pão aqui. Cate disse que só tinha metade de um pão oval e seis pastelitos para a equipe de serviço dividir entre si. Preciso aumentar minhas quantidades novamente. — Pego uma faca de pão serrilhada e corto um pedaço, em seguida, espalho uma das minhas coisas novas favoritas — a manteiga grass-fed irlandesa, que guardo por perto em um pote pequeno.

Ele se joga nos carboidratos e gordura e faz outra expressão de êxtase.

— Tão perfeito. Isso também fará um queijo quente maravilhoso.

— Eu sabia que você diria isso. Minha mãe está me devendo uma remessa de café, para que eu possa fazer um cubano para você.

— Mami realmente esqueceu de enviá-lo na minha última encomenda de suprimentos, mas fez questão de incluir um suéter extra e um novo pacote de roupas íntimas. *Por Dios.* — De qualquer forma, molhamos o pão no café, e é a melhor coisa de todas.

Já quase terminando a sua fatia, ele diz:

— O que você preparar, eu vou provar.

Ergo minhas sobrancelhas.

— Em seguida, você irá provar os sanduíches cubanos. Isso será amanhã, porque a carne vai demorar o dia inteiro para assar. Venha por volta das sete horas, se puder. E você poderá aprender como fazê-los.

— Ah, eu posso, sim. — Ele coloca uma das mãos no queixo.

— Estou começando a me questionar se toda essa corrida está prestes a ser anulada de alguma forma.

Provo minha própria comida, mordiscando o pão quente com manteiga e um pedaço do pastelito de guayaba que o Orion me dá. Sinto o gostinho de casa.

— A maioria dos cozinheiros cubanos tem como missão alimentá-lo até que você não consiga andar, respirar, manter conversas normalmente, ou qualquer combinação dos três. — Meu ombro salta. — O que você faz com seu corpo é problema seu. Sinto muito, só que não.

— É assim, então?

Nossos olhos se encontram para outra luta amigável. Eu perco — a primeira a desviar o olhar, rindo. Ele também o faz antes de retornar ao seu pastelito. Sua língua se adianta para pegar pedaços de recheio de goiaba no canto da boca. Realmente, uma bela boca. Cheia e do tamanho perfeito. Não é como se eu não tivesse percebido antes. Agora, perceber se transforma em fantasiar. Não consigo imaginar como as minhas fantasias poderiam significar ou se tornar algo além do que isso no momento. Mas sangue quente e vermelho ainda jorra de um coração partido como o meu.

O Spencer e o Gordon passam por cima das minhas reflexões, entrando pela porta dos fundos com sacolas de compras cheias de achados da feira livre. O Spence inclina a cabeça para o Orion e diz para mim:

— Sucesso. Eles não só tinham seus figos, como também estavam a granel.

Gordon despeja os figos em uma tigela e a coloca na ilha de madeira.

— A granel é ótimo. Obrigada, pessoal — digo antes de Spence levar suas compras pelo corredor de serviço.

Gordon já encontrou os pastelitos de goiaba que separei para a cozinha do loft. Mão na borda do prato, olhos de filhotinho inocente em mim.

Concedo, expirando irritada.

— Só mais *um*. Guarde um pouco para seus pais.

Gordon não perde tempo em dar uma mordida.

— Meu favorito dentre todas as comidas que experimentei em Miami. Além disso, paguei minhas dívidas no transport. — Ele puxa sua camisa de treino suada.

— Hum. Durante todo esse tempo, pensei que as roupas novas de academia eram apenas para manter as aparências — diz Orion.

Gordon se aproxima e enfia um pedaço grande de pastel na boca.

— Me deixe em paz, Ri — diz ele, abafado, mas compreensível o suficiente. Nós rimos enquanto ele sai.

Lembro-me dos figos e me aproximo da tigela, observando o estoque de muitos ângulos diferentes. Cautelosamente.

— Lila — diz Orion —, são apenas frutas inofensivas, e não pequenos ovos de monstro prestes a chocar e atacar.

— Isso é o que você pensa. — Olho para ele, suspirando. — Mas tenho que fazer amizade com o figo, por causa do meu racionamento de goiaba. Apenas algumas frutas funcionam bem como recheio de pastelitos. — Pego um dos figos preto-púrpura; o tamanho e a textura são semelhantes o suficiente às minhas amadas goiabas. — Meu acordo com os Wallaces era integrar produtos de panificação cubanos e britânicos. Mas vou tentar realmente combinar ingredientes e técnicas às vezes, em vez de apenas servi-los lado a lado.

Orion acena.

— Então, pastelitos de figo? Um tipo de combinação britânico-cubana?

Minha boca estremece com o som da palavra pastelitos, toda errada, mas completamente adorável na cadência britânica aconchegante do Orion.

— Sim, minha abuela faria o mesmo. Ela adorava mudar suas receitas tanto quanto adorava cozinhar pratos da maneira tradicional.

— Corto um dos figos, revelando duas barrigas púrpuro-avermelhadas que posso colher para cozinhar com açúcar, óleo e pectina.

Meu celular apita no bolso da minha calça de corrida. É a mami — cedo demais para ela estar acordada —, mas isso é normal para um dia agitado preparando bolos.

Luisa Lopez, mãe da Stefanie. Ainda não estou acostumada com o meu novo normal, no qual Stef e eu precisamos do intermédio de outras pessoas para ter uma conversa simples.

Leio a mensagem novamente e depois em voz alta para o Orion, traduzindo.

— Ninguém da família da Stefanie pôs os pés em La Paloma desde que ela viajou para a África. Eles têm feito compras na nossa padaria rival. Até a noite passada.

— De jeito nenhum esse outro lugar é tão bom quanto o seu.

Eu me encolho, balançando a cabeça.

— Isso mostra a você como as coisas estão estranhas entre nós. Todo mundo sabe. — Mostro a Orion o e-mail que enviei para a Stef há alguns dias. Ainda sem resposta.

Orion se inclina, os antebraços afundando na ilha de madeira, e seus olhos nunca se desviando dos meus enquanto ele morde o pão. Engole.

— Talvez ela esteja com medo, e ter entrado em contato através da mãe dela tenha sido mais fácil por enquanto. O que você acha que o *mais* significa na mensagem da sua mãe?

— Não tenho certeza, mas vou descobrir, seja através da mami ou da Pilar. Mas…

— Mas o quê?

— Eu… — Palavras que eu nunca disse a ninguém chegam à ponta da minha língua. Mas elas param. Parece longe demais para pular.

— Certo — murmura ele e investiga ao redor, alcançando uma pequena tigela de madeira com sal grosso. — Há muito tempo — começa ele, com um brilho nos olhos —, o sal representava a amizade. Uma das primeiras superstições que aprendi. O sal era uma mercadoria valiosa, e seu desperdício não era considerado apenas caro e azarado, mas também sinalizava a perda iminente de um amigo.

— Ele empurra a tigela em minha direção. — Para evitar isso, você joga uma pitada de sal por cima do ombro esquerdo.

Mami usa sal para trazer manchas de óleo à superfície e poder limpá-las. Mas não é apenas o sal que faz com que eu me sinta segura em revelar algumas das minhas verdades ocultas. É o Orion, comendo minha comida e devolvendo algo de si. Mesmo que seja apenas uma superstição, isso me mostra que ele não está apenas curioso ou jogando conversa fora. Ele se importa.

Assim que estou prestes a dizer mais, ele se aproxima:

— Tenho que ir trabalhar, mas você pode passar na loja mais tarde? — Mesmo que ambos estejamos suados depois da corrida, ele me convida para um abraço de que eu não sabia que precisava mais do que os sabores de casa. — Você vai resolver isso, Lila. Amizades antigas são valiosas, muito mais do que sal antigo. Mas amizades novas também são.

Minha cabeça encontra um lar em seu ombro. Ele tem cheiro de sabonete e colônia. Mais ou menos na hora em que eu normalmente recuaria, percebo que não quero sair daqui. Encaixei minha bochecha logo acima de sua clavícula. Ao sentir meu movimento, ele encurta seu aperto, sua palma plantada firmemente no centro das minhas costas. Conforme os momentos passam, meu pulso diminui de uma salsa vigorosa para uma dança lenta em um baile de primavera. A cozinha inteira apenas respira. Finalmente, me sinto melhor, e ele sorri, colocando uma mecha de cabelo atrás da minha orelha.

Quando o Orion vai embora, uma pontada de medo atravessa tudo o que foi confortado dentro de mim há pouco. Minutos atrás, eu me sentia mais do que apenas bem e talvez até um pouco feliz por estar em Winchester. Por 30 segundos reais, eu queria estar no abraço do Orion, com suas superstições e ouvidos atentos, mais do que em um voo da British Airways para casa.

Há muito tempo, o sal representava amizade.

Pego a tigela de madeira e jogo uma pitada de sal por cima do ombro esquerdo, como o Orion falou. É bobo e ridículo, mas eu o faço mesmo assim. Mas não faço isso pela minha amizade com Stefanie. Não quero perder Miami. Meu amigo mais antigo de todos.

Estou andando de bicicleta. Estou andando em uma bicicleta verde na Jewry Street. Estou andando em uma bicicleta verde na Jewry Street com quase 3kg de paletas de porco e um presunto de quase 2,5kg na minha cestinha.

Além disso, não estou completamente suada, como se estivesse andando de bicicleta em West Dade. Estou começando a conhecer Winchester. Agora posso pedalar para longe da Crow e variar minhas rotas, observando casas de tijolos, arcos de flores e monumentos sem me preocupar em me perder.

Coloco a bicicleta em um espaço vazio em frente à Maxwell's. Duas sacolas cheias de assados, picles gourmet e mostarda amarela vêm como acompanhamento. Enquanto espero para atravessar a rua, ouço batidas em uma janela atrás de mim. Giro e encontro a Jules em uma mesa, gesticulando para que eu entre em um estabelecimento de sucos orgânicos.

O barulho de um sino me dá as boas-vindas à pequena loja que cheira a grama cortada e laranjas. Sento-me em uma cadeira livre na mesa da Jules e coloco minhas compras do meu lado. — Você me pegou!

— Bem na hora — diz Jules, animada. Ela está vestida da maneira mais casual que já vi — moletom cinza e jeans boyfriend, cabelo enrolado em um coque alto. — Carly, da minha banda, acabou de sair. Fizemos uma sessão de estudos para as provas, e agora meu cérebro está totalmente frito. Você pode me fazer companhia até minha mãe chegar?

Eu sorrio; gosto do estilo dela. Sua confiança.

— Quer pedir uma bebida? — pergunta ela. — Não há nada mais surpreendente do que a dose de suco de clorofila.

Acredito nela, mas balanço a cabeça negativamente.

— Da próxima vez. Essa quantidade de verde pode acabar se revoltando contra todos os carboidratos e gordura que comi mais cedo.

— Bem pensado — diz Jules antes de começar a me contar sobre seus próximos shows de verão. Compartilho meu trabalho na pousada e algumas curiosidades sobre a Flórida. Rapidamente a velocidade e o volume da nossa conversa crescem demais para caber dentro da pequena loja. Descobrimos que ambas somos descaradamente vaidosas com comida. E que seus pais são tão viciados em novelas britânicas quanto a mami é nas dela. Nem preciso explicar como isso pode se espalhar para o resto das nossas casas, mesmo quando a TV está desligada. Ela entende isso e muito mais.

Jules entende como é ter uma irmã mais velha superprotetora (a dela está em uma universidade na Escócia). Ela também entende todas as coisas tristes e confusas deixadas para trás quando perdemos alguém próximo. Seu tio favorito faleceu de câncer no ano passado. Ele foi seu maior apoiador, mentor musical e a primeira pessoa para quem ela falou sobre gostar tanto de garotas quanto de garotos. Foi seu tio Albert quem a incentivou e a inspirou a escrever sua primeira música.

Como um refrão familiar, sua revelação ainda está girando dentro da minha cabeça quando meu celular apita. Levanto os olhos depois de ler as mensagens de mami, e Jules pergunta:

— Notícias de casa?

Eu normalmente ignoraria essa pergunta. Mas, nos últimos 20 minutos, eu descobri que a Jules não é apenas uma garota legal com um talento extraordinário. Além de opiniões semelhantes sobre família e sobre comer sobremesa primeiro, parece que nos entendemos muito bem. Não há como ela ter vivido 16 anos sem ter pelo menos uma briga, como diria o Orion, com um amigo. Então decido compartilhar mais sobre *minha* amiga e tudo sobre a atualização da mami.

— Stefanie, não achei que ela fosse durar muito tempo lá. — Acrescento, após uma rápida pausa.

— Na África? — pergunta Jules, chegando mais perto.

— Sim. É um dos motivos pelos quais eu não queria deixar Miami. Pensei que, depois de algumas semanas, ela apareceria de volta na minha varanda e perceberia que tudo o que havíamos planejado era maior do que trabalho de campo. Ela perceberia que talvez a África não fosse o lugar para ela. Quero dizer, a Stef que eu conhecia era exigente com comida e não conseguia passar dois dias sem o secador de cabelo.

Jules franze o nariz e lentamente levanta uma das mãos.

— É possível que eu conheça alguém semelhante.

Rir é como tomar uma dose da vida em um copinho — melhor do que suco de clorofila.

— Acima de tudo — continuo —, tínhamos nosso plano para Miami. Eu queria manter isso por perto. Antes de vir para cá, corri e fiz compras em nossos lugares habituais e me sentei no mesmo local de South Beach a que sempre íamos.

— Como se isso fosse trazê-la de volta de alguma maneira?

— Como se pensar em nossa amizade, no programa de enfermagem da universidade e no que fomos desde crianças fosse trazê-la de volta. Mas ela não vai voltar para casa tão cedo. De qualquer forma, eu tentei. Fiquei nesses lugares de Miami por nós duas.

Uma Garota Cubana, Chás e Amanhãs • 151

— Entendi. — Jules se inclina como se suas próximas palavras fossem um segredo. — Você sabe por que ela foi embora assim?

Carreguei essa dúvida comigo por todos os lugares, até mesmo através de continentes.

— Eu estava muito chateada para ficar por tempo suficiente para escutar uma resposta de verdade. E não consigo pensar em nada que faça sentido. — Delineio o trajeto de um grão ao longo da mesa de madeira, tingida da cor da areia da praia. — Acho que as pessoas nem sempre são quem você pensa que elas são. O que a Stef fez comigo doeu. Mas sei que não foi só ela. E odiei a maneira como deixamos as coisas.

— Entendi. Quebradas, como você disse — reflete Jules. Ela tem o mesmo semblante de concentração que vi em seu rosto enquanto ela escrevia uma música. — O problema é que, quando você junta os pedaços de alguma coisa, ela jamais volta a ser exatamente como antes. E se ela quiser consertar tudo, mas isso significar que será diferente de como costumava ser? Você consegue lidar com isso?

Se há algo que os últimos meses me ensinaram é o fato de que não lido bem com "diferente". Ainda assim, respondo:

— Espero que sim. Mas nem sei como seria isso. Só conheço nossa antiga amizade.

— Bem, ela precisa entrar em contato com você primeiro, e parece que ela o fará. E a mãe dela disse à sua que ela está feliz. — Suas sobrancelhas caem. — A questão é: você está feliz por ela?

— Sempre. Não importa o que aconteceu. — Minha voz sai baixa.

Jules oferece um sorriso caloroso.

— Então me parece que vocês duas ficarão bem.

Ela acena para uma BMW preta estacionando ao lado da calçada.

— Então, minha carona chegou — diz ela e arruma suas coisas. — Olha, você sabe como as coisas são por aqui. Cidade pequena, comunidade fechada. Sei que vou manter alguns dos meus amigos para sempre. — Seus olhos encontram os meus, atenciosos, mas vibrantes, assim como sua música. — Mas há outros que já não encontro com muita frequência, e percebi que está tudo bem. — Ela sorri pensativamente. — Às vezes eu os coloco em músicas e é onde os guardo. Além disso, sempre há espaço para novos amigos.

Meu coração incha, testando o espaço entre minhas costelas. Orion havia dito quase a mesma coisa. Ao me perder nessa memória dele, não acompanho o momento em que a Jules se levanta e caminha em direção à porta.

— Ei, Jules... obrigada.

— Por nada — diz ela, sorrindo, permitindo que o lado de fora entre. — Até mais, Lila!

Alguns momentos depois, atravesso a rua em direção à Maxwell's. Depois da conversa com Jules, meus passos estão mais leves do que estiveram o dia inteiro. Orion está no balcão ajudando um homem mais velho que usa uma capa de chuva (embora esteja realmente ensolarado), fileiras de saquinhos metalizados cheios de chá alinhados à sua frente. Um Orion ocupado me cumprimenta com as sobrancelhas.

Entretenho-me verificando alguns cantos da loja que não olhei da última vez. As prateleiras embutidas exibem delicados utensílios de porcelana para chá e pequenos bules asiáticos em metal pretos e castanho-avermelhados. Uma mesa solitária oferece livros sobre preparação de chá, assim como pilhas de toalhas de linho e abafadores de chá.

Olho em volta ao som do suspiro pesado de Orion. Além de uma camisa de botões azul-marinho, ele está usando uma expressão sufocada que diz *me ajude*; o cliente está sendo excessivamente questionador, ou algum outro tipo de pessoa irritante. Cubanos também podem ser provocadores, assim como alguns britânicos.

Atrás do homem que parece estar absorto nos chás, pego um dos assados de porco embrulhados e finjo que é um amor perdido há muito tempo. Faço mímicas, fingindo proferir palavras de amor, e pisco dramaticamente meus longos cílios, olhando romanticamente em seus "olhos". Um canto da boca do Orion treme com uma pequena risada, mas ele se mantém calmo enquanto pega outra lata — Earl Grey desta vez. Ah, ele é bom, mas eu sou melhor.

Giro e caminho, dançando silenciosamente como se eu fosse Clara e o porco, o meu Quebra-Nozes especial de Natal. Eu venci. O pescoço do meu alvo fica rosa, e ele é forçado a esconder sua risada com uma explosão de tosse obviamente falsa. Quando o cliente finalmente termina e vai à caixa registradora, Orion aproveita para me lançar um olhar cheio de avisos e facas de brinquedo.

— Você é um ser humano perigoso, Lila Reyes — diz ele, me encontrando no bar de degustação.

Sento-me e levanto a manga da minha blusa listrada, escolhida pela Pilar.

— Minha etiqueta de cuidados deve ter sido apagada.

— Engraçadinha. — Ele aperta a mandíbula como se estivesse tentando manter o rosto sério. E falha. — Você dificilmente merece uma xícara de chá depois dessas encenações, mas sou ingênuo e simplesmente não consigo evitar. Além disso, ainda precisamos descobrir qual é o seu chá favorito.

Intrigada, eu o observo pegar uma lata e seguir os mesmos passos da última vez. Depois de alguns minutos, ele serve o chá. Este enche nossas xícaras brancas com um líquido vinho-escuro.

— O que é isso?

— Chá-preto Assam — diz ele. — Um chá-preto "simples" cultivado na Índia. Experimente.

Experimento e respondo:

— É encorpado e... maltado. Essa é a melhor palavra que consigo encontrar para descrevê-lo.

— Exatamente. Ele é forte e por isso é usado principalmente em misturas de chá de café da manhã irlandês, que são algumas das mais fortes que existem. — Ele empurra o leite em minha direção. Adiciono uma quantidade generosa.

Tomo outro gole, o chá aquecendo minha língua com conforto e sabor. Entendo por que os britânicos anseiam por esse ritual todas as tardes.

— Juro que você pode sentir o sabor da terra de onde veio e todas as plantas ao redor. Mas não acho que seja um candidato ao meu favorito. É bom, mas talvez... um pouco defumado?

— Ahh, então continuarei tentando. — Ele olha para as minhas duas sacolas de compras. — Isso pode parecer estranho, mas é uma quantidade enorme de carne que você tem aí.

Solto uma risada.

— O Sr. Robinson, o açougueiro, conseguiu para mim. Vou fazer uma quantidade enorme de sanduíches cubanos amanhã. Você provavelmente vai comer pelo menos um e meio, talvez dois.

— Pelo menos — diz ele.

Nossa conversa e bebidas tornam o espaço entre nós leve e fácil, da mesma forma que o leite acomoda o forte chá-preto Assam em nossos copos.

Um homem entra na loja pelos fundos, e nenhuma apresentação é necessária para que eu saiba que ele é o pai do Orion. Orion mais 30 anos é igual ao loiro alto que está usando um suéter preto fino e calça de alfaiataria. Ele nos avista, sorri e se aproxima.

— Phillip Maxwell — diz Orion para mim. — Pai, esta é a Lila.

O Sr. Maxwell aperta a minha mão.

— Então, você é a padeira excepcional que fez os deliciosos doces que estão no balcão da minha cozinha.

— Fico feliz que tenha gostado.

Orion aponta o polegar em minha direção.

— Se eu engordar e minhas calças não servirem, a culpa é dela. E, cuidado, pai, ela está mandando comida cubana para você e para a Flora também.

Os olhos dele são gentis, o espelho dos de seu filho.

— Isso é muito generoso. Talvez você me encontre correndo com vocês em breve. — Seu sorriso diminui quando ele pega o celular. — Elliot acabou de enviar isso para vários donos de lojas. Dê uma olhada. Definitivamente não está concorrendo a nenhuma exposição de arte.

Nós dois nos inclinamos, e lá está novamente — grafite preto em uma grande parede de tijolos branqueada.

— Elliot é dono de uma loja de ferramentas perto da Farley's. Esta é a parede de trás da loja, que fica no beco — diz Orion para mim e me encara com um olhar astuto.

Estudo outra foto ampliada; o símbolo do infinito está lá, além de alguns outros símbolos ou desenhos deformados que não consigo distinguir.

— Parece ser do Roth e companhia, pelo que você disse.

— Mas eles sempre conseguem fazer essas porcarias sem serem pegos. Ri, Elliot quer saber o que você usou para limpar a loja de Victoria. Você poderia entrar em contato com ele? — O Sr. Maxwell boceja enquanto se afasta. — Desculpe, jet lag. E também é hora de organizar algumas contas. Foi um prazer conhecê-la, Lila.

— Um prazer conhecê-lo também — digo e depois falo para Orion: — Se seu pai ama a loja dele tanto quanto eu amo a minha, deve ser difícil para ele deixá-la, mesmo que ame viajar.

— Deixar a mamãe é o pior para ele. Quanto à Maxwell's, é praticamente minha agora. E a saída dele me dá a chance de gerenciar tudo sozinho. — Ele olha para a esquerda, depois para a direita. — De qualquer forma, chega de falar sobre a minha loja quando podemos falar sobre a sua. Pesquisei a sua padaria. Você recebe ótimas críticas! E claramente temos gostos semelhantes em design de interiores.

— Obrigada. Pilar administra o site, é claro. E, sim, alguns anos atrás meus pais reformaram a loja, se baseando no conceito industrial moderno. Embora o esqueleto ainda seja o mesmo com o qual meus avós começaram.

— O velho e o novo juntos — diz Orion. — Uma mistura, quase como Winchester moderno.

— E pastelitos de figo.

E talvez uma velha amizade entre duas garotas de West Dade que só conseguirá sobreviver com novas regras. Se é que sobreviverá.

17

— Você sabe que sou completamente inútil na cozinha, não é? — pergunta Orion segundos depois de pisar na minha cozinha na Crow. Ele se vira, arregalando os olhos para a linha de montagem de sanduíches cubanos que organizei na ilha de madeira.

— Inútil, é? — Passo minha mão alguns centímetros acima da grade plana superior no fogão. Está quase quente o suficiente. — Você consegue montar sanduíches ou precisa de um tutorial que explique como fatiar queijo e espalhar mostarda?

Ele escolhe um olhar de soslaio, mas o estraga com uma risada inesperada.

— Cristo, o cheiro aqui dentro está fantástico. Eu o segui como um rato pela passarela.

— O canto da sereia cubana. Atraio minha presa com gordura de porco.

— Então sou um caso perdido. — Orion lava as mãos. E pisca para mim. — Mas vale a pena se eu puder comer isso antes do meu fim.

Ele está ao meu lado. Pego dois dos meus pãezinhos cubanos e entrego um espalhador ao Orion.

— Remy e Jules não vêm?

— Remy está trabalhando no turno da noite na Taberna Bridge Street, o pub da família dele, e Jules tem ensaio com a Goldline.

Mas mencionei carne suína e pão caseiro e acho que ele derramou lágrimas de verdade por mensagens no grupo.

— Bueno. Não quero choro por eu não os alimentar. Vou preparar uma cesta com algumas comidas para eles.

Gordon passa rapidamente, parecendo um furacão.

— Não se importem comigo. Não vou ficar — diz ele, se protegendo de nós com os braços erguidos como se estivesse interrompendo. — Pensei em usar uma das bicicletas de hóspedes para ir à academia fazer um pouco de exercício extra.

Ele vai embora antes que possamos provocá-lo, então nos contentamos com olhares tortos.

— Ele comeu dois sanduíches cubanos com os Wallaces. O que explica — aponto para a porta dos fundos — aquilo.

— Tem certeza que explica? — Orion espia dentro da panela que contém os assados que cozinhei lentamente por 6 horas. Arranco um pedaço. Ele mastiga. Engole. — Eu estava certo. Você é perigosa.

Meu objetivo é o assassinato completo, conduzindo Orion pelas etapas de preparação dos sanduíches cubanos. Primeiro vai uma combinação de maionese com mostarda, depois o queijo suíço, picles em fatias finas, carne de porco, presunto e outra camada de queijo. Sua primeira tentativa é digna; passamos manteiga amolecida na parte externa dos pãezinhos, e eu os levo ao fogão.

Orion me segue.

— Ah, é quente?

— E derretido. Em casa usamos uma grande sanduicheira, como um grill. Mas aqui tenho que improvisar. — Busco um pegador de panela e uma frigideira grande de ferro que deixei aquecendo. Nossos sanduíches grelham com um chiado na superfície plana; pressiono a parte superior do sanduíche com a panela. — Com esse método, temos que virá-los, mas funciona direitinho.

Grelho os dois lados dos sanduíches cubanos até eles ficarem perfeitamente crocantes, queijo escorrendo sobre toda a carne. Depois de arrumarmos duas banquetas e dois pratos brancos, vejo Orion dar sua primeira mordida. Ele perde todas as palavras, encena um desmaio clássico da escola de teatro britânica e sua mão livre cai sobre seu coração.

Solto uma risada e como o meu sanduíche. Comemos em um silêncio embriagado por comida durante algum tempo. Miami preenche meus sentidos, alimentando tudo em mim.

— Chamo os sanduíches cubanos de A Quarta Refeição de Miami. As pessoas costumavam comê-los depois de dançar em clubes de salsa. Ainda comem, na verdade. Eles também são um dos nossos itens de bufê mais populares em festas. Formaturas, aniversários...

— Quando é o seu? — pergunta Orion e depois acrescenta: — Seu aniversário. Eu queria perguntar antes, mas esqueci e agora estou muito chocado para conseguir me lembrar do meu depois da sua comida.

Inclino minha cabeça com o elogio.

— 10 de agosto. Os tão sonhados 18 anos.

— Você ainda estará aqui.

— Agora você sabe o quanto meus pais estavam falando sério sobre me mandar para cá. O quão... acho que a palavra é desesperados. Como eles estavam desesperados, sabendo que perderiam meu aniversário e comprando a passagem de qualquer maneira.

Nossos olhos se encontram por cima do pão.

— Imagino que será difícil para sua irmã. Querendo comemorar com você.

— A verdade? — Seus olhos se arregalam, e eu levanto e pego um punhado de pãezinhos fatiados para a família e amigos de Orion e espalho a pasta de mostarda neles. — Eu deveria ir para a Disney

World no meu aniversário de 18 anos, com o Andrés. Tínhamos planejado isso há meses. — Empilho fatias de carne e queijo em oito pedaços de pão. — A Pilar se envolveu e disse que, em vez disso, iríamos com a Stefanie e uma de suas amigas. Viagem das meninas.

Coloco meus sanduíches prontos em uma bandeja para aquecê-los.

— Depois a Stef foi embora, e eu não queria pensar sobre isso. Então não deixei nenhuma comemoração épica para trás, se essa é sua próxima pergunta.

— Essa não era a minha próxima pergunta. — Ele coloca um cotovelo no balcão central. — Era algo que não vou perguntar, porque estaria me intrometendo e sendo terrível.

— Responderei a essa e a todas as outras perguntas que você fizer. — Santo cielo, as palavras simplesmente saíram. Puxo folhas quadradas de papel barreira para embrulhar os sanduíches cubanos para viagem. Os últimos 10 segundos se repetem em minha mente, e percebo que Orion Maxwell é um gênio terrível e um interrogador melhor do que qualquer um dos meus parentes. Conheço seus truques. Mas Orion — me desafiando? Fazendo os pelos dos meus braços arrepiarem, curiosos e desafiados? É um alimento tentador ao qual não consigo resistir. — Prossiga.

Olhos azuis como bolas de gude.

— Andrés. Você ainda o ama?

Meus pulmões se esvaziam. O calor me preenche, cem graus acima da fumaça e da brasa saindo da grade plana do forno. Amei Andrés por anos. E tentei manter meus sentimentos imutáveis, prendendo-os a mim até que ele voltasse, assim como Stefanie. Mas, no meio de toda a minha saudade por ele, nunca pensei em checar meu coração para ver se todas as minhas tentativas estavam realmente funcionando. Esta noite, escondida dentro da minha cozinha e na tranquilidade pacífica de sua cidade, Orion me faz essa pergunta. Qualquer garota presa em um padrão de conservação de amor deveria dizer que sim, confiante e imediatamente. *Sim! Eu ainda amo o Andrés.* Essas palavras não deveriam simplesmente sair de mim também? Sem esforço?

Mas elas não saem.

— Andrés ainda está aqui. Os sentimentos ainda estão aqui, mas diferentes, como se tivessem mudado de forma. — *Isso* vem mais rápido do que um piscar de olhos. — Conheço a sensação de me apaixonar. Mas não tenho certeza de como é a sensação de deixar de amar alguém. — Abuela nunca me ensinou essa parte. E ela deixou meu mundo antes que eu pudesse perguntar.

Pelo jeito que sua boca se curva, ele está mordendo o interior da bochecha. Ele pega uma das folhas quadradas do papel barreira. Começa a dobrá-la e vincá-la.

— Eu disse a uma garota que a amava, mas isso foi há muito tempo. E, quando tudo acabou, ideia dela — ele acena com as palavras —, foi uma porcaria. Mas percebi que eu era capaz de pensar e fazer coisas sem que minha mente pensasse primeiro nela. Ela ficou lá, como você disse, por um tempo. Então foi diminuindo e, agora, quase nunca.

Depois de dobrar pela última vez, ele criou um botão de tulipa de origami feito com o papel de cozinha.

— Então, quando sua mente parar de pensar tanto em Andrés, você saberá. — Ele coloca a flor de papel em minhas mãos.

Eu me sento e examino a pequena criação.

— Talvez, e isso é encantador, e onde você aprendeu a fazer origami?

Orion pega outro papel.

— Você não é a única que aprendeu alguns truques com uma mulher incrível.

Procuro algum sinal de tristeza nele, da cabeça aos pés, mas não consigo encontrar. Ele trabalha com uma alegria infantil, moldando, girando e fazendo outra tulipa para mim.

— Sua mãe lhe ensinou isso para que você tivesse algo a fazer com os guardanapos de jantar para, digamos, impressionar alguém em um encontro? — pergunto, porque também sou desgraciada. Terrível.

Ele nem mesmo olha para mim.

— Sua abuela lhe ensinou a fazer sanduíches incríveis para que você fizesse o estômago de um cara dar saltos mortais?

— Não — digo através de uma risada. — Não necessariamente para isso. Mas, se minha comida inspira saltos espontâneos, aceito o elogio.

— Então, aí está sua resposta. — Ele coloca uma segunda tulipa em minhas mãos, e meu sorriso floresce como um buquê cor de rosa.

Depois de pouco mais de um mês, estou em uma sintonia diferente. Na minha rua, West Dade, vozes estridentes atravessando as paredes nem me faziam tirar os olhos de um livro. Aqui me levanto e espio pela janela lateral. Conheço essas pessoas agora, suas formas e silhuetas. Jules e Flora estão na frente do pátio da igreja com três caras que definitivamente não são Orion, Gordon ou Remy. Coloco a mão na maçaneta da janela, mas me lembro de que ela grita mais alto do que um trompete. Vou para a outra.

Atravesso, abro e ouço. Não consigo vê-los daqui, mas sei que é Jules quem diz:

— Então, há quanto tempo estão esperando? Minutos, horas?

— Se você desbloqueasse os nossos números, eu não teria que…

— Não teria que fazer o quê, Evans? — É a Jules de novo e… ah! Roth e seus companheiros.

— Será que você poderia me escutar?

— Eles não estão dizendo que sua banda Goldline não é brilhante. — Isso vem da Flora. — Porque é, mas...

— Agora não, Flora. E eu não sou o motivo pelo qual vocês ainda não assinaram contrato com a North Fork — diz Jules.

— Como não? Eles ouviram "Blackbird". Você e eu. É esse o som que eles querem. — A voz de Roth fica ainda mais afiada.

— Não vou deixar que seus amiguinhos brincando de ter uma "banda" arruínem minha chance.

Uau. No me gusta — não gosto nada disso. Antes de pensar se devo, faço. Uma jaqueta de corrida cobre minha camiseta grande e as calças de ioga que vesti para o FaceTime com Pilar. Só que agora minha irmã terá que esperar.

Coloco meus chinelos e desço as escadas. Entre o flat dos Wallaces e o saguão, planejo minha estratégia para interferir em uma situação complicada sem piorá-la. Meu plano naturalmente me leva à cozinha. Sempre minha sala de guerra.

Movendo-me na velocidade da luz, pego os sanduíches que preparei para Jules e Remy e os embalo junto de uma variedade de biscoitos amanteigados recheados com frutas secas, que fiz enquanto a carne de porco estava assando durante o dia. Ainda tenho prateleiras cheias, mais do que o suficiente para servir dois chás da tarde, mesmo depois de o Orion devorar um punhado de biscoitos antes de ir embora.

Saio pela porta lateral; dezenas de resultados trágicos passam pela minha mente, mas continuo caminhando. Com a coluna ereta e armada de produtos de panificação, chego ao grupo e ignoro cinco rostos confusos. A conversa para. Levanto o saco de papel, entregando-o a Jules.

— Estava com isso pronto para você, e então escutei sua voz aqui fora. Sanduíches cubanos, como prometido. — Verifico meu relógio. — Remy já saiu do trabalho? Quero dizer, esses sanduíches ficarão melhores na sua geladeira do que na minha.

— Hum, sim. Obrigada. Ele, err, já saiu. — Jules pega meus sanduíches com um movimento vagaroso e consistente. Seu rosto é uma música original. Uma tímida melodia de confusão combinada com harmonias de *Eu sei o que você está fazendo*.

Um olhar rápido para a Flora revela sua expressão e postura assustadas, mais hesitante do que eu esperava. Abro a caixa dos biscoitos favoritos da abuela — bem amanteigados, o aroma se sobrepõe ao cheiro de chuva da tarde e de madressilvas. Os garotos dão um passo à frente instintivamente. Rá! O canto da sereia cubana ataca de novo.

— Sou a nova padeira da Owl and Crow e tenho experimentado recheios diferentes. Já experimentei com figo, morango e limão. — Agora, para aumentar a temperatura: — Quero dizer, sou nova por aqui e mal consigo prever de quais biscoitos os hóspedes vão gostar mais, sabe? Talvez alguns habitantes locais possam opinar?

Will/William/Tanto-Faz, frequentador do clube Heaven's Gate e o motivo pelo qual a Flora está provavelmente violando seu toque de recolher, dá de ombros com uma atitude que diz *Dane-se! Biscoitos!* Ele retira da minha caixa um biscoito de limão. Flora imediatamente escolhe um de morango.

Meu sorriso está misturado com mais açúcar do que o que coloco em qualquer receita. Aponto a caixa para Roth e para o outro garoto que usa uma camisa de flanela, que se parece o suficiente com Will para eu concluir que é seu irmão. Ambos comem, e então Jules pega um de figo e um de morango.

Não há conversas complicadas nem acusações agora. Apenas barulhos de mastigação e reações agradáveis à comida se arrastando pela calçada.

— O que estamos comendo? — Gordon se mistura ao grupo com uma calça de corrida e jaqueta jeans. Ele boceja e passa a mão pelo cabelo, criando uma nuvem tempestuosa vermelha. — Ouvi uma briga aqui fora.

— Sem brigas. Apenas uma degustação de sabores e votação. — Ofereço a caixa a Gordon. Um sabor de cada para ele.

Ele morde e então devora os outros dois em menos de 30 segundos.

— Eles são todos fantásticos. Além disso, você para de cozinhar em algum momento da sua vida? Que horas são? Dez e meia da noite?

— Algo assim — digo e então lanço um olhar inocente, mas astuto, para Flora. Orion vai ficar furioso. Desrespeitando o toque de recolher e andando por aí com esse grupo — coloco tudo isso na minha expressão e levanto meu quadril.

Flora responde com um suspiro confuso.

— Talvez eu escolhesse comer o de morango novamente. Acho que é melhor eu ir para casa agora.

De jeito nenhum darei um tempo a sós para Will e Flora na porta da casa dela. Viro-me para Gordon.

— Ei, você pode levá-la...

— Eu levo você em casa — diz ele para Flora, bem atrás dela. — Menos chances de o mundo ser consumido por chamas se o seu pai olhar pela janela e me vir partindo. — Ele gira em minha direção e tira uma faixa de seu punho, prendendo o cabelo frisado. — E meu voto vai para o de limão. — Uma reverência brincalhona e cortês e seu braço dobrado fazem Flora esboçar um sorriso relutantemente. — Senhorita.

Bien hecho, Gordon. Mas, vendo seu sorriso bobo, agora estou me perguntando se isso é mais do que apenas uma "brincadeira agradável" aleatória. Os outros três garotos estão realmente votando nos sabores de biscoito. Morango e limão são os vencedores. Posiciono-me plantada ao lado de Jules, como se fôssemos um muro, e não vou embora. Se Roth e seus amigos querem importuná-la, eles vão ter que passar por mim e por um saco de sanduíches.

Silêncio.

Roth coça a têmpora — a parte que não tem um pedaço de cabelo parecido com a asa de um corvo. Ele olha para seus amigos.

— Ok. Sim. É melhor irmos embora também. Jules, a gente se vê em breve.

— Não se dê ao trabalho — diz ela.

Quando a banda vai embora, Jules sacode minha caixa de biscoitos.

— Biscoitos inacreditáveis. Não acredito que você veio até aqui, deu biscoitos para aqueles idiotas e os transformou em gatinhos.

— É apenas o meu jeito.

— Eu estava prestes a usar o *meu* jeito antes de você aparecer.

Espere. Ela está irritada comigo? Eu fui longe demais? Meti minhas colheres e espátulas onde não deveria?

Jules inclina o corpo contra a parede do pátio, fechando a lã volumosa firmemente ao seu redor. Seu cardigan longo tricotado me lembra outro suéter cinza.

— Seus truques são muito bons — diz ela. — Mas estou acostumada a me livrar das minhas próprias pilhas de confusões.

— Eu… eu sinto muito — digo com sinceridade. Ao contrário dos meus novos amigos britânicos, peço desculpas como se fossem ingredientes raros e caros. Não me separo deles facilmente e os utilizo com moderação. — Ouvi vocês e vi a Flora. Orion me contou toda a história, e eu só queria ajudar. — É o que faço, às vezes sem nem pensar. Assumo o controle. — Eu deveria ter deixado você lidar com isso.

— Bem. — Jules acena com a mão. — Se conheço bem aquele grupo, haverá outras chances para que eu lide com eles.

Inclino-me na parede, sentindo o gelo contra minhas costas. — Também sinto muito por isso.

— Flora. — Jules faz um barulho inquieto de frustração. — Por mais que eu ame aquela pequena fada, eu poderia torcer o pescoço dela agora mesmo. Ela deixou escapar para o Will que estaríamos ensaiando na garagem de Tristan. Temos tudo organizado lá. — Ela gesticula com a cabeça. — É só virar a esquina. Eles estavam esperando, apenas casualmente "passando o tempo" entre a casa de Tristan e meu apartamento. Seguiram-nos por aqui com aquele discurso ridículo que você provavelmente escutou.

— Sutil. Flora não entende que você não tem interesse?

— A questão é a seguinte: Flora tem uma vida complicada e dois homens que a amam muito. E não me refiro àquele idiota, Will. Eu tento e a conheço desde que era criança. Mas ela simplesmente não se conforma. Se deixa levar e esquece... esquece que o que ela faz em um momento aparentemente insignificante pode afetar o amanhã.

As palavras mexem comigo suavemente, como a abuela me acordando de madrugada para começar a preparar a massa de pão.

— Isso soa como uma letra de música. Onde está o seu livro?

— Rá. Talvez você esteja no caminho certo. — Jules puxa o caderno roxo de sua bolsa, balançando-o orgulhosamente. — Minha mãe e meu pai ainda me perguntam por que eu simplesmente não me junto ao Evans. Quero dizer, ele tem um grande fundo fiduciário e os mais recentes e melhores equipamentos.

— Então, por que não?

— Fácil. Eu não confio *nele*. Ele deu em cima de uma garota com quem eu estava saindo há um tempo, antes do Remy. O pai dela é dono de um dos clubes locais. E depois ele negou tudo.

Estremeço em solidariedade.

— E, profissionalmente, ele é um ótimo cantor, mas quer mandar em tudo. Na Goldline nós colaboramos. Escutamos uns aos outros e nos certificamos de que todos tenham voz e sejam ouvidos. Roth jura para mim que eu teria muita liberdade criativa com ele.

Diz que faríamos minhas músicas e tudo isso. Mas... — Seus olhos completam o pensamento.

— Parece que ele dirá qualquer coisa para que você assine com ele. E então você acabaria seguindo ordens dele o tempo inteiro.

— Sim, e eu não sou seguidora dos ideais criativos de terceiros. Acho que minha música se perderia — comenta ela com uma respiração audível. Seu olhar se afasta enquanto ela examina a sacola de cubanos aos seus pés. Ela pega um. — Quase me esqueci disso. Orion mandou uma mensagem antes do encontro com o Roth. Disse que você o matou satisfatoriamente com o que quer que esteja neste pacote. E agora estou pensando que não importa que já sejam quase onze horas e eu esteja exausta. — Ela desembrulha o pacote.

— Na verdade, há uma versão desse sanduíche chamado medianoche, com um pão mais macio. Eles receberam esse nome porque geralmente eram comidos tarde da noite, depois de uma balada. — Encorajo-a a experimentar. — Então acho que dançar salsa, ensaiar com a sua banda... quase a mesma coisa, certo?

Jules sorri e dá uma mordida grande.

— Este sanduíche é excepcional, minha amiga.

Ela aceitou meu pedido de desculpas; estamos bem e nos apoiamos em pedras com musgos que foram formadas eras antes de qualquer uma de nós sequer imaginar. Uma amiga comendo minha comida depois de muita música tarde da noite. Miami, Winchester — como dançar salsa e ensaio de banda, são diferentes, mas também um pouco iguais.

18

Hoje está quente demais para correr, declara Orion. Ele tem outros planos, além de uma mochila suspeita jogada no assento de couro caramelo da Millie. Eu tinha apenas uma função: embalar o almoço. Desta vez, consigo me encaixar facilmente na moto e ao redor de Orion. Carrego sua mochila nas costas e equilibro a bolsa térmica de Cate em um ombro.

Estamos usando roupas leves de verão, camisas xadrezes de cambraia e algodão abertas balançando sobre camisetas, calças jeans e tênis Chuck Taylor quase iguais. Absorvo os raios de sol, o vento e o frescor. Posso embalar essa sensação para viagem?

Percorremos de moto um trajeto até os limites da cidade, estacionando Millie em uma estrada cheia de árvores. Uma colina gramada se ergue alta e esplêndida.

— O destino da sua excursão de hoje é a colina St. Catherine's Hill. — Orion usa sua voz de locutor de rádio. — É o lar de um forte da Idade do Ferro e agora um excelente lugar para piqueniques. — Ele aponta para um pequeno bosque arborizado coroando o topo.

A colina é íngreme demais para subir até o topo sem auxílio, seus degraus artificiais parecem uma linha de trilhos de trem escavados na grama e remendos de flores silvestres. Trezentos degraus, me disse Orion. Subimos devagar, sem a intenção de malhar, apenas conversando ao longo do caminho. Durante a caminhada, trocamos informações sobre Jules, Roth e Flora. Infelizmente, meus biscoitos de distração cheios de frutas mágicas não conseguiram impedir que seu pai descobrisse o pequeno passeio noturno da Flora, deixando o Sr. Maxwell com o humor em algum lugar entre chateado e irritado.

— Você planeja comer moscas como almoço? — pergunta Orion.

Chegamos ao topo, e minha boca insiste em se manter aberta. Olhando para o norte, é possível ver a cidade abaixo, uma versão diurna da minha vista do topo da colina St. Giles Hill. Mas, em direção ao sul… qué bonito. O horizonte ao sul se expande em infinitas descidas. Verde, mais verde, muito mais verde, mais longe do que meus olhos alcançam.

Meus olhos são pequenos demais para este dia de verão na Inglaterra.

— Eu poderia comer este lugar inteiro como almoço. Mas eu trouxe comida cubana.

Orion se encosta em mim, olhos semicerrados.

— Eu sabia que você ia trazer. — Ele aproveita minha deixa e arruma um lugar para sentarmos; quero observar o sul por no mínimo 27 horas. — Desta vez, estou preparado — diz ele enquanto desenrola uma manta xadrez de lã grossa que tirou da mochila. — Quando eu disser que estou pensando na sua bunda, você não terá motivo para me dar um tapa.

— Terei muitos outros motivos para fazer isso. — Minha risada flui livremente enquanto me sento. Ele está encarando minha bolsa térmica como um predador observa sua presa. Não me apresso. — Sobras de sanduíches cubanos recém-aquecidos.

Orion encena uma faca atingindo seu coração.

— Bolo inglês de limão que fiz para a hora do chá. — Revelo um saquinho com duas fatias e garfos.

— Santo Deus. — Ele expira as palavras.

Santo. É tudo isso aqui. Perfeito.

— E, finalmente, estes vieram direto do serviço de café da manhã. Hoje os hóspedes da Crow experimentaram empanadas. — Mostro a ele os semicírculos de massa em miniatura.

Na parte superior, o brilho da massa dourada polvilhada com açúcar e as bordas pressionadas com um garfo.

— Cuba encontra a Inglaterra novamente. Estes são de morango e cream cheese.

Ele morde a empanada e faz um barulho que parece ter saído direto de uma cena picante. Menciono isso para ele.

— Você é terrível e descarada, Lila Reyes. Mas eu também sou, e esta massa é uma delícia.

Comemos em um silêncio sociável até que me lembro de que comida não foi a única coisa que eu trouxe para o topo desta colina.

— Eu queria lhe perguntar uma coisa — digo a ele.

— Pode perguntar. — Agora ele é o preguiçoso, seu corpo esticado na manta, e seus braços como asas apoiando a cabeça. Sua camiseta sobe, e os jeans estão folgados na cintura. Quer dizer que, Orion Maxwell usa boxers vermelhas e esconde um abdômen definido? — Eu poderia flutuar como uma boia. Estou muito cheio.

— Lila? — diz ele mais alto, atrapalhando meu desvio de pensamentos sobre os músculos definidos acima de sua cintura. Quantos abdominais ele faz?

— Hum. — Ocupo as mãos, arrumando minha blusa e desembaraçando o cabelo. — Quer dizer, tive uma ideia. Pilar gerencia os nossos negócios, mas há um espírito empreendedor grande o suficiente em mim para dizer isso e, talvez, não estar errada. — Depois de uma respiração purificadora, aperto o *play*. — Acho que o seu negócio precisa de algo do meu.

— Uma feiticeira cubana de doces? — Ironia. No seu rosto inteiro. — Só estou brincando, Lila. Winchester está apenas pegando você emprestada por alguns meses. — *E eu também estou.* Palavras não ditas ficam ensurdecedoras nesta colina.

Não consigo pensar em como abordar o assunto indiretamente. Mas dissecar todas as justificativas favoráveis levaria mais tempo do que tenho, então me apego ao que está em destaque na minha mente.

— Você já tem a loja virtual, mas a sua loja física pode oferecer algo a mais, além de vínculos afetivos. Como você se sente quando come uma das minhas massas?

— Como se eu quisesse mais.

Ignoro o nó no meu estômago. *Negócios, Lila.* Meu sorriso vacila.

— Certo. E se você vendesse chás infundidos e uma pequena variedade de massas? E se essas massas fossem tão boas que os clientes fariam filas mais cedo para o chá e levariam essas iguarias para casa antes que fosse tudo vendido, ou ficassem na loja para comê-las? E de boca em boca...

— Sim, eu entendo. Contratando um ou dois padeiros.

— Se você fizesse isso, prevejo que seu negócio cresceria ainda mais. Em La Paloma, temos mesas onde amigos podem se encontrar enquanto tomam café e comem iguarias. Às vezes eles ficam a manhã inteira e pedem mais comida. Ou decidem que querem rolinhos e pães. Nós os mantemos lá e acabamos vendendo mais. E fazemos com que voltem sempre.

Sua expressão se enrijece.

— Sim, mas eu lhe disse que não estamos preparados para isso.

— Só pense um pouco sobre. Com alguns pequenos ajustes, você estaria preparado.

— Pequenos? Acho que não. Por exemplo, não temos mesas ou vitrines de padaria como na sua loja. Ainda há o manuseio de alimentos e aumento na mão de obra para preparar bebidas. E, mesmo que você esteja certa, se eu apresentar sua ideia ao papai, não desanime se ele não enxergar da mesma maneira que você, tudo bem?

Restrições temperam suas palavras, e as minhas naturalmente ficam mais afiadas.

Uma Garota Cubana, Chás e Amanhãs • 173

— Bem, às vezes não enxergamos coisas novas porque estamos muito acostumados a vê-las como costumavam ser. — Lugares novos. Pessoas novas.

Endireito minha coluna, puxando os joelhos e prendendo as mãos sobre meu rosto. Pensando em como minha vida em casa era limitada. Os espaços onde morei e cozinhei parecem tão pequenos em contraste com todo esse verde — e países e continentes além da base desta colina.

As pontas de seus dedos pressionam meu braço. Eu os ignoro.

— Lila. — Um sussurro tão perto, seu hálito quente sopra em meu ouvido.

Viro minha cabeça, e Orion se inclina, seu rosto a centímetros do meu.

— Desculpe se fiquei chateado. Aconteceram muitas coisas, minha cabeça está cheia.

Procuro sua mão, apertando-a.

— Eu sei. Sou a última pessoa que precisa de uma justificativa.

Ele acena com a cabeça e aperta minha mão de volta.

— Falando em coisas novas, ultimamente você parece estar mais feliz por aqui. Você sorri muito. Especialmente quando a levo para conhecer paisagens em áreas abertas que você provavelmente não encontra em Miami. Exceto o oceano, suponho. O Atlântico também vai mais longe do que seus olhos podem alcançar — reflete ele suavemente. — Esses sorrisos são verdadeiros?

— Os mais verdadeiros. Mesmo que eu sinta falta daquele oceano e que seja mais frio aqui. Mas existem suéteres para isso, e por que estamos sussurrando?

— Porque somos ridiculamente tolos. E, sim, muitos casacos e ovelhas peludas para fazê-los.

Isso não aconteceria em Miami. Um garoto da floresta falando sobre ovelhas, nossos braços colados um no outro, rostos inclinados para aproveitar cada parte do azul que vem de um céu sem nuvens.

Ultimamente temos nos tocado mais — e não de uma forma que pareça ser planejado. O rosto de Andrés pode ainda estar no fundo da minha mente, mas meu corpo está sempre sendo atraído para perto do corpo de Orion. E o dele correspondendo. Frequentemente seus dedos se entrelaçam nos meus ou a palma de sua mão se estende na curva das minhas costas. Nós nos abraçamos com aqueles "abraços longos demais", mas nunca falamos sobre isso. Precisamos falar sobre isso.

Amigos homens nunca me tocaram dessa maneira. Claro, Orion *é* meu amigo, mas também é algo a mais. O que quer que seja esse algo, permanece desconhecido no meu paladar, um sabor que não posso descrever. Ele não é meu namorado nem está tentando substituir aquele que perdi recentemente. Ele também não está agindo como um cara que estará há horas ou dias de distância de uma ficante. Mais de 12.000km — ida e volta, o que eu deixei para trás, e para o quê estarei retornando — é o que dizem. Sem nem sussurrar.

Vou agir. Vou perguntar. Mas, assim que penso que encontrei palavras suficientes para começar, o ícone do FaceTime pisca no meu celular e diretamente nos meus nervos.

— Quer conhecer Pilar? — É minha única pergunta por enquanto.

— Quero conhecer Pilar, sim.

Nós nos viramos, deitamos de barriga na manta, cabeças coladas e o celular entre nós. As apresentações são rápidas e agradáveis: rainha da contabilidade, conheça o especialista em chás. Pessoa mais importante da minha vida, conheça o… Orion.

— Então, Pilar, sua irmã está tentando me enterrar em doces e pratos cubanos — diz Orion.

— É impossível pará-la. E, Lila, a voz dele é como natilla. Você poderia gravá-lo por cerca de dois dias seguidos? — Ela me lança *O Olhar*. Receberei outra ligação mais tarde, na qual terei que explicar sobre esse garoto, e não serei capaz de explicar sobre esse garoto.

Empurro o pensamento para longe com um longo suspiro, e o deixo rolar lá para baixo, até chegar no fim desta colina de contos de fadas.

— Ele nunca para de falar, então vai ser fácil conseguir sua gravação, hermana.

Orion finge um olhar de raiva enquanto Pili pergunta:

— Onde vocês estão? Parece o terrário da mami atrás de vocês.

Orion faz as honras, levando Pilar em um passeio panorâmico pela St. Catherine's Hill.

— Ah... Lila. — E isso é tudo que ela precisa dizer. Em nossa linguagem secreta de irmãs, com nossas expressões faciais secretas de irmãs. Estou saudável e bem, meu coração partido está protegido por todo este verde suave. E ela também está bem.

Minha mão cobre o celular para cortar o brilho do Sol. Percebo a vasta folhagem atrás de Pilar em nossa mesa de jantar.

— Falando em plantas, hum?

— Dios mío. O casamento de Ashley. Foi domingo. — Ela me mostra o cenário e *uau*.

Agora tudo faz sentido. O casamento da filha do meu vizinho, ao qual eu teria comparecido se estivesse em casa.

— Ok, a regra da mami geralmente consiste em um arranjo de mesa por pessoa, e isso — aponto — é muito mais do que alguns.

Pilar bate a mão na testa.

— Mami fez o de sempre, e pegamos dois. Até aí tudo bem, consigo lidar. Mas então Isabella mandou alguns de seus filhos pegarem alguns também. Só que ela se esqueceu de sua viagem à Itália. As flores simplesmente morreriam. E, na noite passada, a pequena Grace apareceu carregando quatro arranjos de mesa em seu carro. Mami ficou muito feliz, é claro.

Orion está rindo e ainda nem sabe a história completa.

— Isso são *cravos*? — pergunto.

— Foi terrível. Tão brega. Apenas o bolo de casamento da mami estava perfeito. — Pilar arranca uma flor digna de pena. — Eles as tingiram de azul ombré para combinar com los vestidos de las damas de honra.

Cravos ombré — suspiro.

Orion se senta depois que prometo ligar para Pili mais tarde, e guardo meu celular.

— Então, qual é o problema com todas aquelas flores?

— Está pronto para ouvir o episódio do arranjo de mesa américo-cubano de *Missão: Impossível*?

— Mais do que pronto.

— Toda celebração que se preze, casamentos, chás de bebê e assim por diante, exige arranjos de mesa. É superimportante. E é missão de muitas mães e tias cubanas levar para casa o máximo possível dessas peças que seja socialmente aceitável. E, não se engane, pois todas as luvas de festa chique caem nesse momento.

Orion solta uma risada.

— Como uma competição?

— A de mais alto nível. Minha mãe e a mãe de Stefanie estão nessa rivalidade tácita há anos, mas mami é a campeã incontestável. Desde sempre sua estratégia em casamentos é a seguinte: perto do final da festa, ela envia Pilar e eu para "nos misturarmos" com amigos em outras mesas. Nós, então, avançamos lentamente na tarefa de pegar seus arranjos enquanto engajamos nossos colegas de mesa em uma conversa. Então, quando ocorre a última chamada no bar ou a dança final, pegamos as flores, nos despedimos soltando um beijo no ar e fugimos.

— Isso. É. Fantástico. — Ele está sorrindo enquanto come uma última empanada.

— Não sei se é fantástico, mas somos *nós*. — Minha família, minha Miami.

— Mas por que arranjos de mesa? Em adição à sua sala de jantar com cheiro de jardim?

Também dou algumas mordidinhas na comida. Meu bolo inglês de limão, recém-saído do forno, está úmido com a calda de açúcar e com a casca de frutas cítricas da abuela espalhada por cima.

—As comemorações são parte crucial da nossa cultura. Geralmente somos um grupo bem sociável. Compartilhar nossas alegrias com os entes queridos também é importante. Por exemplo, não é incomum que pais cubanos comecem a economizar para o casamento de suas filhas com anos de antecedência, se puderem. É apenas a minha opinião, mas acho que tem a ver com querer levar para casa um pedaço da festa e fazer com que esse momento dure. É um símbolo de um evento feliz que continua florescendo por alguns dias.

Ele sorri diante dessa imagem.

— Gosto bastante dessa perspectiva. Você não quer que a comemoração termine. As trocas e as memórias. É mais um ritual do que uma superstição.

— Ah, você quer superstições cubanas? Consigo pensar em algumas.

Ele lança um falso olhar de raiva.

— Conheço você há semanas e só está trazendo isso à tona agora?

— Ei, tenho estado ocupada tentando fazer outras frutas funcionarem como goiaba e alimentando hóspedes. — Meu dedo toca seu estômago. — Alimentando *você*.

Orion segura meu dedo e desliza sua mão para segurar a minha. Ele se levanta, usando um aperto firme para me puxar para cima.

— Vamos dar uma olhada naquele canteiro de árvores, e você pode me dar uma aula.

Enquanto caminhamos até o pequeno aglomerado no topo da colina, conto a ele primeiro sobre o mal de ojo. Mau-olhado.

— Já ouvi falar de mau-olhado, mas pode repetir essas palavras?

— Mal de ojo. Por quê?

— Eu gosto de ouvir você falar em espanhol.

Rubor instantâneo. Eu me afasto levemente, como se isso fosse apagar o vermelho em meu rosto.

— Bem, uma hora com Pilar e eu mais um pouco de rum, e você nos imploraria para parar. — Entramos no bosque no topo da colina, nossos tênis esmagando torrões de terra úmida, pedras e folhas mortas. As árvores se aglomeram, prendendo-nos na sombra. — Minha família não acredita muito em mal de ojo, mas a maldição vem da inveja e geralmente é provocada quando as pessoas passam e olham para bebês recém-nascidos ou crianças pequenas. Eles são mais suscetíveis.

Orion avista um tronco de árvore derrubado e nos sentamos.

— Deve haver algum feitiço para repelir a maldição, não? — pergunta ele.

— Geralmente um amuleto de olho roxo, um pequeno pedaço de azeviche esculpido ou azabache. — Mais uma vez, estamos perto demais um do outro, coxas e braços encostados lateralmente. — E, então, há aquela superstição sobre nunca sair à noite com o cabelo molhado e a regra das três horas sem nadar depois de comer. Ambas são cruciais. Não lhes obedecer certamente causará um derrame ou uma tosse, ou talvez você acabe precisando de um transplante de coração.

Sua risada vem descontroladamente, covinhas à mostra. Ele se acomoda, e minha cabeça já está deitada em seu ombro antes que minha mente perceba.

— Minha mãe era inflexível a respeito de não nadar depois de comer, embora a regra dela exigisse apenas uma hora — diz Orion.

Quero brincar que ele escapou fácil, mas empurro as palavras de volta e as enterro.

— No final das contas, não somos tão diferentes — adiciona ele.

Não, não por dentro. Mas nossos exteriores são tão opostos quanto nossos litorais: meu lado cubano, pele bronzeada e morena; seu lado britânico, pele clara e cabelos loiros. Areia da praia e paralelepípedos, alças finas e suéteres. Mas me lembro que nós dois somos estrelas. Estrellita e Orion, uma pequena estrela feroz e a constelação de um guerreiro. Ficamos sentados na árvore um pouco mais. Juntos de forma calorosa e acolhedora, mas em silêncio. Como um Sol em meio às sombras geladas.

19

Não há arranjos cafonas em nossa mesa na Taberna Bridge Street, mas esta festa não precisa disso. Com o fim das provas escolares, férias de verão para os jovens de Winchester e Gordon conseguindo um estágio cobiçado em uma empresa de arquitetura, temos motivos suficientes para comemorar. Ontem à noite fomos ao cinema, mas, nesta de sábado, o foco principal é a comida.

Todo mundo está aqui. E, quando digo todo mundo, não me refiro apenas aos amigos de Orion, mas também aos pais e irmãos. Até mesmo a Flora não parece estar infeliz em seu lugar na mesa. A mãe de Remy acomoda nosso grande grupo em uma extremidade do pub e, em seguida, dispensa seus deveres habituais de anfitriã para se juntar a nós. Todos os pais se amontoam em uma mesa adjacente e não ligam para nós. Está bem apertado; Orion está esmagado no canto, e eu estou bastante esmagada ao lado dele por Jules, que está à minha esquerda.

Uma garçonete traz minha água com limão e posiciona dois copos de vidro grandes na frente de Orion, um na cor âmbar-mel, e o outro, marrom-dourado.

— Obrigado, Bridget — diz ele.

— Você está com bastante sede, não é, Orion? — Bridget não espera por uma resposta antes de seguir servindo bebidas para o resto de nosso grupo.

Ergo uma sobrancelha.

— É isso que acontece quando saio para ir ao banheiro rapidamente? *Duas* cervejas?

— Ah, provavelmente vou beber as duas, mas não ao mesmo tempo. Ainda faltam algumas semanas para que você possa pedir uma dessas para você. Então, tecnicamente, eu queria uma cerveja light. — Ele aponta para a primeira. — E uma cerveja mais escura também, mas ligeiramente mais doce. Experimente as duas e você pode ficar com a sua favorita.

Antes de iniciar a degustação, lanço uma piscadela e sorrio para ele, em reconhecimento à sua astúcia e consideração.

— A cerveja escura — decido. É mais rica em sabor e só um pouco amarga.

Remy se curva ao redor de Jules e diz:

— Estou de olho no que você está fazendo, cara.

— Onde você acha que aprendi? — Orion gesticula em direção à Jules, de 16 anos, que está com um copo grande de vidro com o mesmo líquido âmbar claro mais para perto de si do que de Remy, de 18 anos.

Tomo um gole da minha cerveja.

— Você já escolheu o que vou comer? — A Taberna Bridge Street não acredita em cardápios. Um grande quadro de giz posicionado na parede central lista os especiais da casa, e decidi que é a vez de o Orion me alimentar. Spencer geralmente cozinha, e eu só fiz algumas refeições em pubs com a família Wallace. Faço um apelo ao meu guia turístico.

Gordon se inclina para frente.

— É melhor escolher morcela, Ri. Lila precisa de uma iniciação.

— Se ele fizer isso, irá vesti-las ao redor do pescoço. — Imagino as salsichas redondas. Não. Nunca. — Lila não precisa de nada feito com sangue de ovelha ou carnes estranhas.

Orion levanta as palmas das mãos em sinal de rendição.

— Minhas roupas estão seguras. Já fiz o pedido enquanto você estava no banheiro, e minha escolha irá impressioná-la.

Verdade. Quando nossas refeições chegam, aprendo que sua torta de carne inglesa é muito similar às nossas papas rellenas cubanas. Carne moída temperada sob um purê de batata dos sonhos de qualquer amante de carboidratos, assado até que a parte superior esteja dourada e crocante. Como com prazer enquanto pego algumas batatas fritas do prato de peixe com batatas de Orion.

— Ei. — Ele finge afastar minha mão, mas também me passa o molho curry que a mãe do Remy faz do zero.

Decido que vou pedir esta receita, e então paro de me empanturrar para observar o ambiente.

Uma colmeia de vozes astuciosas. Taças tilintando e piadas grosseiras. Remy beijando Jules na testa enquanto discute com Gordon sobre os prós e os contras de dois novos sistemas de jogos.

Se eu pudesse distorcer pessoas e lugares, este poderia facilmente ser um dos grandes jantares da minha família. Na Taberna Bridge Street, eu me sinto dentro de outro tipo familiar. Eles me acolhem, todas as partes: meu luto e meu lado pródigo também. Mas não sou alguém intocável aqui. Eles me provocam e irritam, considerando-me a filha do meio e me espremendo em uma cadeira extra.

Depois de um momento, minha mente retorna ao agora. A cerveja em meu copo diminuiu para um terço, e Orion já pediu outra para si. Gordon está contando a seus amigos sobre seu novo emprego.

— Provavelmente vou servir café e fazer outros trabalhos do tipo, mas pelo menos terei uma ideia de como tudo funciona por dentro. — Ele morde um pedaço de salsicha e engole quase tudo sem mastigar, antes de dizer: — Eles viram fotos dos meus desenhos de casas no Instagram. Isso me deu uma vantagem sobre outro cara.

Rememoro a pequena casa de Miami emoldurada em meu quarto. Os tons rosa-pêssego e as palmeiras.

— Então, toda aquela trabalheira pulando de música em música na sua mesa de desenho valeu a pena. O que você vai desenhar agora?

Ele aponta com sua Coca-Cola para mim.

— Talvez mais algumas estruturas residenciais tradicionais de Winchester.

— Mas Winchester é tão sem graça em comparação a Londres — diz Flora. — Pegue Notting Hill como exemplo, todas as suas cores. Aqui tudo tem os mesmos tijolos vermelhos seguidos por pedras cinzas. Blá-blá-blá. Precisamos de algumas estruturas deformadas. Como uma casa roxa brilhante, de três andares e bordas pretas.

Jules entra na conversa.

— Sim, ou uma casa pintada com listras de zebras e um arco-íris de flores bagunçadas na frente.

— Se você quer casas coloridas e vibrantes, venha me visitar em Miami — digo, capturando os olhos de Orion nas minhas palavras. Cinza, apagado, sombras: essas eram as cores em seu rosto antes de ele apontar o queixo para mim e lançar um meio sorriso. Os olhos azuis brilharam. Qual rosto está mais perto da verdade?

Hoje à noite meu lema é: 85 dias, e sem esse declínio silencioso. Ultimamente as horas parecem segundos. Nós nos olhamos, e Orion levanta outra batata mergulhada em molho curry entre nós, o brilho agora se transforma em uma explosão divertida de fogos de artifício. Agarro a batata antes de perder minha chance.

— Veja, Henry chegou — diz ele enquanto mastigo. — Tenho certeza de que você vai gostar disso. — Orion gesticula para um homem branco, mais velho e corpulento, que tem um cabelo preto, grisalho e bagunçado e uma barba desgrenhada combinando. Henry arrasta um bandolim até um banco e microfone que lhe indicaram. Esta plateia local deve conhecê-lo. Eles aplaudem e então se acomodam, fazendo silêncio. As luzes diminuem, e todos viram suas cadeiras para lhe assistir.

— Ele é um mestre no alaúde — me diz Jules. — A música folk tradicional britânica está morrendo, e isso é uma pena. Londres agora só se interessa pelos novos sons e raves. Mas os pais de Remy querem manter nossa história viva.

As primeiras batidas melosas e notas trinadas de alaúde drenam a tensão dos meus ombros. Relaxada e solta, ouço a música, pensando nos jovens de Miami frequentando regularmente os clubes de salsa de Little Havana, ou ensinando seus primos mais jovens a jogarem dominó enquanto comem bolinhos de banana. Também existem vários aspectos da minha cultura ameaçados pelo que é novo. Trabalhamos para mantê-la forte, tão alta quanto os caules de milho cubano no jardim do meu tio-avô.

Depois de algumas músicas, a plateia entoa o nome de Jules. Henry a localiza e gesticula para que ela vá até ele. Eu amo como eles a conhecem e a reconhecem. Jules, nunca Juliana, *é* uma das preciosidades de Winchester.

— Vá em frente, amor. Mostre a Lila o que mais você pode fazer com essas cordas vocais — diz Remy.

Jules acena.

— Só um pouco de diversão — me diz ela e então se esgueira por trás das cadeiras, para ir falar com Henry.

Minha mente enfim alcança a música.

— Eu estava imaginando coisas ou partes de algumas músicas da Goldline parecem ter sido inspiradas nas melodias ou acordes de Henry?

Orion acena afirmativamente.

— É isso que a Jules faz. É mestre em mesclar estilos em suas composições. Ela adora fazer referência a temas antigos nas músicas modernas. Aquela do trem que você amou é uma referência às antigas canções de ninar inglesas.

Viramos de volta quando Henry toca uma nova introdução. Jules canta menos de duas sentenças neste pub com painéis de madeira, e meu queixo cai. Ela demonstra o que devem ser anos de treinamento, seu soprano clássico e feroz comandando uma balada folk desgastada pelo tempo.

— Esta é do século XVI — sussurra Orion, inclinando-se. — *Flow my Tears.*

A música me inunda. Melodia assombrosa, letra agridoce e *aquela* voz. No segundo verso já não consigo impedir as lágrimas de escorrerem pela minha bochecha. Orion pousa a mão no meu ombro, convidando-me para o abrigo de seus braços. Vou sem questionar, do mesmo modo que me jogo em minha cama. Do mesmo modo que minhas mãos se curvam preparando uma massa. Na segurança de seu suéter preto, eu me fundi a ele.

Olho discretamente para cima, espiando seu rosto gentil, descobrindo que não sou a única com os olhos lacrimejando. Apostaria minha padaria no fato de que ele deve estar pensando em sua mãe, que provavelmente adoraria comer peixe com batatas fritas e ouvir a Jules cantar esta noite. Eu o abraço apertado. *Eu sei. Eu entendo.*

Os lábios de Orion tocam o topo da minha cabeça enquanto ele muda de posição. Amigos geralmente não se sentam assim. Ultimamente, parece que sempre estou tocando em Orion Maxwell. Não importa que meus dias aqui estejam contados. Ele parece estar sempre me tocando de volta, em cada um desses dias. Considerando quem eu sou, onde estive e onde moro, o que isso poderia significar? O que significa agora?

Depois de mais músicas, "pudim" e despedidas, Orion e eu estamos quase chegando aonde Millie está estacionada quando ele para.

— Está gostoso aqui fora, né? Você quer voltar caminhando e deixar meu pai levar a moto para casa?

Aceno afirmativamente.

— Ele também pilota a Millie?

Ele nos conduz por uma pequena rua lateral da High Street.

— Ela era do papai quando ele tinha a minha idade.

Sorrio ao imaginar, mas meu interior ainda está inquieto com tantas perguntas. Da mesa de canto ao pavimento de concreto, ele não me largou. Seu cotovelo se encaixa no meu, nossas cabeças tão próximas que podemos conversar facilmente por cima da agitação do tráfego e do comércio. Mas Winchester é perfeitamente pequena. Não demora muito para entrarmos na St. Cross, com apenas o barulho das árvores.

E eu não aguento mais. Esqueci-me de lembrar que sou corajosa. Eu comando cozinhas! Não posso assumir o comando de uma pergunta? Corajosa, é quem eu sou. Eu não sou nenhuma viajante indefesa.

— Orion.

— Lila. — Um estrondo contra o meu lado enquanto damos um passo, e outro passo, e ainda outro passo.

— O que estamos fazendo?

— Estamos caminhando para casa, meu bem.

Duas palavras fofas e minha coragem fraqueja.

— Não. Você e eu. O que é... isto?

Orion para, virando para me encarar. Mas ele ainda fica muito perto, porque isso é tudo o que fazemos ultimamente. Um meio sorriso bobo passa pelo seu rosto; droga, ele já sabia exatamente aonde eu queria chegar. *Idiota.*

— Certo, talvez a gente realmente precise discutir algumas coisas — diz ele.

Aceno, concordando.

— Primeiramente, e para sempre, você é minha amiga.

— E você é meu amigo.

— Bom, é bom saber isso. — Ele sorri. — Mas como estamos, a *maneira* que estamos...

— Sim, tudo isso. Quero dizer, amigos não...

— Não, amigos não se comportam assim. Então isso significa que *estamos...* — ele diz isso olhando para o céu, estrelas empalidecidas pela luz amarela da rua.

— Mas.

Pero.

Aí está. Uma sílaba na língua dele, duas na minha.

— De fato, "mas" — ele diz, olhando novamente para mim. — Veja, é nesse "mas" que estou terrivelmente preso. — Ele estende a mão para tocar meu antebraço, do cotovelo até o pulso. — Se isso fosse uma situação normal ou comum...

Não estamos concluindo nenhuma frase, mas compreendo páginas inteiras.

— Certo. Só que não é. Normal.

Sua mão cai na minha.

— De jeito nenhum. Entendo o que você passou e tudo que perdeu. Também entendo que sua passagem nunca foi só de ida.

Miami. O terceiro coração nesta calçada, tentando me conquistar de volta.

— Mas, você e eu — digo. — Eu realmente gosto de nós e estou me divertindo...

Ele segura meus ombros.

— *Eu* gosto de nós e estou me divertindo muito. Até demais para me afastar agora.

— Então não? — *Então não me deixe também.*

— Então não, Lila. — Ele me abraça para selar as palavras e continua assim enquanto diz: — Então, vamos continuar assim. Criaremos uma nova categoria para o nosso tipo de "nós". Não precisamos definir isso. Vamos deixar em branco e levar as coisas um dia de cada vez.

— É isso que você quis dizer com não pedir demais a Deus, ao universo ou à própria vida?

Sinto seu aceno.

— Exatamente o que eu quis dizer.

— Nunca fiz isso. Sempre exigi o que quero de qualquer pessoa que estivesse me ouvindo. Quando não me escutam, falo ainda mais alto, mas isso me alcançou, e houve consequências. Isso me trouxe até aqui. — Me afasto, para que ele me veja dizer: — Mas isso também me trouxe até *aqui*.

Ele exala e entrelaça seu braço ao meu redor, nos conduzindo de volta à nossa caminhada.

— Miami está esperando por você, cidade sortuda. E sua família e seu negócio também — reflete ele.

— Sim. — O amuleto da pomba dourada bate em meu peito.

— E, quando parecer o momento certo, você pode encontrar alguém novamente. — Ele aperta o abraço. — Mas eu tenho alguns requisitos para qualquer cara no futuro. Hipoteticamente falando, é claro.

Minha risada esguicha. Eu fungo.

— Quais requisitos?

Ele me olha como se fosse óbvio.

— É claro que, ele precisa ter uma moto. Mas aceito se ele não quiser nomeá-la.

— Quanta generosidade.

— Eu sou muito generoso. — Ele balança um dedo em alerta. — E ele deve ser capaz de fazer uma xícara de chá decente. Porque agora você precisa dos seus chás da tarde. E terá que levá-la para apenas se sentar em algum lugar e admirar este mundo incrível, porque você tende a trabalhar demais.

— Combinado. — Minha voz é um fantasma. — Algo mais?

— Muito mais, Lila.

Ela vai precisar fazer sanduíches para ele. Corro através da St. Cross, e não uma corrida normal, mas o tipo em que corro como um incêndio se espalhando, e espero que ela me deixe completamente vazia e suada, limpa como uma casca de tamal.

Cate me fez prometer nunca correr à noite, mas não tive escolha. Quando Orion me deixou na Crow, estávamos resignados e tranquilos em não definir o amanhã e em não pensar demais sobre nós. Minha cabeça sabe que é o melhor a se fazer, mas não planejar é novo para mim. Não ter planos é algo novo para uma garota que tem sua placa de identificação escrita em tinta indelével há anos: *Lila Reyes, padeira-chefe*. É algo novo para uma garota cuja vida foi carinhosamente definida, a Lila cubana, filha, irmã e sobrinha, nascida e destinada a Miami.

Meu coração não tinha ideia de como lidar com a noção de Orion de levar um dia de cada vez. Tive que arrastar isso para as ruas.

Piso no pavimento com força. Uma neblina me envolve, e o nevoeiro que se acomoda ameniza todo o calor que sobe pela minha pele quando me sinto excessivamente dominada por questionamentos.

Ela terá que fazer doces e massas para ele. Minha mente vagueia aqui, acerca desse requisito. Muy importante. Ele ama limão. Não precisam ser iguarias cubanas, mas precisam ser decentes. Ela definitivamente vai usar muito açúcar, essa garota que vai conquistar o coração de Orion.

Mas meus pensamentos mudam novamente, quando mudo de direção através de outra bifurcação. Quantos planos eu fiz recentemente que acabaram explodindo? Um apartamento com Stef e uma viagem cuidadosamente orquestrada para a Disney no meu aniversário de 18 anos? *Puf.* O futuro que esculpi em nossa cozinha, cozinhando ao lado de abuela e assistindo-lhe ficar totalmente grisalha? *Estilhaçado.* A data em sua lápide é um monstro.

Orion e eu não iremos planejar ou definir nada. Talvez isso nos dê uma chance real de funcionar.

Ou, então, a verdade será o completo oposto, e, em algumas semanas, o tempo será outro monstro.

Ela terá que correr com ele. Por volta da marca de quase 5km, ele provavelmente começará a desacelerar e, definitivamente, choramingar. Ela vai precisar empurrá-lo para ultrapassar os 6,5km. Ele vai conseguir concluir a rota, no fim das contas. Então terá que deixá-lo preparar chá para ela, essa garota sortuda.

Essa garota sortuda que eu talvez até odeie? Só por ser ela, por estar *aqui*, perto, quando os meus objetivos significam que sempre vou acabar... *lá*? A emoção queima minha garganta. No puedo. Nesta noite, não há ruas suficientes para que eu resolva isso, então, decido tentar o meu melhor no método de não planejamento do Orion. É como tentar executar uma receita nova.

Em vez disso, trabalho meu corpo.

Agora está tão tarde que as árvores são espectros no nevoeiro. Corro dentro de uma nuvem noturna assustadora que faz minha espinha formigar. No entanto, estou segura. Por quilômetros, tudo o que ouvi foi a respiração fantasmagórica das folhas, meus tênis batendo contra o chão e o *clink, clink, clink* metálico do zíper da minha jaqueta. Mas, quando chego à outra bifurcação, àquela que leva à cidade ou a uma estrada de frente para a rodovia, ouço um som estranho na próxima curva. *Shhh, shhh, shhh*. E, então, mais uma vez.

Desacelero o ritmo para uma caminhada e seguro meu celular, apenas por segurança. Sigo o muro de contenção que faz uma curva na esquina. Virando no final do muro, vejo a silhueta de uma figura encapuzada. Em seguida, traços de tinta spray preta em uma pequena seção de tijolos: um símbolo do infinito. Eu os peguei! Acabo de flagrar Roth ou um de seus amigos em seu jogo de deixar pichações pela cidade, algo que o Orion vem tentando fazer há muito tempo.

A figura se vira para mim, respirando assustada e ruidosamente.

Vejo bem o seu rosto. Mas...

— Você?

20

Flora.

— É você — repito desnecessariamente. Por meses, Flora Maxwell levou seu irmão e metade dos mercadores da cidade a uma perseguição inútil. Roth e seus amigos e o bullying deles uma ova. O vândalo e grafiteiro da cidade, se é que se pode chamar assim, tem comido o mesmo cereal de café da manhã que o Orion durante todo esse tempo.

Juro que consigo ouvir o coração de Flora bater. Seu olhar se move da esquerda para a direita, como um coelho prestes a tentar fugir. Mas então ela suspira, seus ombros caem em sinal de derrota. Sou uma corredora rápida e estou com uma câmera de celular ligada na mão. Ela não tem como fugir.

— Por quê? — pergunto.

Ela estremece.

— Você está sempre por perto, não é?

— Quê?!

Flora deixa a lata de tinta spray cair e enfia as mãos no bolso de seu moletom.

— Ultimamente, toda vez que me viro, você está lá, como uma maldita sombra. No clube com Will. Perto da pousada.

Ela está realmente tentando desviar do assunto?

— Não jogue a culpa em mim. Agora, eu lhe fiz uma pergunta.
— Será que espero até amanhã ou devo arrastá-la de volta para casa agora mesmo? — Você machucou sua cidade. Pessoas reais com negócios como o seu. Orion estava sempre lá, esfregando e limpando as paredes e...

— Ah, Deus, por favor, não conte nada para ele — implora ela e dá um passo em minha direção. — Por favor, Lila.

Uau. Ok. Houve uma mudança em algum contínuo espaço-tempo? Orion saberia sobre isso. Reconheço apenas o olhar de medo, frio como Winchester.

— Por favor. Eu vou parar. Só não conte nada ao Orion. — Ela treme, seus olhos azuis arregalados como os de um lobo na escuridão. — Você não entende como são as coisas para mim. Há tantas coisas. *Tantas* coisas com as quais eles já estão lidando. — Tantas coisas com as quais ela já está lidando.

— Na verdade, eu realmente entendo. Você não tem ideia de onde estou vindo e do que me trouxe até aqui. — Expiro em câmera lenta e aponto para o desenho obscuro na parede, na altura de seus ombros. — Será que você poderia apenas me explicar por quê?

Ela olha para o chão, falando aos seus cadarços:

— Meu pai e meu irmão têm boas intenções, mas estão sempre em cima de mim. Muito mais do que as famílias dos meus amigos. — Ela libera uma das mãos, disparando-a sem rumo. — Todos os meus passos, vigiados muito cuidadosamente. Por causa da mamãe.

O gelo em minhas veias racha.

— Eu me sinto como uma criança às vezes. Como se meus desejos ficassem perdidos e esquecidos.

— Então, isso é você sendo mais esperta que eles? — Aponto para a parede. — Mostrando a eles que não podem controlar tudo?

Ela encolhe os ombros.

— É como… no trem para Londres, onde você consegue ver vários prédios majestosos pelo caminho. Mas, passe por um que foi pichado, e é a primeira coisa que seus olhos vão notar, certo? Você vê o prédio, mas você realmente *enxerga* a pintura. As letras ou símbolos. Encontrei uma lata de tinta no depósito da nossa loja e me lembrei disso… ser vista e reconhecida. — Ela se aproxima da parede e a esfrega. Ainda úmida, a tinta preta mancha seus dedos. — De não ser esquecida.

Dios, o absurdo. Procuro em minha mente a imagem de Orion, aceitando pacificamente tudo o que a vida lhe dá e não perturbando o universo exigindo mais que isso. Flora, com a mesma raiz de dor, vive o oposto. Sua perturbação são os traços de tinta nas paredes. Controlando, mudando. *Olhem para mim*. Ela luta contra um universo que a rejeita, um universo que traz uma doença tão cruel que faz sua própria mãe esquecê-la. *Eu ainda estou aqui*, diz a tinta.

Mas Flora ainda está machucando a si mesma e aos outros. Sei disso porque fiz o mesmo. Entendo o que significa estar caída na grama, suja, desidratada e sem mais lágrimas para chorar. Corri direta e profundamente para o luto que havia me atropelado, só porque eu podia.

Ah. Olho para Flora e, pela primeira vez, vejo Pilar olhando para mim no parque. Meu estômago se agita com isso, uma náusea circulando rapidamente. Eu me enxergo através dos olhos da minha irmã. Eu ainda correria tão longe. O quão mais longe e mais fundo eu iria, me machucando, tentando ser mais esperta do que meu próprio universo de perdas? Pilar não tinha respostas naquela noite, apenas medo. Mas ela, mami e papi tinham a Inglaterra, uma chance para mim em um lugar novo, com um novo propósito. Flora também precisa de um.

— Por favor. Por favor, não conte ao Orion.

Não quero esconder nada dele. Mas estudo o rosto fraco e forte, decidido e destruído de uma garota me implorando por esse segredo. *Flora*. Fugindo de casa, ansiando por ser vista e lembrada, marcando paredes e cercas.

Estudo uma memória que está me incomodando. *Lila*. Uma garota esparramada na grama de Miami a quilômetros de casa.

Eu mentiria para ajudar aquela garota?

Minha família fez algo muito pior do que mentir. Algo muito além do limite da dor. Eles me colocaram em um avião para longe do meu tudo. Para longe deles.

Cruzo os braços com um suspiro que me faz soar como meu pai.

— Não vou contar ao Orion sob duas condições.

— Ok. Tudo bem.

— Me prometa que você vai parar de pichar agora mesmo.

Ela acena com a cabeça imediatamente.

— Eu prometo, Lila. Não vou pichar de novo.

— Ótimo. A outra condição é que três dias por semana você trabalhará comigo na cozinha da Owl and Crow. Começo às 6h.

Flora dá um passo deliberado para trás.

— Eu não sei cozinhar.

— Vou lhe ensinar. Começaremos com coisas fáceis.

— Mas já estou trabalhando na Maxwell's quase todas as tardes. — Sua mandíbula enrijece. — E agora vou perder minhas manhãs também? Quem acorda tão cedo durante as férias de verão? Isso não é...

Aí vai ela. Flora está prestes a dizer que minha ideia não é justa, e *não é*. Circunstâncias solidárias ou não, ela ainda vandalizou a cidade.

— Três dias por semana. Você sobrevive. — Inclino minha mão, apontando para ela. — Você decide.

Ela me encara até seu olhar ficar sem graça.

— Tanto faz.

Sí, claro, isso é um sim. Esta é outra língua que conheço bem.

— Ótimo. Segunda-feira, então. Até lá.

Flora pega a lata de tinta.

— Não surte, vou jogar fora.

— Pareço estar surtando? — Verifico meu relógio. — Entretanto, vou acompanhar você até a sua casa.

— É aqui perto. Posso ir sozinha.

Eu deveria garantir que ela chegasse em casa. Mas, quando ela disse que se sentia sufocada, eu a escutei. Flora pode andar quatro quarteirões até em casa sozinha. Eu preciso lhe dar essa liberdade.

— Tudo bem. Você pode.

Eu a deixo fugir e então caminho até a Crow por uma rua paralela, sabendo que a Flora está fazendo o mesmo. Eu escutaria qualquer barulho incomum. Sendo a planejadora que sou, provavelmente deveria decidir o que dizer ao Orion quando ele mencionasse a pichação e a experiência de treinamento de Flora. Até o pensamento de esconder algo dele apodrece em meu estômago como comida estragada.

Quando chego ao caramanchão, algumas luzes do segundo andar mostram uma prova de vida nos quartos dos hóspedes. No entanto, as luzes do flat do terceiro andar estão todas as apagadas.

Já estou familiarizada o suficiente com a escadaria superior para subir enquanto verifico meu celular. Tarde para mim é o horário perfeito para ligar ou fazer chamada de vídeo com Pilar. Eu tinha desligado o som das notificações; ligo novamente e observo o balão de mensagens na minha tela inicial. Estava ocupada com a Flora (para dizer o mínimo) e devo não ter visto as mensagens da minha irmã. Quase tropeço no próximo degrau. O nome na mensagem não diz Pilar Reyes.

O nome na mensagem diz Andrés Millan.

Minutos depois, meu celular vibra, mas não por causa de alguma notificação. Sou eu na minha cama, tremendo, lendo a mensagem de Andrés repetidamente.

Andrés: Oi. Sei que isso é um pouco repentino, mas queria saber como estão as coisas

Chega outra mensagem.

Andrés: Você está ocupada?

Minha mente gira. Eu deveria bloquear o número dele. Eu deveria atirar o aparelho inteiro pela janela. Não faço nenhuma dessas coisas. Mesmo que os sentimentos tenham se reorganizado e mudado, a sombra do Andrés ainda está aqui dentro, escura e pesada, mas com doces memórias. E eu ainda caio nessa armadilha.

Eu: Estou aqui

Não passam nem 5 segundos, e ele responde.

Andrés: FaceTime?
Eu: Ligação

Ele liga. Atendo com uma palavra velha e empoeirada, tirada de um baú velho e empoeirado.

— Olá para você também, Lila — diz Andrés na voz que ouvi contra meus lábios, e no pé do meu ouvido, e, finalmente, em um terrível adeus.

— Sei que isso é estranho. E repentino — repete ele.

Abro minha boca, mas as palavras não saem.

— Então, Inglaterra, certo? — Ele deve ter verificado meu Instagram também. — Como, hum, são as coisas por aí?

— Frias. — Mas existem suéteres para isso, um suéter, e é macio, quente e cinza.

— Certo — diz ele.

— Por quê? — Minha coragem decidiu aparecer agora. — Por que hoje?

Ouço seu suspiro pesado.

— Eu só estava pensando em você. Querendo saber se você estava bem. Sei que foi uma bela porcaria. Eu. Nós. O baile de formatura. Abuela. E fiquei sabendo da Stefanie também. Isso é realmente uma droga. Então, eu só queria saber como você está.

— Eu estou bem. Estou realmente bem. — Minha resposta não é mentira.

— Ótimo. Estou feliz em saber. Você sabe, você sempre pode me ligar.

Meus olhos se enchem de lágrimas. Eu não estava esperando por isso? Não era o que eu queria há meses? Mas não soa agradável, nem mesmo se encaixa da mesma forma dentro de mim, tão confiável e quente quanto a cidade de onde ele está ligando. Em vez disso, escorrega na minha garganta como bile.

— Certo.

— Posso ligar para você outras vezes?

Terrível. Desgraçada. Fraca.

— Sim.

21

A porta lateral se fecha atrás dele; é uma manhã chuvosa de domingo, e Orion me encontra facilmente. Hoje é meu dia de folga, mas preciso ir à cozinha depois da nova tríade de ansiedade ter se formado na noite de ontem:

1. Orion e o nosso não planejamento.
2. Flora é o vândalo.
3. Andrés e uma ligação de 3 minutos.

Retribuo seu cumprimento, inspecionando algumas iguarias do segundo pacote de suprimentos de mami — ela não faz ideia de que o pacote chegou no momento mais oportuno. Esses pequenos itens, eu *preciso* deles. Ontem, antes de ir ao pub, recebi a caixa de transporte marrom que, quando abri as abas, tinha o cheiro da minha casa em West Dade.

Orion tira sua jaqueta úmida e eu sinto um misto de coisas. A visão dele em seu jeans e uma camisa polo azul faz meu corpo se acomodar, me aproximando dele como se estivesse em casa. Mas vê-lo depois do que aconteceu com Flora e Andrés cria nós de ansiedade em meu estômago. Por mais estranho que seja, ambos sentimentos são verdadeiros.

— Ahh, mais presentes da sua mãe? — diz Orion e aperta meu ombro.

Mostro a ele a pilha de potes de goiabada e o saco plástico com três latas douradas em miniatura de tempero Bijol. Giro o saco de plástico no ar.

— Me considere uma fã de temperos. Agora posso fazer arroz con pollo para você.

— Bem, essa eu sei: arroz com frango. — Suas sobrancelhas relaxam. — Mas parece bastante simples.

— Depois de uma mordida, se você ainda achar que meu arroz con pollo é algo parecido com um simples arroz com frango, vou pendurar meu avental e me aposentar antes que você dê a próxima garfada.

— Nah. — Ele está a centímetros de distância. — É inútil duvidar de você. Uma lição que eu deveria ter aprendido antes.

Lanço um sorriso fraco e o sinto desaparecer. Orion tem vários motivos para duvidar de mim, na verdade. Minha boca estremece agora, ainda mais com ele tão perto.

Mostro a ele o último tesouro de café cubano — uma lata de Café Bustelo.

— Você provavelmente já bebeu cafeína o suficiente no café da manhã.

— Pode coar à vontade. Se eu virar um idiota cafeinado mais tarde, posso culpar você, e isso é sempre divertido.

Avanço para bater nele de brincadeira, mas ele é mais rápido. *¡Basta!* A nova tríade me deixou fraca e lenta. Orion segura minha mão e a aperta.

— Falando em café da manhã, Flora se sentou à mesa comigo e o papai hoje. Ela geralmente não faz isso. Também estou um pouco surpreso com este novo acordo. Sacrificando o sono precioso dela e aparecendo aqui para ajudar e aprender algumas coisas? — Sua boca estica para os lados, e seu olhar se fixa interrogativamente no meu. Não posso deixar de perceber que há mais do que apenas curiosidade por trás de suas sobrancelhas arqueadas.

O que você não está me contando, Lila?

Não quero mentir para esse garoto.

— Desculpe não ter mandado mensagem. Esbarrei com ela tarde da noite. — Pichando uma parede. Implorando meu silêncio.

— Ela disse que estava voltando da casa da Katy e que você estava correndo. — Ele torce o nariz. — Sozinha. Você sabe, eu poderia ter ido com você. Não que você precise de um acompanhante.

Muitas informações. Em primeiro lugar, me dou conta de qual tem sido o álibi de Flora para sair escondida. Segundo, tem a parte que me faz olhar diretamente para o rosto de Orion, encarando um Sol gentil. Encarando um buraco negro precário. Ambos são verdadeiros. *Eu não podia correr com você. Eu estava correndo por causa de você.*

Preciso colocar minhas mãos em qualquer coisa que não seja o Orion. Afastando-me dele, agito a lata de café.

— Nós, hum, decidimos que seriam três manhãs por semana. — Pego a cafeteira italiana de inox que uso para fazer recheios de café de algumas massas. — Achei que seria uma boa ideia. Posso mostrar a ela como funciona a cozinha. Isso é sempre interessante, não é? Habilidades básicas? — Meço o café e coloco as chamas no máximo.

— Err, sim. Mas acho que há um motivo oculto por trás de ela querer seguir você.

Respiro ansiosamente, virando-me para encará-lo.

— Qual? Quero dizer, o que ela disse sobre? — Qual foi a desculpa que ela inventou?

— Como você disse. Que ela está de férias e você sempre faz coisas deliciosas para nós. Que ela percebeu que está na hora de aprender algumas habilidades úteis. Enquanto você está... aqui.

A voz desaparecendo, as palavras parecem estar a quilômetros de distância.

Ele acrescenta:

— Suspeito que não seja só isso. É como se ela estivesse tentando encontrar maneiras de provar seu valor. Toda aquela história dela saindo escondida com Will. E se lembra da outra noite, quando Gordon a trouxe para casa depois do toque de recolher? Acho que ela está tentando mostrar que está tomando iniciativa. Conquistando foco e confiança.

Felizmente, não demora muito para que o café fique pronto. Procuro duas xícaras de expresso e uma jarra de vidro pequena. Igual à preparação de chá de Orion, demonstro as etapas para um café cubano perfeito.

— Fazemos uma espuma, ou crema, batendo um pouco do café com açúcar.

Ele sorri.

— Você nunca abre mão de açúcar.

— Mas nunca em excesso. — Pondero sobre o que minhas mãos estão fazendo. Despejo o resto do café na preparação da crema e coloco um pouco da espuma em nossas xícaras. Finalmente, coloco o café nas xícaras, com cuidado para não desfazer a espuma.

Movemos os bancos para a ilha.

— Você já tomou café da manhã hoje, mas você me conhece.

— Se eu dissesse que menti sobre o café da manhã e que estou de estômago vazio, isso me deixaria mais perto do que quer que esteja prestes a oferecer?

Arrasto para perto um pão cubano recém-saído do forno e corto duas fatias grossas. Nuvens de manteiga irlandesa em cima. Deslizo o prato em sua direção na madeira.

Ele lambe os lábios antes de beber.

Meus olhos miram seus lábios e depois em cima.

— Você não mente. — Mas agora eu minto. E ainda há a *questão* do Andrés. Outra noite falei abertamente sobre ele com o Orion; eu deveria ser capaz de lhe falar da ligação surpresa. Não consigo, embora meu silêncio pareça errado. Preciso de um tempo sozinha. Tempo para descobrir o que o reaparecimento de Andrés significa para mim, antes que eu possa contar isso ao garoto a quem conto tudo.

Quase tudo.

— Eu sabia que encontraria você aqui — diz Cate, a porta de empurrar balançando atrás dela. — E você, Orion, nunca está longe da comida dela. Isso é Café Bustelo?

— Estou sendo iniciado no café cubano. Ele traz consigo um grande estímulo de cafeína. — Orion oferece.

— Posso preparar um para você? — pergunto a Cate.

Ela inala o cheiro da minha xícara.

— Humm, fica para a próxima. Falei com tu mamá ontem à noite, e agora isso. Ah, Miami, te extraño tanto. — Ela bate uma mão no coração, sentindo falta da cidade da sua infância. — De qualquer forma, eu estava conversando com uma de nossas hóspedes. Contei-lhe tudo sobre La Paloma. Ela ficou muito impressionada com sua culinária e quer conhecê-la antes de fazer o check-out do quarto.

— Claro, com certeza.

Minutos depois, Cate conduz uma ruiva baixinha, provavelmente nos seus 20 anos, para dentro da cozinha da Owl and Crow. Ela apresenta-se como Lauren, e nós nos apresentamos como Lila, padeira que fez seu café da manhã, e Orion, vendedor do chá inglês que ela bebeu.

— O chá estava excelente — diz Lauren. — Vou ter que passar na Maxwell's a caminho do trem. — Então se vira para mim: — É Lila, certo? — E, quando aceno afirmativamente, ela diz: — Vim para cá por causa de um casamento que durou todo o fim de semana e provei muitas de suas receitas. Devo dizer que o equilíbrio do sabor e a textura estavam memoráveis. Esses pastéis folhados e a adição de canela aos rolinhos de figo… muito inteligente. — Ela aponta para o forno: — E seus pães estavam extraordinários.

— Ela é isso tudo — diz Orion.

Sorrio para ele e digo a Lauren:

— Obrigada. É sempre bom saber que minha comida deixou alguém feliz.

— Concordo — diz Lauren. — Estudo gastronomia. Na Le Cordon Bleu, em Londres.

Já ouvi falar da escola de culinária Le Cordon Bleu de Paris. Qualquer cozinheira digna de seu avental conhece a escola de culinária mais prestigiosa do mundo. Mas…

— Há um campus em Londres?

— Sim, é fantástico. Faço parte do programa Diplôme de Cuisine, mas existem outros programas de estudo. Temos também o curso Diplôme de Pâtisserie. Panificação e confeitaria. Você teve algum treinamento formal?

— Apenas os ensinamentos da minha avó.

— Ela lhe ensinou bem. Mas pesquise sobre a escola, caso tenha interesse. Meu Deus, você mora tão perto de Londres!

Ela diz isso como se eu fosse daqui. Como se eu pertencesse a esta pequena cidade medieval que, por acaso, fica tão perto de Londres. Não corrijo Lauren antes que Cate a leve para o check-out.

Orion está passando manteiga em outra fatia de pão cubano quando volto para o meu banquinho, com o celular na mão. Depois de alguns momentos, ele pergunta:

— Você está pesquisando, não é? Le Cordon Bleu?

— Só por curiosidade. — Viro o celular para que ambos possamos olhar o website deslumbrante, adequado a uma instituição de prestígio. Navegamos pelo website, encontrando os detalhes dos cursos completos e fotos coloridas de comidas. — Veja! As sobremesas e bolos. Sei fazer ótimos pastéis e massas, mas esses estão em outro nível. — Detalhes sofisticados e formas delicadas, quase lindos demais para serem comidos. Obras de arte.

— Você já pensou em estudar culinária? — pergunta Orion.

Balanço a cabeça negativamente.

— Abuela me ensinou tudo o que preciso saber para assumir La Paloma. — Continuo investigando o website e encontro os três níveis sucessivos de cursos. Nove meses de estudos sobre panificação francesa sofisticada, aprendendo novas técnicas que eu poderia aplicar na minha própria culinária, diferenciando-a ainda mais. Londres. Outra cidade se aproxima: Miami, e tudo o que ela sempre foi e ainda é.

— Quer dizer, isso é meio impossível.

Uma Garota Cubana, Chás e Amanhãs • 203

— Mas você continua olhando os cursos. — Orion bebe seu café.
— Deixe-me ver o endereço da escola. — Eu mostro a ele, então ele
bate a mão no balcão. — Fica em Bloomsbury. Bem no coração de
Londres, perto de Covent Garden. Uma das minhas áreas favoritas.
— Ele parece horrorizado com a minha expressão vazia. — Enquanto
estou dizendo isso tudo, percebo que sou um péssimo guia turístico
por não ter levado você a Londres em todas essas semanas.

— Fiquei ocupada por aqui, mas adoraria ir. E, sobre a escola, não
faria mal apenas passar para conhecer. Ver onde fica e tudo mais.

— Claro. Papai e eu vamos visitar a mamãe mais tarde, então hoje
não dá. Além disso, devemos passar o dia inteiro lá. — Ele franze a
testa. — No próximo fim de semana é a minha vez de administrar a loja.

— Daqui a duas semanas, então. Quer dizer, vai passar voando
— digo, gesticulando com minha xícara levantada. Aparentemente,
gesticulando demais, visto que o café se espalha pela ilha de madeira.

Orion estala a língua, os olhos brilhando maliciosamente.

— Ah, *isso* é interessante. Agora você conseguiu.

Limpo a bagunça com um pano.

— Sinto uma superstição vindo até mim.

— Talvez muito mais do que isso esteja indo até você — diz ele.
— Tradicionalmente, se você derrama café, significa que a pessoa
amada está pensando em você.

O que isso *realmente* significa, só descubro depois do jantar. Tão irônico, acho que o estado da Flórida está pregando piadas de mau gosto
em mim.

Poucas horas depois de Orion igualar meu café derramado a pensamentos da pessoa amada, o nome de Andrés pisca na tela do meu celular. Retrocesso emocional instantâneo para a noite passada. Mesmo
assim, Andrés Millan não é mais mi amado.

A notificação do FaceTime vibra continuamente. Me deixo levar
por minha inclinação a clicar no familiar ícone verde de resposta. Me

deixo levar por como vê-lo desce igual ao meu primeiro gole de bebida forte, como se todo o meu corpo o ingerisse.

— Lila. — Seu rosto e voz, a sua mandíbula marcada, até mesmo seus cílios longos e escuros, que eu considerava extremamente injustos — tudo está igual. Não se passaram nem mesmo três meses, relembro.

— Você me encontrou — digo. *E eu perdi você.*

— Sei que liguei ontem, mas... — Ele esfrega o rosto. — Deus, você está linda. Você está muito linda.

Não consigo evitar algumas lágrimas perdidas. Minha cabeça balança.

— Lila, por favor, não chore. Não liguei para fazer você chorar de novo.

O que ele espera? Que eu não sinta nada? Que eu não me lembre? Ele não percebe que é uma grande parte do motivo de eu estar aqui?

— Por que você está fazendo isso?

— Eu estou... — Por fim, ele diz: — Estou tentando descobrir isso enquanto conversamos.

E ele poderia facilmente perceber que estava certo da primeira vez, quando terminou tudo na primavera passada. Tão facilmente. Minha cabeça lateja; tiro o cabelo do rosto.

— Você tem se mantido ocupado, não é?

— Tenho feito uma coisa e outra, sim.

— Tenho certeza de que você tem ido muito à praia. Seu lugar favorito. — Minha risada carrega um toque de histeria. — Tenho saudades de South Beach. Ainda mais desde que vi no seu Instagram. Você ainda nunca vai sozinho, não é?

Seu rosto murcha, e essa pequena sugestão de confirmação me atinge de volta. Agora ele sabe que sei sobre Alexa Gijon. O Centro de Investigação Cubana de Pilar vence novamente.

— Lila.

— Há quanto tempo?

Ele respira profundamente.

— Não significou nada. Foi um erro.

Lágrimas fluem livremente agora que realmente o ouvi confirmar. Inalo essa informação e a seguro dentro de mim. Queimando.

— Foi tipo por duas semanas, Lila. Acabou.

— Duas semanas são mais do que um erro. — Ele se move para falar, mas eu digo: — Só quero saber uma coisa. — Ele inclina a cabeça: — Poupe-me de toda essa porcaria de "não é você, sou eu". O. Que. Eu. Fiz?

— Estávamos juntos há quase 3 anos — diz ele. — Em anos de namoro do Ensino Médio, isso é o equivalente a três eternidades.

Silêncio.

Ele encolhe os ombros.

— Crescemos juntos. Você sempre foi brilhante, intensa e poderosa. Eu me apaixonei por isso. Mas, no final... — Minha expressão o pressiona; ele aperta os lábios para dentro. — Eu estava me perdendo.

— O que você quer dizer?

— Você sempre nos moveu a todo vapor, planejando tudo e pensando muito longe no futuro. Me pressionando — quais aulas eu deveria fazer ou me dizendo para fazer faculdade em Miami. Você estava me conduzindo como comanda os padeiros estagiários em La Paloma. Eu só precisava de espaço e me mover um pouco sozinho. Pensar por mim mesmo.

A estrela que brilha muito intensamente e acaba queimando aqueles ao seu redor, como a abuela disse. Rejeitei seu aviso naquele momento, descartando-o sob nossa massa de pastel mais fina. Mas aqui está ele, me mostrando as queimaduras. Ele também me mostrou as queimaduras em Stefanie.

Eu deveria tê-la escutado quando corríamos semanalmente.

— Por que estamos fazendo isso de novo? — Stefanie havia dito no inverno passado, ofegando as palavras enquanto ultrapassávamos a próxima marca de quilometragem percorrida ao longo da ponte de Key Biscayne.

Arrastei meu olhar da baía turquesa para ela.

— Porque é sábado.

— Não, quero dizer. Por. Que. Nos. Torturamos. Correndo? — O rabo de cavalo loiro balançava no ritmo de seus pés.

— Mais espaço para pastelitos? Além disso, você ama correr.

Stefanie disse:

— *Você* ama correr.

Mas ela nunca amou correr. E eu nunca realmente a escutei. Não posso me desculpar com ela agora, mas posso me desculpar com o Andrés.

— Sinto muito — sussurro. — Por planejar tudo. — Inalo, exalo.

Sua boca se abre e se fecha novamente.

— A questão é que acho que me afastei demais. De você.

Ah.

Dois meses atrás, ou até mesmo duas semanas atrás, eu seria a estrela de sempre, que brilha muito intensamente, e correria de volta através dos países e de todo o Atlântico, apenas para ouvir isso.

Agora, sou eu que não estou me movendo. Estou completamente parada. Digo a ele que preciso de espaço e que não me ligue durante um tempo. Depois que desligamos, me estico em silêncio na minha cama antiga, dessa pousada muito, muito antiga. Paro e observo as estrelas, mas meu telescópio está virado ao contrário. Dirijo minha busca para dentro de mim.

Talvez a superstição de que o Orion falou mais cedo estivesse certa. Talvez ele tenha acertado em cheio. Mas, à medida que o céu escurece, descubro que a pessoa amada que está pensando em mim depois que derramei meu café é uma pessoa inesperada.

Eu mesma.

22

É a minha cozinha. Não a cozinha da Flora. Minha sanidade.

— Tem mais panos de prato na próxima gaveta — digo à minha protegida teimosa, que foi relegada para as tarefas de limpeza. Isso ela consegue fazer sem supervisão. Talvez.

— Só fizemos três coisas. Como podem três malditos itens exigir tanto equipamento? — resmunga Flora, com espumas de sabão subindo até seus cotovelos.

Desenformo os bolos de morango para o chá da tarde e estou pronta para um cochilo de 6 horas, receber uma nova mente e substituir a que quer desesperadamente ir embora da minha cabeça no momento. *Perfeito, Lila.* O que eu fiz? Talvez a Flora fique trabalhando comigo apenas por uma semana. Isso já passaria a mensagem para ela. Isso me impediria de puxar a carta Reyes Terrivelmente Rigorosa para uma garota de 15 anos.

Embora prepare doces, estou completamente amarga graças a uma noite de reviravoltas em uma chamada torturante no FaceTime.

A porta dos fundos faz barulho. Eu me viro e vejo o sorriso do Orion antes de ele encontrar a irmã.

— Olhe para você, Pink. — Ele se aproxima da pia. — Como foi seu primeiro dia?

Meu coração se aperta — o seu sorriso encorajador, o tom de curiosidade, o brilho nos olhos —, mascarado pela mentira que não posso evitar.

— Eu me saí bem. — Ela dá de ombros, e juro que consigo detectar o momento exato em que Flora Maxwell se lembra de vender sua imagem. Ela lança um sorriso torto para o irmão. — Fiz a calda simples para um bolo. E nós preparamos massa de pão, pesando e medindo e tudo mais. Também fizemos um prato de frutas com molho de baunilha.

Propositalmente, mantive as refeições de hoje simples. Nada de rolinhos de canela trabalhosos ou pães franceses e cubanos temperamentais.

— Seu lanche pré-treino para nossa corrida. — Aponto o prato que reservamos para ele.

Seus olhos brilham quando ele mergulha o melão fatiado no molho de baunilha.

— Delicioso — diz ele para Flora. — Estou muito feliz por você estar fazendo isso. O papai também.

Um terço do sorriso de Flora pode ser verdadeiro.

Expiro pesadamente sobre a última parte do meu trabalho.

— Flora, você pode ir embora. Eu termino de lavar os pratos.

Ela enxuga as mãos. Afrouxando os nós, me entrega o avental. Nossos olhares fixam um no outro por causa de duas verdades. Ela não quer estar aqui. Apesar disso, tenho informações que ela decidiu que valem sua presença. Mantenho minha terceira verdade dentro de mim, mas espero que haja o suficiente dela misturada com o cansaço em meu rosto. *Não vou desistir de você.*

— Você se saiu muito bem — digo. — Vejo você na quarta-feira?

Ela dá de ombros.

— Quarta-feira.

— E eu vejo você mais tarde na loja — diz Orion.

Sozinhos, Orion come frutas e creme enquanto me arrasto até a pia.

— Como Flora realmente se saiu? — pergunta ele.

Quero explicar que ela não tem nenhuma habilidade. Mas a culpa o partirá da cabeça aos pés.

— Aprender a cozinhar exige prática. Ela vai chegar lá.

Minhas mãos substituíram as de Flora sob o sabão e a água quente. Esfregar e passar a esponja. Ensaboar, enxaguar e repetir. Toda essa limpeza não é capaz de limpar da minha mente a chamada no FaceTime e a visão de uma parede pichada na St. Cross.

— Lila. O que aconteceu?

Ainda não posso contar para ele, e meu silêncio autoimposto dói tanto quanto os detalhes. Novamente, me atenho à verdade.

— Estou acabada. Tive uma noite difícil.

— Bem, não sei fazer pastéis, mas sou bom com abraços.

Aceno, e ele me arrasta para si, com as mãos cheias de espuma e tudo mais. Dissolvo-me em Orion Maxwell como açúcar se dissolve em manteiga, ovos e baunilha.

— Você é o *melhor dos melhores* em abraços. — Respiro dentro do suave zumbido de sua risada e seu cheiro. Chuva, maçãs e seu tempero natural, cheirinho de sabão.

Afundo ainda mais no abraço, se é que é possível. A força calma dele envolve todas as minhas partes moribundas — os segredos que estou guardando — e aquele que venho escondendo de mim mesma. Minha verdade secreta se torna um questionamento: isso realmente precisa acabar? Insensato. Ridículo. Impossível para uma garota que pertence a Miami.

— Vou ajudá-la com as louças antes de abandonarmos sua noite terrível pelas trilhas de corrida de Winchester. Depois, vou levá-la à loja e preparar um chá antes de você ir à feira livre. — Orion se afasta e ajeita meu cabelo sob a faixa.

Ajeitando outras coisas também.

Não é nenhum dos verdes. É o meu chá favorito. Com a corrida concluída, Orion e eu acampamos no bar de degustação da Maxwell's com um trio de xícaras asiáticas em miniatura.

— Ainda não? — pergunta ele enquanto tomo um gole de uma xícara de algo que ele chama de agulha prateada. Uma iguaria — acentuada e com sabor de grama.

— Gosto destes, especialmente daquele infundido com jasmim. Mas não sei, chamá-lo de meu favorito é um grande compromisso. Mas sei que irá encontrar o seu.

Seu sorriso vira para seu pai enquanto ele acompanha os clientes pela porta. Teddy cuida dos pedidos, enquanto o Sr. Maxwell faz uma parada no bar de degustação.

— Lila. — Trocamos cumprimentos. — Obrigado pelo que você está fazendo pela Flora. Com a ajuda dela, suas tarefas provavelmente demoram o dobro do tempo, mas agradeço o esforço.

Esse esforço está começando a ficar cada vez melhor.

O Sr. Maxwell diz para Orion:

— Cuidarei das coisas aqui mais tarde. Então você pode tirar o resto do dia de folga.

Um clima pesado se acomoda entre pai e filho. Conheço o segundo bem o bastante para detectar isso claramente. Há algo errado.

— Eu vou. Obrigado, pai.

Quando estamos sozinhos com os chás novamente, pergunto:

— Está tudo bem?

Orion encara a borda da xícara de chá Dragon Well, o mais forte dos três verdes no bar.

— Bem, antes de falar sobre isso, abordei o papai com a sua ideia de negócios. Você sabe, para nos prepararmos para algum tipo de serviço alimentício. Talvez organizar algumas mesas de bistrô para que as pessoas possam pedir um chá, se sentar e comer um doce artesanal como acompanhamento.

— Ele não foi a favor?

Orion balança a cabeça negativamente.

Como proprietária de ¼ de um negócio, não entendo. A resposta é tão fácil, tão simples em minha mente. Dê esse passo, e seu negócio irá crescer. Faça mais do que permanecer no mesmo nível.

— Ele gostaria de fazer isso e reconhece o valor da ideia. Mas não posso forçá-lo a nada além do mínimo agora. A vida está causando um enorme desgaste em todos nós no momento.

— Certo. — Respiro fundo guardando minhas ideias à prova de riscos, e guardando o meu *jeito*. Poderia passar o dia inteiro martelando minhas ideias nas paredes brancas, e com razão. Mas a Maxwell's é a loja deles, e não minha.

Orion acrescenta:

— Ontem fomos visitar a mamãe juntos. Ela ataca em ondas, essa doença. Ela vai estabilizar por um bom tempo e depois sofrer um declínio novamente. — Ele abaixa a cabeça.

Ah. Coloco minha mão sobre a dele.

— Ela piorou de novo?

— Definitivamente podemos dizer que sim. Era mais ou menos a próxima coisa que estávamos esperando que acontecesse, e, bem, aconteceu. Ela parou de andar completamente. Não tem se movido há um bom tempo, mas, essa semana, foi como se o cérebro dela tivesse dito: "Já estamos cansados disso." — Olhos frios como o inverno se fixam nos meus, e, antes que eu possa pensar em quaisquer palavras que sejam boas o suficiente, ou certas o suficiente, ele diz: — Quero lhe pedir uma coisa. E você sabe que faço questão de nunca pedir coisas impossíveis. Mas ultimamente sinto que meu pedido não é tão impossível.

Qualquer coisa. Essas palavras saltam da minha mente. Eu as repito em voz alta.

Ele entrelaça seus dedos nos meus.

— Você iria comigo uma vez? Em breve? Você iria conhecer a minha mãe, mesmo que ela não possa conhecê-la de volta?

A confiança me sobrecarrega.

— Sim.

— Certo. Então, mais uma pergunta. Já que vou ouvir o papai e tirar o resto do dia de folga, você ficaria comigo? Podemos sair da cidade ou algo assim.

Outro sim, como sempre.

Depois da minha parada na feira livre e de um banho, Orion passa para me buscar na Millie. Usamos capacetes em nossa jornada mais longa até o interior de Hampshire. Ele promete três coisas: algo repugnantemente bonito, uma surpresa mais clássica do que qualquer coisa e peixe com batatas fritas.

Percorremos um longo tabuleiro de xadrez irregular de tons de cinza, verde e marrom. O gado pasta ao longo de estradas sinuosas, e, quando paramos nos limites de uma pequena cidade, o Sol brilha entre as nuvens. Estacionando Millie em uma pista lateral, ele promete que meu trench-coat preto estará seguro, dobrado dentro do alforje. Escolhi espantar o frio da tarde usando o suéter cinza dele e nem fiquei surpresa pelo cardigan ter aparecido junto ao meu capacete como "equipamento".

Caminhamos por uma estrada de acesso até uma descida brusca, que nos leva para uma ponte-túnel de tijolos caiados. Essa é para barcos pequenos.

— Esta é a coisa repugnantemente bonita?

— Bem à frente. — Orion segura minha mão, guiando-me pelos últimos degraus íngremes. A vegetação verde é mais do que minha mente consegue absorver, agitando-se em torno do cheiro de musgo e folhas apodrecidas. Estamos em um caminho de cascalho que se estende ao longo de um estreito canal de água, que tem uma cor jade-verde intensa. — É absolutamente horrível. Até mesmo nojento

— diz ele quando começamos uma caminhada preguiçosa. Ele me diz que estamos no Canal Basingstoke — que tem centenas de anos — e que liga esta região ao Rio Tâmisa, em Londres.

Assimilo a maior parte desta paisagem, bem como alguns fatos históricos sobre a região de Hart, em Hampshire. Sobretudo, estou surpresa que, exceto por alguns turistas e ciclistas dispersos, estejamos sozinhos com a calmaria da água e a folhagem desorganizada. Fileiras de árvores se curvam diante de mim, suas copas mergulhando na superfície do canal. Lembro-me de que estou em um país monárquico. Por que não fingir que sou uma princesa latina em uma corte de árvores prostradas? Admito isso para Orion, fazendo-o jurar nunca dizer nada sobre isso para outra alma.

Como se essa trilha aquosa já não parecesse ter saído de um conto de fadas, Orion avista um casal de cisnes flutuando meio segundo antes de mim.

— Veja aqueles dois! Mas não chegue muito perto. Eles são sujeitos de aparência enganosa, são ferozes.

— Eu já gosto deles — digo, fazendo-o parar de andar. Só quero lhes assistir nadando, afofando suas penas e girando seus pescoços curvos.

Eu os observo por tanto tempo que Orion me cutuca.

— Certamente tem cisnes em Miami também.

— Sim, mas não estes cisnes, neste lugar. — E também não tenho a presença dele observando-os comigo, em sua jaqueta de couro gasta, se sentindo tão em casa que é como se ele tivesse nascido entre os troncos das árvores. Temperado, amadeirado e forte.

— Verdade. Mas o que nos espera aqui é muito melhor do que cisnes. Para aqueles que têm coragem o suficiente de seguir em frente por horas de, hum, terreno irregular.

Eu o encaro com um olhar de soslaio inabalável, até que quebro a seriedade, e nós dois caímos na risada. Depois de uma manhã pesada, isso tem um sabor melhor do que pães cubanos embebidos em manteiga.

Iniciamos o caminho na próxima curva, mas do nada Orion dá um passo à frente e me encoraja a subir em suas costas.

— Milady, sua carruagem a aguarda. — Um passeio nos ombros que ninguém recusaria. — Um pouco mais adiante, está a sua surpresa especial, que é mais clássica do que qualquer coisa.

Ele se abaixa, e me seguro em seus ombros. Ele encaixa as dobras das minhas pernas em seus braços e me levanta. Seguro nele enquanto avançamos, mas Orion começa a ziguezaguear ao longo do caminho como uma versão do garoto britânico de Mr. Toad's Wild Ride. Ele ignora meu sofrimento fingido e só diminui quando começo a bater com um punho em suas costas.

— Ok, ok, vou me comportar. De qualquer forma, estamos quase lá. Veja, toda princesa latina precisa de seu castelo. Temo que o Castelo de Odiham já tenha visto dias melhores e que não atenda às suas especificações. Mas ele ainda é muito especial.

No final de outra curva sinuosa, ele me coloca no chão e fico de queixo caído. Logo à frente, as ruínas de um castelo surgem na trilha verde.

— É sério que isso é um castelo de verdade? Bem aqui?

Ele me encoraja a seguir por uma pequena trilha.

— É de verdade e foi construído pelo rei João da Inglaterra como um alojamento de caça, no ano 1207. Aqui estamos na metade do caminho entre Winchester e Windsor, então era uma localização prática.

Uma família de turistas passa enquanto subimos pelo caminho estreito. Um gramado largo e circular, no formato de rosquinha, circunda o forte desgastado, e um alto arco de árvores o vigia por trás. Mais clássico do que qualquer coisa, ele estava certo. Tudo o que resta da estrutura são paredes externas grossas, desgastadas para se assemelhar a massas cinza-escuras de corais marinhos, dispostas no formato de uma letra C. Poderia ser um castelo de areia; nenhuma extremidade rígida permaneceu. Podemos caminhar direto para o centro, parando e percorrendo um círculo lento dentro da estrutura antiga. Placas fixadas nas paredes descrevem a vida do castelo e detalham a aparência da construção há centenas de anos, com representações artísticas e seções transversais.

Depois da aula de história, ainda não estou totalmente pronta para ir embora, não estou pronta para o melhor peixe com batatas fritas a apenas alguns minutos de distância. Nós nos jogamos na grama ao lado de Odiham. Nada além da gente e de pequenos sons — o vento na água do canal, a fofoca lírica entre os pássaros.

Mas ouço mais que isso. Se há fantasmas rondando as muralhas do castelo destruído, eles falam coisas em minha mente. Ou talvez sejam só os mesmos sussurros que tenho ouvido há dias. Finalmente chegou a hora de escutá-los.

— Tenho guardado um segredo.

Ele está brincando com um pedaço de grama.

— Que não é realmente você que tem preparado todas aquelas comidas cubanas deliciosas para mim?

— Rá, nunca. Mas aqui estão os bastidores da história. Hoje, na feira livre, um dos comerciantes me ajudou pessoalmente a escolher os melhores pimentões, cebolas e tomates. Ele disse que sabe como sou exigente. E, enquanto estava lá, esbarrei no Sr. Robinson, o açougueiro. Ele me disse que está comprando galinhas caipiras particularmente boas esta semana e gostaria de saber se eu iria querer que ele separasse algumas das melhores para mim.

Orion dá de ombros.

— Isso é Winchester. É como somos.

— E tenho dezenas de outros exemplos. As pessoas me acolheram aqui. E, para todos os lugares que olho, parece um conto de fadas, com castelos e paralelepípedos, coisas velhas misturadas com coisas novas. No interior há muito espaço. E também acabo de descobrir a escola Le

Cordon Bleu e não consigo parar de pensar no programa de panificação e confeitaria. E estou pensando de novo.

Estou mexendo na grama macia.

— Eu nem queria vir para cá.

— Eu sei.

— Mas agora estou apaixonada pela Inglaterra. — E, por trás disso, há um garoto com nome de estrela. Meu coração continua batendo quando ele não está comigo, mas com uma *saudade* que bombeia tão forte quanto sangue. — Esse é o meu segredo.

— É mais do que apenas uma turista e seu lugar favorito de viagens — acrescento. — É *amor*, amor. Amor verdadeiro.

Seu sorriso brilha. Mas, se tem algo a dizer ou ainda mais perguntas, ele deixa com os fantasmas do castelo. No entanto, está tudo bem. Está tudo bem. Hoje, só quero seu sorriso. E o meu.

Então, não conto para ele a outra parte, a parte em que parece que estou traindo minha própria cidade, amando outro lugar dessa maneira. Reconheço isso precisamente, sendo extremamente exata como se estivesse medindo ingredientes de bolo. Em seguida, provo a mim mesma que *posso* ser boa em esquecer.

— Seu segredo está seguro comigo, Lila Reyes — ele finalmente fala, mais para as paredes do castelo do que para o meu rosto.

Eu sei, realmente *sei* o que devo e não devo sentir. Como acontece com vegetais e vitaminas, sei o que é bom para mim. Mas hoje vou amar algo apenas porque amo. Vou amar um lugar tão mágico que até eu poderia acreditar em seus feitiços e poções — o ar, densamente doce como caramelo. Vou me concentrar na promessa do Orion de me levar para jantar em um pub bonitinho e na minha de roubar batatas fritas de seu prato. E a promessa que uma noite de verão na Inglaterra fará quando voltarmos para casa em uma moto vintage, os corpos voltados para a estrada em meio ao vento gelado.

Eu amo a Inglaterra. Realmente a amo. E se há uma coisa que conheço bem é a sensação de me apaixonar.

23

Quarta-feira pede empanadas de frutas. Flora as monta do outro lado da ilha de madeira. Sua tarefa é simples: preencher as massas circulares, fechá-las e prensar as bordas com um garfo; em seguida, pincelar as massas com os ovos batidos.

Preparamos duas opções de recheio açucarado, mas minha mente ainda está meio azeda. A segunda-feira foi toda cisnes, um castelo assombrado e deliciosos peixes com batatas fritas — e o garoto que me mostrou tudo isso. Compartilhei um segredo. A Inglaterra deixou de ser um lugar que eu queria odiar para se tornar um que não consigo deixar sem me partir em pedaços. No castelo, recusei-me a pensar nessa parte e apenas desfrutei de todas as outras. Mas, dois dias depois, a parte dos pedaços está de volta, escondida atrás do meu coração.

O apito do cronômetro ressoa dentro de minhas memórias. Corro da pia ao forno, para transferir quatro pães ovais de aveia e mel para uma prateleira de resfriamento. Agora, hora da empanada.

— Você pode pegar as panelas de recheio de morango?

— Sim. — Flora traz de nossa prateleira de preparação os pastéis ainda crus.

Eu os examino antes de deixar o forno fazer sua mágica.

— Muito bom. Eu sempre faço a mais. Eles são os favoritos dos hóspedes. — As meias-luas em miniatura têm uma forma perfeitamente uniforme. Mais cedo, ensinei a Flora como abuela me ensinou: eu faço alguns, depois, juntas, fazemos alguns, e, por fim, ela faz alguns.

Na ponta dos pés, tento avaliar o progresso dela em sua estação de trabalho.

— Você já tem os de mirtilo prontos?

Ela acena com um sorriso forçado.

— Só falta mais uma panela.

Flora se saiu tão bem em suas primeiras duas dúzias que a deixei assumir a fornada de mirtilo enquanto eu cozinhava e resfriava uma panela de pudim cubano de canela e baunilha. Limpo minhas mãos, em seguida, viro para a prateleira de preparação onde ela está empilhando suas empanadas.

— Deixe-me ver suas pequenas obras-primas — digo pegando uma bandeja de doze. Olho para ela incrédula. Com nós no estômago, pego apressadamente a outra bandeja. — Flora, o que aconteceu?

Duas dúzias de empanadas não estão nem perto de terem sido seladas de maneira uniforme. Em metade delas, as dobras superiores nem chegam às inferiores, e o recheio está transbordando para o revestimento da bandeja. Algumas têm recheio demais, enquanto outras quase não têm o suficiente. E as pinceladas de ovo batido na massa para dourar! Tão desiguais! E ela jogou pedaços grandes e nojentos de açúcar. Não posso servir isso.

— Não entendo. Vi você fazer os de morango. — E, além disso, levantei mais cedo para fazer sozinha o pão de aveia com mel, colocando a massa para crescer antes que ela chegasse. Dessa forma, eu teria tempo de sobra para lhe ensinar algumas habilidades culinárias básicas. Ensinei a medir ingredientes úmidos e secos de forma consistente e o uso de diferentes tipos de faca. Achei que ela estava começando a se importar.

Flora desamarra a parte inferior de seu avental.

— Eu lhe disse que não sou boa nisso. Para trabalhar aqui. Só vou atrasar você. — Ela espia dentro do forno; os pequenos pastéis de morango estão ganhando vida. — Pelo menos você poderá servir estes e a última fornada dos de mirtilo. Quero dizer, isso deve ser o suficiente.

Espérate. Esta cozinha está com um cheiro de armação. Lembro-me das palavras da Jules sobre Flora na outra noite:

Ela esquece que o que ela faz em um momento aparentemente insignificante pode afetar o amanhã.

Flora fez isso de propósito para que eu cancelasse o nosso acordo. Ela percebeu uma oportunidade de escapar facilmente, mas não pensou em mim ou na pousada inteira. Seria fácil apenas pegar o avental dela e lhe mostrar a porta de saída, mas, novamente, me enxergo nesta ação. Provavelmente é algo que eu teria feito — não, não com comida — mas este esquema saiu direto do *Manual de Manipulação de Situações de Lila Reyes.*

Sinto-me tentada a realmente aplaudi-la lentamente e de pé pelo seu feito — *bien hecho,* Flora. Muito bom. No entanto, por conhecer este jogo tão bem, não preciso ir muito longe para saber o que virá a seguir. O único problema é o preço que terei que pagar: minha reputação.

Antes que eu possa pensar em todos os possíveis desdobramentos, já estou agindo.

— Hum, não, não teremos o suficiente. Todos os quartos estão ocupados, muitos deles com famílias inteiras. Os hóspedes têm comido mais de um pastel ou bolinho por pessoa. — Exalo um suspiro resignado. — Não tenho tempo para fazer mais massa de empanada, então teremos que servir apenas as que você fez.

— Você realmente vai servir isso? — Ela olha para sua bandeja com a boca aberta. Só agora ela percebeu o quão horrível eles estão?

— Não tenho escolha. — Gesticulo para ela. — Agora, amarre seu avental, porque precisamos fazer biscoitos amanteigados para acompanhar o pudim, que serão servidos mais tarde.

— Então você não quer que eu vá embora?

Tento maquiar meu rosto com um tom blasé, fingindo fazer parte da nova coleção de maquiagens de verão da MAC.

— Ir embora? Claro que não. Todo cozinheiro faz besteiras de vez em quando. E você ainda está apenas começando. Não se culpe tanto por isso.

Trinta minutos depois, os pastéis do inferno estão servidos no salão. Estou lavando minhas mãos, literal e figurativamente, enquanto Flora raspa da ilha de madeira as massas e os restos dos ingredientes usados pela manhã, com a cabeça baixa.

Cate entra:

— Lila, uma palavrinha?

Aceno, minha mente já está à frente do que acho que está por vir.

— Você está se sentindo bem? — Cate inclina a cabeça e me olha com curiosidade.

— Sim, estou apenas cansada. Tenho tido problemas para dormir. — O que é verdade. Os emaranhados em torno de minha mente e coração se espalharam pelo resto do corpo, tentando me manter acordada para além do horário normal de ir para cama de qualquer padeiro.

— Ahh. Eu estava apenas refletindo, por causa do café da manhã de hoje. — Suas sobrancelhas se curvam. — Estava tão diferente do que estamos acostumados a ver de você. Sua qualidade e sua consistência impecáveis de sempre.

Ai! Olho rapidamente para a Flora. Ela está congelada, a mão cerrada com força em torno da escova de limpeza. Eu poderia transferir a culpa para seu lugar devido, mas as palavras de Orion invadem minha mente — Flora está à deriva, mais descuidada do que nunca. Quer esta pequena coisa que estou prestes a fazer seja importante ou não, vale a pena levar a culpa pelo bem da família de Orion. Mas apenas uma vez. Isso não vai acontecer aqui novamente. Exalo uma rápida lufada de ar.

— Você está certa. Desculpe-me pelos de mirtilo. Foi minha culpa. Eu estava um pouco distraída.

Cate aperta meu ombro.

— Entendo, Lilita. É só que nossa taxa de ocupação nunca esteve tão estável em meses. Temos reservas até setembro! Ontem, ouvi o senhor do quarto 6 aclamando sua comida. Ele convenceu a família do irmão a ficar aqui em vez de em um lugar mais perto da cidade, só por causa disso. E nossas avaliações naquele site de viagens, TripTell, nunca estiveram tão altas. Os comentários sobre o chá da tarde dispararam. O que você faz aqui é importante — não se esqueça disso.

— Não esquecerei.

— Ótimo. — Ela vira o pescoço. — E, Flora, estou feliz que a Lila providenciou ajuda por aqui.

Com os olhos arregalados, Flora apenas balança a cabeça.

Na porta de empurrar, Cate diz:

— Hoje à noite, vou pedir ao Spence para lhe preparar um pouco de seu chá de açafrão com leite de coco. Vai fazer você dormir na hora.

Estou de volta à pia, e Flora, ao meu lado, seus lábios pressionados com força.

— Você pode ir. Eu termino por aqui — digo.

— Eu... você assumiu a culpa por mim. Por quê? — pergunta ela, olhando para o chão.

Coloco uma tigela de vidro no escorredor.

— O que acontece nesta cozinha é minha responsabilidade.

— Mas...

— O Orion vai chegar em breve para nossa corrida. — Viro-me para lavar as louças. — Guardei para ele uma das empanadas de morango que fizemos juntas. Elas são uma de seus favoritos, e ele vai amar. — Um último olhar direto para Flora. — Então, sexta-feira?

— Hum, ok, sexta-feira.

— Como assim você disse para o Andrés Christian Millan relaxar e não entrar em contato com você por um tempo? E quanto tempo seria "um tempo"?

— Argh. Droga. *Argh.* — Tenho certeza de que Pili pode ver claramente o que se passa dentro de mim através da janela do FaceTime de seu laptop enquanto mergulho de cara na minha cama. — Eu não sei — digo com o rosto enfiado no edredom. — Não sei de nada agora.

— Lila.

Viro minha cabeça para o lado, ainda de barriga para baixo.

— Mas é o Andrés — diz ela. — O cara por quem você chorou dentro de um freezer. E agora você está tendo dúvidas?

Sim, é o Andrés e o *nós* que tem sido o alicerce da minha vida por anos. Coloque nossos rostos em uma bandeira e agite-a bem alto sobre West Dade. Andrés Millan e Lila Reyes para sempre. Mas, no momento em que descubro que Andrés pode querer voltar a reatar o namoro, ou pelo menos conversar sobre isso, digo a ele para não ligar?

— Você está diferente — diz Pilar suavemente. Um sorriso saudoso enfeita seu rosto.

— Diferente como? — Arrasto meu antebraço e o mostro na câmera. — Mais pálida? — Pego uma mecha do cabelo que compartilhamos. — Mira, não há luzes de verão como as de casa.

— A irmã que conheço teria ligado, mandado mensagens, feito chamadas no FaceTime, contratado aeronaves para escrever com fumaça no céu, tudo para fazer com que mami e papi a trouxessem para casa mais cedo por causa disso.

— Sim, então o que mais ela faria? A Lila que você conhece? — Como realmente Pili me viu durante todos esses anos? Não só a Lila irmã, mas também a Lila pessoa?

Pilar ri um pouco.

— Vamos ver, você provavelmente iria até Gables correndo. Beijaria o Andrés até perder os sentidos. Faria com que ele a chamasse de sua novamente.

Faria com que ele fizesse algo. E ela está certa sobre a garota que ela levou ao aeroporto. Fico olhando para minha irmã, esse pedaço de mim que amo tanto.

— Pili — digo com dificuldade —, está ficando mais quente aqui. Mas estou usando todas as roupas que você mandou. Sinto sua falta.

— Eu sinto mais sua falta. Sinto saudades de nós duas juntas.

Sua lâmina desliza através de todas as habilidades, usando uma faca que conheço, me atingindo em cheio. Ela me puxa para perto, ela me puxa para casa. Las Reyes, Lila e Pilar. Nosso plano de dominação mundial usando pastéis e massas continua tão brilhante e vivo como sempre esteve em meus olhos, em meu coração. Tão facilmente, tão sem esforço, este é o meu futuro, como sempre foi.

— Não posso simplesmente voltar correndo para o Andrés, não tão rápido — digo. Meu próprio coração é importante demais. — Não posso ter pressa desta vez. Você não entende como eu estava destruída.

— Não entendo? — Mais de 6.000km de conhecimento sombreiam seu semblante.

— Obrigada. — Minhas mãos se inclinam, concedendo. — Por me fazer vir para cá.

Pilar solta um suspiro longo e lento.

— Eu tinha razão. Diferente.

24

Estou cozinhando muito. Trabalhar me mantém focada. Picar e refogar as cebolas com manteiga, leite e farinha para o molho bechamel. Hoje não estou utilizando nenhum produto enlatado, estou descascando e cozinhando a vapor meus próprios tomates selecionados na feira livre para fazer molho, e fervendo ossos e ervas para o caldo de galinha.

Meu celular vibra no bolso do avental. Não é uma mensagem, é um e-mail. O cabeçalho faz meu coração apertar. Stefanie.

Querida Lila,
Sim. Deveríamos conversar. Ligarei em breve, prometo.
Stef.

Bem, isso é alguma coisa. Mas, em termos de progresso, foi um minipasso na ponta dos pés. Será que nosso primeiro encontro cara a cara será como pisar em cacos de vidro ou sentar no meio de uma sala em chamas? Dezenas de clichês inundam minha mente, mas tenho que me lembrar de uma coisa: podemos fazer isso dar certo. Podemos nos redescobrir, mesmo que tenhamos que começar nos apoiando em tudo que éramos antes.

A porta dos fundos abre e fecha. Normalmente é Orion, mas nesta tarde, Jules e Flora deslizam para dentro da minha cozinha, no meio de uma conversa.

— Sim, sim, Nicks é admirável. Lendária. — Flora balança o dedo para Jules. — Mas Benatar. Treinada de forma clássica na Juilliard e tudo o mais! Dá para ver no alcance da voz dela.

— Entendo seu ponto de vista — responde Jules. — Mas Nicks? Ah, por favor. Ela praticamente escreveu o manual do rock dos anos 80. Dou uma mexida no caldo.

— Hum, oi?

— Desculpe, querida — diz Jules. — Ok, talvez você possa resolver nossa discussão. Quem é a rainha indiscutível do rock dos anos 80, Stevie Nicks ou Pat Benatar?

— É melhor você conversar sobre isso com a minha irmã — digo. — Ela fala a língua dos vinis.

Jules aponta o nariz para todos os lados.

— Meu Deus, Lila, este deve ser o cheiro do paraíso.

— Divino. É sempre meu objetivo. Mas o Orion não lhes avisou para chegar às 19h? Vocês estão cerca de 4h adiantadas.

— Isso é por minha conta — diz Flora. — Estamos indo para a cidade, e acho que deixei meus óculos de sol aqui esta manhã.

Retiro o caldo finalizado do fogo, apontando minha colher de pau para o balcão oposto.

— Fora do alcance dos respingos de tomate.

Enquanto Flora pega seus óculos de sol, Jules olha por cima do meu ombro. Todas as bocas do fogão estão ocupadas com o preparo de molhos, caldos e recheios.

— Estamos muito animados com a noite de hoje. Remy também está. Normalmente, quando somos convidados para um chá, é sempre pizza ou talvez peixe com batatas fritas para viagem de uma loja local.

Faço uma mímica de um ferimento fatal.

Jules ri.

— Também não cozinho muito. Minha mãe cozinha bem, e Rems e eu estamos sempre buscando comidas de pubs.

— Você cozinha músicas, Jules.

— Você está certa. Mas seria legal aprender alguns truques de cozinha.

Truques de cozinha são a *minha* música. Descanso minha colher.

— Você poderia ficar por aqui e cozinhar comigo?

— Aulas com a chef? — Jules sorri e então se vira para Flora. — O que você acha? Podemos pegar cafés e vasculhar a loja de Victoria a qualquer momento. Mas a Lila está aqui por um tempo limitado.

As palavras melancólicas surgem suavemente, mas já estou cheia delas. *Eu sei, eu sei.*

Flora empurra um prato com sobras de biscoitos de limão na direção de Jules. Sempre os tenho por perto para alimentar um certo vendedor de chás.

— Prove um. Ajudei a prepará-los.

Jules morde um dos biscoitos crocantes e depois faz um grande espetáculo ao tentar colocar o lote inteiro em seus bolsos.

— Sim — diz Flora. — Vamos ficar e ajudar.

Com as tarefas explicadas e divididas, faço com que minhas sous chefs se limpem, dou-lhes seus aventais e as instalo na ilha de madeira. Colocamos rock dos anos 80 enquanto Flora descasca batatas e Jules pica vegetais como uma profissional.

Cate entra dançando.

— Lila, você disse arroz con pollo, não metade de um livro de receitas cubano.

Gesticulo para que se aproxime. Ela se inclina sobre a panela borbulhante de arroz-doce para sentir o cheiro.

— Arroz con leche também?

— E papas rellenas e croquetas de jamón.

Cate puxa um banquinho. Ela observa em silêncio, mas quase consigo ver os pensamentos que passam por trás de seus olhos.

— Antes de você nascer, muito antes de eu conhecer Spencer, sua abuela e seu abuelo me recebiam para jantares como este. O tempo inteiro. Sua mãe conhecia bastante, mas a comida cubana de Miami era toda da abuela. A antiga cozinha dela era pequena como uma caixa de sapatos, mas ela usava cada cantinho. O cheiro, Lila... exatamente assim. Eu o segui até aqui. Os hóspedes vão se perguntar quando a ceia será servida.

O canto da sereia cubana.

— Se eu fechar os olhos, sinto que estou em Miami novamente — continua Cate. — O ar-condicionado está quebrado, estamos todos pingando de suor com ventiladores portáteis soprando alto atrás de nós, a música tocando ainda mais alto. — Ela coloca as mãos em seu coração. — Sua abuela, Lydia, poderia estar na cozinha mais sofisticada que imagina, e mesmo assim, alimentava todo mundo, não só a mim. Quando a situação estava difícil para os vizinhos, ela lhes levava potes de caldo de pollo e pan cubano.

Levanto meu olhar através das doces memórias. Flora e Jules pararam de cortar e estão apenas escutando. *Esta* é minha Miami, minha história. Esta sou eu.

— Fique — digo a Cate. — Você pode cozinhar conosco.

Ela alcança a pilha de aventais, sorrindo.

Meus parentes cubanos vieram de uma pequena fazenda perto de Cienfuegos — Cem Fogueiras. Agora a cozinha da pousada solta vapores e fumaças com quase o mesmo calor. Mostro às garotas como cortar galinhas, em seguida, trabalho com a Flora para dourar os pedaços com uma frigideira de ferro para o arroz con pollo. Cate e Jules colocam o recheio de picadillo de carne moída temperada dentro de uma camada do purê de batatas que Jules cozeu e temperou. Elas me observam, então assumem o comando, transformando a mistura em bolinhas. Em seguida, rolam o recheio de croqueta de presunto em migalhas de pão. Vamos fritá-los no último minuto.

— Continue mexendo os vegetais para que não queimem — digo a Flora.

Flora obedientemente se vira de volta para a panela e continua mexendo. Em seguida, deixo que ela adicione o arroz branco seco e o caldo e, por fim, o tempero Bijol.

— Então... deveria ficar amarelo assim? — pergunta ela.

— Arroz con pollo deve ser desta cor. Como açafrão. E esse tempero também adiciona sabor. — Dou uma última mexida na mistura. — Fique atenta para uma fervura rápida. Vai borbulhar, mas, no momento em que ficar rápido demais, você saberá que é hora de diminuir o fogo para ferver e colocar a tampa. Preciso verificar nosso arroz-doce, então você está no comando.

Flora me dá um sinal de positivo com o polegar.

Com as bandejas prontas de almôndegas de batata e croquetes de presunto para fritar, Cate traz quatro copos de Coca-Cola. Lanço um sorriso de cumplicidade quando ela corta um limão e coloca uma fatia na borda de cada copo.

— Limão com Coca? — pergunta Jules.

— Tradicional em Miami. Experimente — diz Cate.

— Ah, isso é muito bom. Saboroso. — Jules move os ombros em seu próprio ritmo, bebendo novamente. — Estou me sentindo tão do sul da Flórida.

— Bem, se você quer realmente sentir Miami, precisa ouvi-la — digo a ela. — Vamos deixar de lado os anos 80 e colocar nossas músicas de salsa.

— Tantas danças, tantas noites — diz Cate. — Os clubes com sua mami e nossos amigos.

Sincronizo meu celular com minhas caixas de som portáteis e dou play na música da minha cultura. Com o jantar coberto e pronto para ferver, Flora se afasta do fogão com sua bebida. Seu pescoço e rosto estão corados por causa do calor das panelas. Mas ela sorri.

Uma Garota Cubana, Chás e Amanhãs • 229

— Essa música! — diz Jules, com os olhos brilhando de admiração.

— A polifonia e o som e o ritmo da bateria são fantásticos. Soa como um resort tropical, uma rua colorida repleta de comerciantes e...

— O quê?

— Sei que é estranho, mas a música soa como o cheiro desta comida. Picante e sexy.

Bato com o cotovelo na coproprietária da pousada; em semanas, esse foi o momento em que ela esteve o mais longe de ser a Cate Wallace de Winchester.

— Catalina, precisamos mostrar a elas a dança.

— Sim, por favor — diz Jules, agarrando Flora pelo cotovelo.

— Nos ensine.

Nós dançamos e parecemos duas desastradas, mas conseguimos lhes mostrar o básico para dançar salsa.

— É isso, chicas — anuncio. — Façam uma pausa nas batidas quatro e oito. Arrastem o pé, não marchem. — Demonstramos onde colocar o quadril e o ombro. Como afiar cada movimento, travando-o. Flora se mantém, mas Jules leva suas instruções de salsa para o próximo nível. Por que estou surpresa?

Jules não consegue evitar mergulhar de cabeça, direto nas músicas, com sua linda voz. Com o ouvido treinado, ela capta frases em espanhol e cria suas próprias harmonias com os cantores. Ela é linda, simplesmente.

Meus olhos se voltam para a porta. Os garotos se materializaram lá, todos os três fazendo fotos ou gravando vídeos e muito satisfeitos com eles mesmos. Há quanto tempo estão parados ali?

— Não faço ideia do que diabos está acontecendo — diz Remy. — Mas, um dia, quando a Jules ficar famosa, esse vídeo vai surgir online e vai ser incrível.

Jules já está avançando em sua direção, tentando alcançar o celular dele.

O rosto de Gordon carrega uma dose de choque e horror. Será que está com dificuldades em processar esse novo lado de sua mãe e o balanço de quadril dela?

— Não tenho palavras.

— Pela primeira vez. — Cate acaricia o cabelo dele. — Estou subindo agora. Traga porções para seu pai e para mim quando a Lila servi-las?

— Sim, mamãe.

Cate prende meu olhar quando alcança a porta do corredor. Ela pressiona os dedos nos lábios e depois no coração antes de ir embora.

Encontro o Orion espiando o arroz con pollo e paquerando os petiscos. Quando me aproximo, ele me puxa para um breve abraço. Depois de horas de diversão frenética, minha respiração se acalma.

— Agora me sinto totalmente culpado. Você trabalhou tão duro, e tudo o que trouxemos foram algumas garrafas de vinho barato e um pouco de cerveja. — Ele aponta para Remy, que está colocando vinho tinto e garrafas de cerveja no balcão.

— Deve haver algumas tarefas de última hora que possamos fazer para ajudar.

— Mais do que algumas. — Arranho de brincadeira a manga de sua camiseta de banda desbotada. — E não é permitido sentir culpa. Isto é o que eu faço. O que amo fazer.

Ele sorri e, em seguida, esfrega gentilmente o dedo em meu rosto.

— Tem farinha no seu nariz.

— Provavelmente tem muito mais farinha pelo resto do meu corpo. — Olho para o jeans skinny e para a regata preta sob o meu avental. — Devo estar um desastre.

— Nah. — Ele levanta meu queixo com o polegar, um sorriso preguiçoso em seu rosto. — Você sempre está encantadora.

Ah. Ele nunca tinha dito essas palavras. Muitas vezes as senti se escondendo atrás do olhar dele. Mas o som das palavras é novo, e meu coração não está mais calmo. Estamos de volta ao ritmo frenético.

— Pode me servir um pouco desse vinho que trouxe?

A noite começa com sua primeira taça de vinho e se estende duradoura, barulhenta e deliciosa. Remy é um profissional na fritadeira por trabalhar no pub. Croquetes de presunto e bolinhos de batata saem crocantes e dourados, e os recheios pingam maravilhosamente gordurosos. Orion o ajuda a servir o arroz con pollo. A plateia faz *oohs* e *ahhs* sobre a travessa fumegante de frango com arroz amarelo e ervilhas, pimentões e cebolas, com o caldo apurado e o sabor de ossos.

Todos nos inclinamos sobre a superfície de madeira, barrigas se enchendo de comida, e ouvidos, de histórias. Orion aceita uma segunda cerveja de Gordon e me oferece uma, mas continuo no vinho tinto que Remy pegou do pub.

— Lila, você já viu o Ri bêbado? — pergunta Gordon. — Tipo, realmente bêbado.

Sorrio com esse pensamento e com o olhar de Orion para seu amigo.

— Humm, sei que já o testemunhei animadinho. Mas não posso dizer que tive o prazer de sua presença totalmente embriagada.

Remy interrompe:

— Bem, isso vai exigir mais do que duas cervejas. Mas, falando por aqueles que conhecem, é *belíssimo*.

Orion engole a última mordida da sua milionésima bolinha de batata.

— Cai fora, Rem.

— Acho que não. — Remy apenas se anima mais. — Orion é um bêbado sonolento. A última vez que o vi assim, ele estava na minha casa.

— Oh, Deus, eu me lembro disso — acrescenta Jules com uma risadinha.

— Sim. — Remy inclina sua garrafa. — Ele dormiu no meu sofá e, antes de ir embora, estava resmungando um monte de besteiras aleatórias. Algumas eram coerentes, outras, não. Não tínhamos certeza se ele estava acordado ou sonhando.

— Idiota — diz Orion, sua irritação desaparecendo atrás de uma risada irônica.

— Isso não significa que seja mentira — diz Gordon. — Da próxima vez, iremos filmá-lo.

As provocações e zombarias sobre o meu guia turístico britânico dão lugar à comida. Meus convidados são agradavelmente quietos e param para lançar elogios e implorar para repetir os pratos. Quando chega a hora do "pudim", peço que Flora busque ramequins gelados de arroz con leche.

— Devo elogiar minhas admiráveis ajudantes e dançarinas de salsa, Jules e Flora — digo, minhas palavras arrastadas com o efeito de três taças de vinho.

As garotas fazem uma reverência ao som dos aplausos dos garotos, então todos nós comemos o arroz-doce, uma das comidas caseiras e reconfortantes mais doces de Cuba. Depois, todos ajudam com os pratos, e, antes que eu perceba, estou sozinha com o Orion, fechando o último pote de plástico com o que sobrou. Coloco o arroz restante na geladeira e giro. Talvez rápido demais.

Orion estava perto o suficiente, mas também é rápido como um relâmpago, me equilibrando de volta.

— Devagar aí. Você não está bêbada. Mas deixou o "animadinha" para trás depois da segunda taça.

Caloroso. Calorosamente gostoso. Minhas bochechas e seus braços e a adrenalina na minha cabeça. Para provar que ele estava certo, deixo escapar um bocejo ruidoso.

— Certo. Eu ia sugerir que assistíssemos a um filme, mas você está exausta e também vai acordar cedo amanhã. Temos muitas outras noites para assistir a filmes.

Temos mesmo?

Seu sorriso muda com o passar dos segundos, uma covinha grande, depois torta, depois pequena.

— *Não* era um simples frango com arroz, e pode ter sido a melhor refeição que já fiz na vida. E, vendo a Flora aqui, com você... — Ele não continua. Não precisa.

— Eu sei.

— Vá dormir agora. Mas se certifique de sair da cama pelo mesmo lado em que você entrou, para evitar o pior dos piores tipos de azar.

— Cuidado nunca é demais.

Orion pisca.

— Boa noite. — Ele dá um beijo suave na minha testa.

A noite aconchegante de julho fica com Orion para ela. A escadaria recebe meus pés doloridos, minha barriga cheia e movimentos guiados pelo vinho. Uma luz meio apagada me saúda quando chego ao flat. A silhueta de Cate em um roupão fofo me atrai para o sofá estofado. Uma taça de vinho está pendurada entre seu polegar e o indicador, e a televisão continua emitindo ruídos.

Quando ela me vê, afasta-se e dá uma tapinha na almofada. Abaixa o volume no controle remoto.

— Quer uma taça? Spence ainda está fora com alguns amigos.

Suspiro e relaxo meu corpo dolorido.

— Mais uma taça, e a pousada não irá comer amanhã. Mas obrigada.

— Gordon apareceu há meia hora. Exausto e empanturrado. Você foi incrível hoje. Cozinhar, dançar e relembrar bons momentos foi muito divertido. — Aceno, e ela diz: — Flora trabalhando com você, ela precisa disso. — Ela mexe a taça cristalina de vinho, fazendo-a zumbir. — Sei a verdade sobre os pastéis de mirtilo estragados. Nem dormindo você conseguiria fazer empanadas parecidas com aquelas.

Hesito e então encolho os ombros.

— Bem.

— Lila. — A voz de Cate fica mais grossa. — O que você fez pela Flora, mais do que pães ou pastelitos ou um negócio, foi o que a abuela realmente lhe ensinou.

Permito-me vaguear nas palavras e no silêncio — além do vinho, dos amigos e da comida, há a pulsação elétrica por trás do beijo fugaz de Orion na minha testa. E o sal em minha garganta. É este o lugar que amo e posso perder. Fecho meus olhos, cedendo.

— Eu a vi navegando no website da escola Le Cordon Bleu de Londres enquanto os pães assavam. Isso me lembra do Gordon, que fica de olhos arregalados quando estuda grandes casas e edifícios. Todas as possibilidades estão à sua frente. — Um breve suspiro, e então: — Quero que você saiba que sempre terá um lugar aqui. Nosso quarto de hóspedes é seu pelo tempo que você precisar.

Levanto enquanto pisco para afastar a umidade de meus olhos.

— Obrigada. Eu realmente amo esta pousada. E toda a Inglaterra que conheci.

Cate brinca com a amarra de seu roupão.

— Você parece gostar especialmente do chá daqui.

Ah, Cate.

— Eu me apeguei muito ao chá daqui.

— Todos nós achamos que é muito especial. Uma mistura rara. Você não consegue encontrar um chá como esse em qualquer lugar. E também parece combinar muito bem com você.

— Mucho — digo a ela. Balanço a cabeça. — Diga-me. Depois que você foi embora de Miami com o Spencer, quando parou de sentir tanta saudade? Da sua família, dos seus amigos?

Ela bebe um gole de vinho e acena para mim.

— Bem, pode acontecer a qualquer instante.

25

Um dia antes de o Orion me levar a Londres para conferir uma escola, sou a instrutora-chefe em outra: *Fundamentos do Pão*. Depois de duas semanas do básico, Flora está pronta para sovar a massa hoje. Dobramos o suficiente para nos prepararmos para o meu dia extra de folga.

— Bom, agora um quarto de volta — digo a ela enquanto pressionamos as palmas das nossas mãos na massa esponjosa de pão branco. Ela segue cada movimento meu, ajustando a pressão e obedecendo a meus avisos de usar apenas farinha suficiente para evitar aderir e mantendo as pontas dos dedos para fora enquanto está amassando, usando apenas as palmas das mãos.

— Isso é meio divertido — diz Flora. — Poder pressionar alguma coisa. Fazer o que quiser com isso.

— Rá. Só se você souber o quanto pressionar. Farinha ou manuseio em excesso deixam o pão duro e com textura de borracha.

— Flora parece uma padeira autêntica hoje. Seus cachos curtos caem para trás sobre as orelhas sob uma bandana azul. Seu avental está manchado de canela do bolo de maçã que fizemos para o café da manhã enquanto a massa estava crescendo.

— Mas você está certa — acrescento. — Quando meu ex-namorado e eu tivemos uma de nossas brigas, minha família comeu pão por dias.

— Uma válvula de escape melhor para sua raiva do que rostos, certo?

Eu me viro para ela com uma piscadela dramática.

— Você deveria ter me visto na noite do meu baile de formatura. O *bairro* inteiro recebeu pão na manhã seguinte. Espere um momento, vocês têm algo como um baile aqui? Uma grande festa formal no final do último ano?

— Temos, sim, exceto que os da minha escola tendem a se concentrar na quantidade de álcool que você consegue levar escondido para a sua noite. Cantis. Vinhos baratos escondidos nos arbustos, bebidas alcoólicas aromatizadas — diz ela, em seguida, explica sobre as limonadas e os ponches de marca que são misturados com álcool. — Vários champanhes da Tesco antes mesmo de você sair com seu par.

Lanço um olhar irônico e compreensivo para ela.

— Na verdade, isso é exatamente como um baile de formatura. Ok, hora de virar. — A massa bate contra a ilha de madeira.

— Como foi o seu? Você teve tempo de sovar e assar a massa antes de se arrumar? — Ela ri. — Se alguém conseguiria isso, seria você.

— Obrigada. Eu acho. — Minha voz diminui. — Mas não fui realmente ao baile. Meu ex-namorado teve mononucleose durante o dele. E ele terminou comigo alguns dias antes do meu.

Os movimentos de Flora param imediatamente.

— Será que tem como ficar pior do que isso?

— É uma longa história, mas foi uma das piores semanas da minha vida. Pilar e eu compramos meu vestido com bastante antecedência. Era longo e justo, cor champanhe e tinha uma fenda incrível. Alguns detalhes sutis, também, e tiras cruzadas nas costas.

— Era? Você devolveu?

Tão vívido em minha mente, Pilar limpando meu quarto das coisas do baile. O lindo vestido, os saltos dourados combinando. Os brincos longos. Ela escondeu tudo e os fez desaparecer quando lhe dei sinal verde. Conto essas coisas para a Flora quando começamos as duas últimas bolas de massa.

Flora diz:

— Acho que eu teria ido de qualquer maneira; quero dizer, *realmente* entendo por que você não foi, mas eu teria colocado meu vestido deslumbrante e arrumado o cabelo e saído de cabeça erguida e orgulhosa com meus amigos ou algo assim.

— Eu poderia ter feito isso, mas minha avó havia falecido no mês anterior.

— Ah. Entendo. — Suas palavras se acalmam um pouco. — Você fala muito sobre ela. Mas eu não sabia que tinha falecido. Ela realmente lhe ensinou *tudo* isso? Toda a comida que fizemos e toda a panificação e confeitaria?

— Isso é apenas uma fração de seus ensinamentos. Minha irmã também era muito próxima da abuela, mas elas conversavam mais sobre "assuntos de garotas", no escritório da padaria, do que sobre a cozinha. Meu amor inato por cozinhar e confeitar foi o que me transformou na sombra da abuela. Meu avô morreu quando eu tinha apenas 3 anos, e ela foi morar conosco. Eu estava com ela constantemente. Eu só... queria ser igual a ela.

Flora acena.

— Minha avó também foi morar conosco. Cerca de um ano depois que minha mãe foi diagnosticada. Ela ficou lá por 2 anos até que o papai contratou uma cuidadora para nos ajudar.

Orion nunca me contou isso.

— Você tinha apenas 8 anos, certo?

— Quase isso. Vovó tentou preencher as lacunas para mim e para o Ri. Arrumava meu cabelo para a escola e essas coisas. Mas ela nunca tinha tempo de fazer biscoitos comigo.

— Cuidar da sua mãe era um trabalho de tempo integral, acredito.

Flora vira sua massa comigo.

— E horas extras também. Um dos sintomas da doença da mamãe é estar em movimento constantemente. Era raro para ela apenas se acomodar e assistir a um programa. Ela andava pela casa, de um lado para o outro. Para o andar de cima, e para o de baixo, pegando itens e colocando-os no chão. Ela não podia ficar sozinha nunca e só dormia depois de lhe darmos comprimidos fortes. Então, sim, nunca havia tempo. — Um pouco mais de farinha para polvilhar a massa. — Mamãe quebrou o tornozelo há cerca de um ano. Foi quando papai percebeu que não poderíamos mais mantê-la segura em casa.

— O lar de cuidados especiais. — O lugar aonde Orion quer me levar para conhecê-la.

— Sim. — Seus olhos embaçam com as lágrimas. — Agora ela passou de estar constantemente em movimento para não se mexer mais. Sabíamos que isso estava chegando, ainda assim…

— Sinto muito, Flora — digo. Manteiga, açúcar e fermento pesados no ar. — Sua avó ainda está… aqui? Ela sabe?

— Sim, papai contou para ela esta semana. E ela visita Manchester algumas vezes ao ano. Mas na verdade nunca passei tempo com ela como você com a sua.

O pão está pronto para assar. Mostro a Flora como usar uma pá de cozinha para colocar os pães no forno. Por alguns momentos, olhamos o espaço aquecido. O que preparamos é importante para quem quer relaxar no saguão com um jornal e uma xícara de chá.

— Você poderia ir visitar sua avó — sugiro. — Pegue o trem algum dia e fique com ela por uma semana. Talvez ela possa lhe ensinar algumas de suas receitas favoritas.

— Vovó é boa na cozinha, mas não como a sua. Nada perto do que você consegue fazer. Mas ela é incrível tricotando roupas. Tenho muitos cachecóis e gorros tricotados por ela.

Meu sorriso aparece ao ouvir isso.

— Nunca se sabe, você também pode ser boa em tricô. Você poderia fazer coisas para os seus amigos.

— Talvez eu possa. — O canto de sua boca se curva em um sorriso. — Aquele cardigan cinza do Orion que você está sempre usando. Foi ela quem fez.

26

Mais tarde, estou dobrando roupas limpas quando o FaceTime apita, a janela do ícone fica sobre o website de Le Cordon Bleu aberto em meu laptop. Já assisti aos vídeos promocionais centenas de vezes. A chamada vem da conta da mami. Quando atendo, encontro minha família amontoada em nossa mesa de jantar. O rosto de mami está corado, e ela agarra em sua mão um lenço já muito usado.

— ¿Qué pasó? — gaguejo, enquanto o pânico cresce dentro de mim. — Quem morreu? Quem está se divorciando? Ou é a panadería? Ou alguém está na emergência do hospital? — Será que foi Javi, ou Marta, ou nosso vizinho Chany, ou...

— Tranquila, Lilita — diz papi. — Temos notícias muito felizes.

Mami funga e diz:

— Temos um presente de aniversário antecipado para você. — Enquanto meu coração se acalma, ela continua: — É o *Family Style*. O produtor do *Family Style* entrou em contato conosco, e eles vão apresentar La Paloma no final do mês que vem! Muitos clientes nos indicaram para eles, e outro café teve que cancelar, então fomos escolhidos. Você acredita nisso? ¡No puede ser! Anos acompanhando esse programa, e agora estaremos nele. Na televisão.

Toda a calma se foi. O programa favorito dos meus pais no Canal Culinário, apresentando os melhores pequenos restaurantes e lojas familiares?

— Oh. — É tudo que consigo dizer. Minha mente dispara junto com meus batimentos cardíacos. A oportunidade e a exposição. A multidão de novos clientes, o faturamento e a influência. La Paloma vai ficar famosa!

Pilar diz:

— Temos muito o que fazer para nos preparar. É hora de voltar para casa. Vamos antecipar sua passagem, e você poderá até mesmo passar o seu aniversário em casa e...

— Não. — O ar deixa meus pulmões junto de uma única palavra incisiva. *Não* é meu primeiro pensamento, descontrolado e inquieto. Um novo pânico cai sobre mim enquanto o verão inglês paira atrás da minha janela aberta, o crepúsculo se aproximando do fim da tarde. Ainda não posso ir embora e como, *como* isso vem da mesma garota que implorou para voltar para casa semanas atrás?

Mas eu sou a mesma e não posso ir embora. Ainda é cedo demais. Preciso de mais tempo com meus novos amigos e quero ver a escola de confeitaria e visitar Londres. Flora fez tantos progressos e... Orion. Isso me despedaça mais do que qualquer outra coisa, me cortando como facas. Não estou pronta para deixar Orion Maxwell.

— Como assim "não"? — pergunta mami, e isso dá início a uma onda de líquidos escorrendo pelos meus olhos, outro tipo de água salgada. Minha doce mãe pensou que estava apenas me emprestando à Inglaterra, para me dar um descanso e uma chance de me curar. Será que ela teria me enviado para cá sabendo que eu cultivaria esses segredos traiçoeiros dentro do meu coração? Outro *não*.

— A pousada — disparo. — Não posso simplesmente abandonar Cate e Spencer e deixá-los sem um padeiro depois de tudo o que fizeram por mim. Polly só deve voltar em meados de agosto.

— Ah, tienes razón — diz papi. — Não pensamos nisso.

Concordo.

— Reserve minha passagem para duas semanas antes das gravações. Será tempo suficiente para ajudar a preparar La Paloma.

Pilar diz:

— Precisamos pensar em uma cor para repintar a área principal da loja e definir todos os alimentos que iremos expor.

— Posso ajudar daqui. Vai ser incrível. Perfeito. — A excitação aumenta, zumbindo. O negócio da minha família, essa coisa preciosa que meus avós construíram, vai crescer e se expandir como nunca. Abuela, *este é o seu legado.*

Conversamos por mais tempo, nos atualizando e fazendo planos. Quando finalmente chegamos ao adeus, nem preciso pensar no meu próximo passo. Já estou em movimento, meu cabelo em um coque alto bagunçado, e o resto de mim em uma camiseta simples e calças curtas de ioga. Coloco rapidamente meus tênis Chuck e saio correndo.

Estou ofegante quando a porta da frente se abre.

— Ei — diz Orion, seus olhos piscando de surpresa.

— Sinto muito. Desculpe não ter mandado mensagem. — Olho para esquerda e depois para a direita. — Eu só tinha que…

— Não seja boba. — Ele abre mais a porta. — Entre. Você está me preocupando.

Mexo-me dentro do espaço quente enquanto as fechaduras estalam atrás de mim.

— Sei que você acabou de sair do trabalho.

Orion está de frente para mim, apoiando suas mãos firmes nos meus ombros.

— Sem problemas. Papai está na loja até tarde, e Flora saiu de lá para a casa da Katy. Eu estava prestes a esquentar as sobras incríveis daquele assado que você fez. Ropa?

Eu fungo.

— Ropa vieja. — Roupas velhas. Um nome apropriado para o aromático assado de carne desfiada que servi ontem à noite com feijão-preto e arroz, durante um filme clássico bobo e muito vinho.

Agosto parece tão perto, e ninguém vai cozinhar para ele depois que meu avião decolar.

Ele se inclina, me olhando preocupado.

— Venha aqui — diz enquanto me leva ao sofá de couro. Ele se senta perto de mim, juntando nossas mãos. — O que aconteceu?

Recapitulo tudo sobre a ligação com meus pais, observando as expressões dele mudarem com a ascensão e queda do tom das minhas palavras. Ficamos em silêncio quando chego ao fim, nossos olhos encarando a verdade incrível e cruel diante de nós. Indo e voltando.

Finalmente, ele diz:

— Não consigo nem imaginar o que esta oportunidade significa para você. Sua padaria não teria sido escolhida se não fosse por todo o trabalho que você e sua família fizeram.

— Sim. — Minha família. — Mas a gravação. Eu não estava planejando duas semanas a menos aqui.

— Eu também não. Mas sabíamos de tudo isso. Cada dia que tivemos, aproveitamos ao máximo, sabendo muito bem que teriam que acabar — diz Orion, sua voz se equilibrando em uma corda bamba muito fina. Um movimento errado, e nós dois tombamos.

— Sempre soubemos que você voltaria para a Flórida.

— Flórida — pondero. E, então, simplesmente solto tudo, porque estou cansada do passado corroendo minhas entranhas. — Andrés me ligou. Duas vezes. Ele disse que... quer voltar a conversar. Está tendo dúvidas sobre o término.

O ar escapa dos pulmões de Orion. Seus olhos semicerrados, escuros e profundos. Ele se levanta, indo rapidamente até o piano. Meu coração se despedaça quando ele se afasta de mim.

— Bem, então. — diz ele, olhando para sua foto em família na Irlanda, de uma época em que esta casa amparava todos os seus corações. — Isso deve tornar tudo muito mais fácil para você. Miami, seu negócio de sucesso, seu namorado, por quem você ansiava. Seu futuro incrível, agora com esta galáxia à sua frente.

— Mais fácil?

— Lila, você está conseguindo tudo que sempre sonhou.

— Não — digo pela segunda vez esta noite.

Ele balança a cabeça.

— Andrés quer você.

— Orion, pare. Só porque...

— É tão simples. Parte da razão de você estar aqui é ele...

— ¡Me cago en diez! Droga, você vai me ouvir?

Isso o atinge. Ele se vira, seu queixo como granito e olhos embaçados. Não, ele não tem o direito de estar machucado. Ele não tem o direito de se sentir magoado por causa do Andrés, e, no momento em que isso passa pela minha mente, a resposta brilha, livre e transparente.

Meu sorriso irrompe de puro alívio antes de me lembrar de todas as outras dores. Estou de pé; estamos a um ou dois passos de distância.

— Você quer que eu lhe mostre a hora da ligação dos meus pais? Porque você vai ver que não há nem 5 minutos entre o momento em que desliguei e o momento em que bati na sua porta, parecendo uma louca. O que isso lhe diz?

Ele esfrega o rosto, encolhendo os ombros.

— Que você corre absurdamente rápido como sempre?

— Tente de novo. Não fui procurar o Andrés com as minhas novidades. Não liguei para ele, não mandei mensagem, nem mesmo pensei nele. Não posso estar com uma pessoa que é meu segundo pensamento. Sim, eu o amei por muito tempo, mas não posso mais voltar para ele, Orion. — Minhas palavras se emaranham em uma onda de oxigênio. — Ele deveria estar com uma pessoa que corre para ele primeiro. Eu não quis correr para ele.

Orion absorve isso com uma ventoinha de reações. O choque em seus olhos arregalados se transforma em um sorriso irregular, terminando em uma risada confusa e sarcástica.

— Viu? Eu lhe disse. Sem moto, sem acordo.

Correspondo à sua confusão.

— E ele realmente odeia chás.

— Ah, não, não é *possível* — diz ele e dá um passo à frente até que vai ou esbarrar em mim ou me puxar para seus braços. Fico com o segundo: casa. Muito em casa. — Lila Reyes de West Dade vai aparecer na televisão. É realmente uma notícia fantástica.

Envolvo-me em seus braços e, por alguns momentos, sou apenas eu abraçando o garoto com nome de estrela que mergulhou o dedo na minha massa de bolo. Semanas depois, não há nenhuma parte da minha vida que ele não tenha tocado.

Mas o tempo se fecha ao nosso redor. Ele muda, mas não me solta. Como esta casa em St. Cross, sabemos que somos apenas mais uma casa que não pode ficar inteira.

— Com ou sem o Andrés, você ainda precisa voltar a Miami. Estar lá para sua família, para La Paloma.

— Eu vou — digo com o rosto em sua camisa polo. E falo sério. — Ao mesmo tempo, não quero deixar nada aqui. Nem ninguém. — E falo sério.

Ele se afasta.

— Um dia de cada vez. É tudo o que temos. — E isso é tudo o que ele diz. *Você poderia voltar.* A possibilidade cresce, passando de sua pele para a minha. Mas em algum momento ele verbalizaria isso? Ou eu sou apenas mais uma coisa impossível que ele jamais ousaria pedir a algum Deus ou ao Universo?

Ele passa o dedo debaixo dos meus olhos.

— Fique aqui, ok? Podemos compartilhar minhas sobras, mas, primeiro, posso fazer uma xícara de chá para nós? Reabasteci o nosso estoque aqui.

— Exatamente o que preciso.

Espero no sofá, envolvendo meus braços na altura do peito. Ouço passos suaves se aproximando, e, em seguida, seu cardigan de lã cinza macio cobre meus ombros. Claro que ele o tem por perto. Agarro a gola e digo sobre o encosto do sofá:

— Você não me disse que foi sua avó quem tricotou este cardigan.

— Não diria depois de saber que você acabou de perder a sua. — Ele se vira e me entrega uma xícara aquecida. — E então não pensei mais nisso.

Bebo o chá perfumado e, talvez, tenha soltado um ruído.

— Muito bom, não é? Todos aqueles pudins com que você me alimentou me fizeram pensar nessa variedade agora. Chá-preto com baunilha.

Bebo novamente, os sabores de duas cidades que amo se emaranhando em minha língua.

— Orion, este aqui.

— O quê?

— Este é o meu favorito.

27

A Londres de Orion consiste em ruas, calçadas e em áreas ao ar livre. São livrarias vintage, parques secretos nos bairros e pessoas observadoras com seus cafés latte na peculiar Covent Garden. Também é a Neal's Yard com seu aglomerado de vitrines coloridas e a batida eclética do Soho. A Londres dele é a que mantém nossos cotovelos encostados no muro do Embankment em um sábado ensolarado, onde Orion consegue vestir mangas curtas e eu um vestido jersey midi.

O Rio Tâmisa flui à nossa frente, serpenteando através dos distritos. Com 135m de altura, a roda-gigante branca do London Eye gira sobre South Bank, do outro lado da Ponte de Westminster. A luz do meio-dia reflete na extremidade do gigantesco Parlamento na Elizabeth Tower.

— Muitos turistas acham que o Big Ben *é* a torre do relógio. Na verdade, é o sino dentro da torre — diz Orion.

Fico olhando para a paisagem que mescla o medieval e o moderno com tanta intensidade que meus olhos se desfocam.

— Não pare nunca. — Deixo o rio tomar minhas palavras.

— De quê?

— De me contar curiosidades sobre as coisas.

Ele sorri e nos guia em direção ao Parlamento e à Catedral de Westminster. De braços dados com ele, peço que me mostre o Palácio de Buckingham.

— Devíamos tentar voltar aqui pelo menos mais duas vezes antes de... — Ele não precisa terminar a sentença. — O Museu Britânico é tão legal. E a Torre de Londres. Você vai amar as joias da coroa, todo o arsenal e as armas. E qualquer outra coisa que você quiser conhecer por dentro, nós podemos ir.

Mas hoje o Sol está alto, e o centro comercial nos leva a uma longa avenida com um palácio dos sonhos em sua base. Bandeiras do Reino Unido acompanham nosso caminho, e, quando me sinto realizada em Buckingham, ele me mostra o elegante e bem cuidado distrito de Mayfair e me guia até o parque Kensington Gardens.

Enquanto estou sonhando dentro de um jardim aquático italiano, lembro-me dos planos que Stefanie e eu fizemos no primeiro ano do Ensino Médio, de conhecer Londres e Paris juntas. Estar aqui com o Orion em vez dela não me parece uma perda. Parece-me uma mudança. E ainda resta Paris.

Caminhamos ao redor de urnas italianas e sebes bem cuidadas e Orion me conta mais "curiosidades" enquanto fico em silêncio. Por exemplo, em 1861, o príncipe Alberto construiu este jardim ornamental como um presente para a rainha Vitória.

— Já se passaram 5 minutos inteiros desde que lhe contei uma superstição.

Minha risada ressoa; bato em seu ombro.

— Bem, vá em frente. Você deve ter alguma sobre jardins ou flores.

— Na verdade, é sobre abelhas. Não teríamos jardins sem elas. E esta superstição é de origem inglesa, então, se encaixa — diz ele, enquanto olhamos para um dos espelhos d'água. — Os apicultores acreditavam que era fundamental conversar com as abelhas para que houvesse uma boa produção de mel. Então, "contar" às abelhas, como eles chamavam, se tornou uma obrigação. Eles falavam sobre quaisquer eventos domésticos, como nascimentos e casamentos. E especialmente mortes.

Observo meu reflexo encostando a cabeça em seu ombro.

— Acima de tudo, quando alguém morria e a família se vestia em sinal de luto, os apicultores também tinham que vestir as abelhas. Eles tinham que contar a elas o que aconteceu.

— Como se veste abelhas para o luto? — E aqui está uma série de palavras que eu nunca diria na minha vida em Miami.

O sorriso melancólico de Orion oscila pela água.

— Eles geralmente cobriam as colmeias com tecido preto, para avisá-las. Caso contrário, as abelhas iriam embora da colmeia, ou até mesmo morreriam. Como uma penalidade para a família.

— Abuela teria amado conhecer você. — Meu contador de histórias, preparador de chás e o garoto que poderia cortar e partir meu coração, apenas por viver sob outra bandeira.

— Ela viajou para alguns lugares, mas nunca veio aqui ou na Europa. E eu gostaria que ela tivesse tido a chance de caminhar em um parque de Londres. Eu gostaria que ela tivesse conhecido Paris e Roma. — Agora olho para o verdadeiro ele, e não o rosto borrado nadando com nenúfares e flores de lótus. — É engraçado, porque levamos uma hora de trem para chegar até aqui. E, durante todo o caminho, eu estava pensando que o voo dela de Havana para Miami levaria apenas cerca de 30 minutos.

— Só isso? De verdade? — Seguimos em direção ao Hyde Park e ao gigante Lago Serpentine, que separa o parque do Kensington Gardens.

— De verdade. Tão perto, mas a um mundo de distância. Ela tinha apenas 17 anos. Minha idade. E foi tão corajosa por deixar sua família... seu país, sozinha.

— Como ela fez isso?

— Uma oportunidade especial por meio de sua igreja e uma paróquia de Miami, como um programa de intercâmbio para estudantes. É muito mais difícil hoje em dia, é claro. Eu precisaria de mais do que uma viagem de trem de uma hora pra lhe explicar as políticas cubano-americanas. Mas abuela transformou o intercâmbio em algo permanente. Ela morou com sua família anfitriã por anos depois que o programa terminou e fundou a La Paloma com meu avô. Minha mãe não herdou os genes culinários nem aprendeu como assar bolos, mas aprendeu a decorá-los desde cedo. E ainda o faz.

— E seu pai?

— Ele trabalhava com marketing. Mas, quando meus pais se casaram, ele entrou no negócio da família, o que liberou a abuela e a mami para terem mais tempo para criar. La Paloma dobrou de tamanho, e eles compraram a loja ao lado, ampliando todo o lugar. Pilar é muito parecida com ele. — Caminhamos pela trilha e observamos londrinos e turistas remando em pares, ou atravessando o lago em pedalinhos alugados.

Dou três passos adiante antes de perceber que Orion não os deu comigo. Giro; ele está olhando o celular, enviando mensagens de texto e balançando a cabeça em descrença.

— O que aconteceu? — digo, em pé ao seu lado. Estamos no mesmo parque, mas toda a paisagem mudou.

— Que grande porcaria. Agora eles realmente conseguiram o que queriam. E eu estou…

— Quem conseguiu o quê?

Ele volta para outra tela, e meu estômago afunda. Mais grafite. Só que, desta vez, as paredes laterais e traseiras da Maxwell's Tea Shop foram pichadas, e com muito mais tinta do que vimos até agora. Grande parte do exterior da loja precisará de reforma. Os pensamentos fervilham como as abelhas de sua superstição. Flora. Mas ela prometeu. Ela me *prometeu*. E agora ela pichou a sua própria loja?

— Esses malditos idiotas — diz Orion. — Espere um pouco, papai está respondendo minhas mensagens.

Meu celular também vibra.

Flora: Juro que não fui eu

Antes que eu possa responder, ela envia outra mensagem.

Flora: Estive na casa da Katy a noite inteira. O nome da mãe dela é Abigail, vou lhe dar o número dela para que você mesma lhe pergunte. Os pais dela nos levaram a um show, e eu e a Katy dormimos na sala depois disso. Não fui eu
Eu: Acredito em você

Escrevo isso porque é verdade.

A testa de Orion se enruga com a tensão.

— Chega de esperar para pegar esses idiotas em flagrante. — Ele balança a cabeça agitadamente da esquerda para a direita. Verifica seu relógio. — Eu nunca pediria que você me acompanhasse nisso. Posso deixá-la em algum lugar que você adoraria conhecer, como a loja Fortnum and Mason, só até eu lidar com esta situação. Mas estou indo direto para a casa do Roth. Vou fazê-lo admitir o que fez e restaurar minhas paredes. Agora mesmo.

— Não! — Meu coração está batendo dez passos à frente do meu medo.

— Como assim "não"? Eles foram longe demais desta vez. Destruíram o exterior da nossa loja quase todo!

Minha pele se arrepia com a umidade. O que posso dizer? Prometi a Flora que não quebraria sua confiança.

— Mas e se você estiver errado? E se realmente não for Roth e seus amigos. E se...

— Veja, temos lidado com aquele grupo e suas maldades desde muito antes de você chegar aqui. Sabemos que são eles, e a cidade está cansada disso. Estamos cansados de gastar nosso tempo com escovas e solventes. — Ele mostra a imagem de novo, xingando intensamente. — Estamos cansados de valentões, Lila.

— Mas, veja, são duas cores. Preto e cinza-claro, e os símbolos não são iguais aos outros. E nenhuma das outras lojas foi danificada tanto assim. Provavelmente foi algum adolescente qualquer. — Orion continua balançando a cabeça. — Você não sabe do que o Roth é capaz se você for até lá, acusando-o sem nenhuma prova. Você disse que ele tinha o pavio curto. Ele poderia surtar com você.

— Tudo bem, não vou sozinho. O Remy está de folga hoje. Ele pode chegar aqui rápido o suficiente. Ele está tentando entrar na faculdade de direito, para se tornar advogado. Isso lhe dará alguma prática em interrogatórios desde cedo.

— Mas, Orion, você não pode simplesmente…

— Eu faria isso por ele, a qualquer hora. Ele virá.

Minha respiração acelera. Jules aceitaria essa ideia? Imagens piores surgem em minha mente: o rosto trêmulo de Flora implorando: *Por favor, não conte ao Orion*, e Orion tendo *seu* rosto esmurrado, e toda essa charada continuando indefinidamente…

— Espere! Não é o Roth. Eu… eu sei quem fez as pichações; não esta, mas as outras. — Eu me ouço, as palavras fugindo de suas sentenças, se virando contra mim em uma ordem confusa. Um redemoinho entre minhas orelhas.

A descrença em seus olhos me destrói da cabeça aos pés.

— O que você quer dizer?

— Não foi o Roth que fez todos aqueles símbolos, durante todos esses meses. Não foram eles, Orion. Deixe isso para lá.

— Como você pode saber disso? — pergunta ele, sua voz se arrastando através dos tijolos desgastados.

Fecho os olhos com força, sacudindo minha cabeça.

— Eu…

— Lila, aprecio o motivo de você estar tentando me impedir. Mas preciso colocar um fim nisso e tomarei cuidado, apenas...

— Foi a sua irmã — deixo escapar de uma vez, odiando a mim mesma. — Flora. Eu a peguei no flagra. — *Me desculpe, Flora.*

Um choque intenso, e então sua expressão se transforma em um mármore rígido enquanto ele escuta o desenrolar dos eventos daquela noite em que saí para correr depois do jantar no pub do Remy.

— Por favor, não diga a Flora que eu lhe contei. Não diga ao seu pai. Apenas deixe isso para lá. Ela me implorou. *Implorou.* Os danos da noite passada à sua loja não teriam como ter sido culpa dela. Ela tem provas, ok? Ela me disse que iria parar, e ela parou. — Lágrimas embaçam minha visão. — Me prometa.

— Prometer a você? Prometer a... *você?* — A raiva exala dele em ondas. — Meu Deus, Lila, é por isso que ela está trabalhando com você? Como um tipo de pagamento para comprar o seu silêncio?

— Não é um pagamento. Eu queria ajudá-la. Ela está sofrendo.

— Você não acha que eu sei disso? Eu, entre todas as pessoas? Você não acha que eu sei? — Sua mão gesticula inquietamente. — Sofrendo ou não, ela ainda errou e precisa ser responsabilizada.

— Concordo. — Esfrego meus dedos em minhas têmporas doloridas. — Mas, na sexta-feira, ela me disse que foi limpar a parede onde eu a encontrei. Ela está se saindo muito bem trabalhando na pousada. Está se abrindo. Ela estava desesperada para ser vista e ouvida. Para ser lembrada. Estava pedindo ajuda...

— Não cabia a você decidir isso. — Ele dá um passo à frente. — Ela não é sua irmã. Ela não é responsabilidade sua. Esta é a *nossa* família. São os *nossos* negócios. Você fez uma escolha por todos nós.

Ah, as palavras. Não há mais espaço, não há mais lugar dentro de mim para segurá-las. Vou direto para ele, fechando meu rosto, duro como ferro.

— Flora é minha amiga. Isso não significa nada? Tudo o que ela quer é que as coisas voltem a ser como eram. Eu sei como a Flora se sente, mesmo que não estejamos passando exatamente pela mesma coisa. — Minhas mãos cortam o ar rançoso entre nós. — Então, sim, eu poderia tê-la denunciado para você, mas não o fiz. Decidi dar a ela uma chance de algo novo, assim como fizeram comigo.

Ele dá meia-volta e aponta para mim.

— Você nunca machucou as pessoas ou suas propriedades privadas igual a ela. Você não machucou sua cidade.

— Eu *me* machuquei. Como isso é menos danoso do que o que ela fez?

Giro na sola do pé e saio correndo. Em nenhum momento olho para trás. A fúria enche minhas veias e apressa meus passos pelo caminho que margeia o Lago Serpentine.

Minutos depois, não tenho certeza do quão longe fui. Há tanto verde ao redor, tanto espaço aberto para engolir o enorme barulho dentro de mim. Mas agora desacelero e paro, caindo em um dos muitos bancos ao longo da água. Por que pensei que meu plano meio mentiroso seria diferente só porque eu estava genuinamente tentando ajudar alguém? Hoje, não havia melhor opção. Ajudar Flora e não trair sua confiança, e Orion seria ferido pela minha traição.

Ou contar para o Orion, como ele disse que eu deveria, e a Flora ficaria muito mais machucada, o suficiente para talvez encontrar outra forma de pintar uma parede de tijolos. Machucada o suficiente para ser mais cuidadosa e talvez até mais destrutiva.

E agora está feito. Não posso assar isso um pouco mais, ou adicionar mais açúcar ao que está azedo, para transformá-lo em uma vitória para todos. Tenho que aceitar que é mais uma coisa que não posso mudar. Seguir em frente e lembrar por que vim para cá.

Então eu me lembro: escola, habilidades, minha paixão. Mesmo que não esteja no meu futuro, fiz uma escolha antes mesmo de entrar no trem em Winchester e ainda estou escolhendo, por mim mesma. Vou atravessar a cidade e visitar a escola Le Cordon Bleu. Pego meu celular. Consigo encontrar o caminho até lá sozinha e, se necessário, encontrar o caminho de volta para Winchester sozinha também.

— Lila. — A voz atrás do meu banco está cheia de poeira.

Bem. Pressiono meus lábios para dentro, meu rosto inclinado sobre a grama.

Ele se senta ao meu lado, mais longe do que jamais esteve.

— Não quero nunca mentir para você. Sinto muito — digo e, em seguida, meço a próxima parte com tanto cuidado quanto como preparo uma massa de suflê. — Você acha que não tem me adoecido guardar o segredo da Flora? Que isso foi só algum capricho? Você acha que era *fácil* simplesmente afastar isso toda vez que eu estava com você? — digo, olhando no fundo dos seus olhos.

Corações não são feitos para serem partidos em dois, divididos entre mares e céus. Divididos entre duas pessoas com quem me importo e...

Orion se vira, mas apenas alguns centímetros.

— Não me senti assim. Não pensei isso nem por um segundo. — Ele esfrega o rosto. — Mas estou perdendo-a, Lila. Ela quase nunca está por perto e não conversa mais comigo. Ela nem vai visitar a mamãe com a mesma frequência que costumava ir.

Perdendo a irmã. Perdendo a mãe.

— Mas pensei um pouco no caminho até aqui — acrescenta ele, enquanto estica as costas contra o banco. — Outro dia, quando eu estava com a mamãe e não pude correr com você, Flora trouxe para casa um pão oval recém-saído do forno. Ela estava tão orgulhosa, e isso significa alguma coisa. Não vejo a Flora se orgulhar de algo há muito tempo.

— Sei o quanto você a ama. Como você quer ficar perto dela e alcançá-la. Mas ela está começando a se soltar e relaxar. Ela é divertida. Conseguimos nos divertir, ainda que seja de manhã bem cedo, quase de madrugada.

— Eu sei. E isso também significa alguma coisa. — Um suspiro pesado. — Então vou prometer o que você pediu. Nós dois vamos guardar o segredo dela agora.

O ar escapa dos meus pulmões em alívio.

— Não estou tentando consertá-la. Eu só queria ser um porto seguro para ela. Como outra pessoa que conheço é para mim.

— Porto seguro. — Ele fecha o punho sobre a boca, suga o ar rapidamente, assentindo. — E ainda assim eu disse coisas horríveis para você. Tento ter uma visão boa e correta sobre minha vida. Mas isso não significa que sempre digo a coisa certa.

Estendo minha mão. Ele a agarra com força.

— Se você sempre falasse as coisas certas, seria um robô obcecado por chás e aficionado por história, pilotando uma moto barulhenta. O que parece mais um personagem de quadrinhos do que uma pessoa. Sabe que pode ser exatamente quem você é comigo.

— Não quero ser alguém que machuca você.

— Sim, mas você vai — digo. — E eu vou machucar você. Mas existe esse tipo de dor que acontece entre… amigos, que os torna humanos. Você supera essas feridas. — Penso em Stefanie e nas maneiras como nos machucamos. Nosso futuro ainda está incerto e cheio de sombras, instável e quente como a luz do Sol sobre meus ombros descobertos.

Eu me aproximo:

— Mas também há um tipo perigoso de dor entre as pessoas. Você foge dessas dores.

— Você fugiu de mim. Lá atrás.

— Eu precisava decidir como eu estava me sentindo sem que a ira das Reyes caísse sobre você.

Sua sobrancelha arqueia enquanto ele move o polegar para o lado.

— Aquilo não foi sua ira?

— É engraçado você pensar que aquilo era minha ira.

Ele ri nervosamente, mas volta à realidade quando encontra meu rosto.

— E como você se sente agora? Existe alguma parte de você capaz de aceitar minhas desculpas?

Aceno:

— Todas as minhas células aceitam suas desculpas.

Ele abre um sorriso e pega minha outra mão.

— Você quer voltar para a pousada? Ou vai me permitir levar você a Le Cordon Bleu? Mostrar-lhe a vizinhança?

— Vamos.

Mas, em vez de sair, ele descansa a cabeça no meu ombro.

— Eu não sou o tipo perigoso de dor, Lila. — Levantaremos em breve, mas ainda não. Agora, ele está quente como suéteres e certo como as estrelas. E todos os outros tipos de perigo que conheço.

28

Flora decide ficar quando ofereço lhe preparar um café con leche para acompanhar os pastelitos de goiaba que fizemos. Ela afunda em um banquinho e corta fatias grossas do pão que também fizemos, enquanto me observa servir as doses de café cubano em grandes xícaras com leite vaporizado.

— Então é como um café latte?

— Bem parecido. — Eu a analiso. Ela trabalhou muito hoje, fazendo seus primeiros pastelitos sozinha. E agora ela pode comê-los. Mas, durante todo o processo de mistura, preparação de camadas e dobras da massa, ela manteve um tipo de silêncio que chama a atenção da maioria das garotas em relação ao comportamento de outras garotas. Percebi, mas mantive minha boca fechada.

Em vez disso, arrasto as xícaras, o açúcar e o prato de pastelitos extras que guardamos para a família dela. Brinco com a massa — perfeitamente dourada e folhada, com recheio de goiaba na medida certa aparecendo nas laterais e no corte no topo. Na minha mente, estou de volta a Londres no sábado, olhando para uma construção clássica de marfim e tijolos fixados em uma fileira de pedras de arenito vermelho. Le Cordon Bleu.

A escola estava fechada, mas o café público ao lado do pátio adjacente, cheio de clientes. Examinamos fotos de alunos em seus dólmãs brancos bordados e calças cinza folgadas. Em seguida, sentamos sob um guarda-sol e provamos sem pudor quatro tipos de sobremesas e massas. Tão leves e delicadas, com formas de chocolate esculpidas e refinados bolos recheados com cremes e frutas.

— Por que essa escola? — pergunta Orion enquanto come uma torta de limão em miniatura coberta com minúsculos pedaços de merengue torrado em formato de nuvens.

— Não há muito mais coisas que eu possa aprender sobre panificação e confeitaria cubana. Mas há tantas outras coisas por aí, tantas técnicas que não conheço. Como modelar açúcar e chocolate e outras inúmeras habilidades. — Aponto meu garfo para a torta em camadas que estávamos dividindo. Como o chef empilhou todos esses recheios tão finos? — Não sei fazer uma sobremesa assim. É uma obra de arte. Além disso, a filosofia do uso de açúcar da abuela é diferente do que muitos cubanos acreditam, que é adicionar açúcar ao seu açúcar.

Orion riu e terminou sua torta de limão.

— Quando ela abriu La Paloma, já tinha provado algumas sobremesas francesas e percebeu que elas eram muito mais saborosas do que doces.

Orion me balançou de brincadeira.

— Eu definitivamente descreveria suas sobremesas assim.

— Sim. Em casa, eu não via motivos para aprender mais. Mas estar aqui e sair da minha zona de conforto em Miami mudou tudo. Me fez lembrar que o mundo é maior do que o meu bairro, e minhas habilidades poderiam ser maiores também.

— Como o que você tem feito na pousada? Misturando várias coisas?

— Sim, só que ainda melhor. Como, por exemplo, pegar uma sobremesa francesa complicada e adicionar alguns sabores cubanos. Ou britânicos. Claro que sempre farei minhas receitas antigas. Mas clientes adoram combinações ecléticas e comidas interessantes. Para isso, preciso de ajuda. Sim, existem escolas culinárias nos Estados Unidos, mas não no mesmo nível de Le Cordon Bleu. Londres é o mais próximo que eu...

Ele passa seus dedos em meu punho.

— Onde você tem pessoas de quem é próxima.

Concordo.

— Fica a uma hora da pousada, mas, em Miami, as pessoas que trabalham em Fort Lauderdale precisam dirigir por volta de uma hora também, e presas no trânsito mais estressante que você possa imaginar. Eu poderia relaxar no trem. Ler, enviar mensagens ou fazer ligações.

— Ligar para minha família? Ligar para eles enquanto permaneceram em Miami e administraram os negócios sem mim? Novamente, não havia nenhuma opção que deixasse tudo bem. Mais uma vez eu teria que decidir quem iria se machucar. E, de qualquer forma, uma das pessoas machucadas seria eu.

— Nunca me disseram de forma específica para ficar parada em um só lugar, ou para ficar em Miami, mas esse é o padrão na minha família. A maioria dos meus primos morou com a família até se casar. Alguns deles tinham quase 30 anos.

— Então isso seria o oposto desses ideais implícitos? Fugir, não só para longe de sua família, mas para outro país. Outra cultura.

— Outra vida.

Agora, deixo para trás aquela tarde de sábado a uma hora de distância de trem e volto para o presente. Flora está com um pastel em uma de suas mãos e um pan cubano com manteiga na outra. Inclino minha xícara para ela.

— Cuidado, garota, você está começando a virar cubana.

Ela ri, mas sua risada sai fraca, os olhos estão fixos na ilha de madeira.

Mergulho meu pão no café com leite.

— Então, alguma novidade?

— Na verdade, não.

— Certo. — Parto meu pastelito ao meio, dando uma rápida olhada na última bandeja que está dourando no forno. A manteiga suja meus dedos, e pequenos pedaços de massa grudam em meu brilho labial enquanto como.

Gordon entra na cozinha subitamente, o vento soprando atrás dele, e uma mochila pendurada em um ombro.

— Ri disse que você está escondendo porções extras daquele pudim de baunilha na geladeira.

Suspiro.

— Traidor. Mas pode comer.

O porquê de Gordon demorar tanto tempo e fazer tanto barulho para pegar um ramequim de natilla, um copo d'água, uma colher e seja lá o que mais ele precisa, está além da minha compreensão. Ele entra na despensa, depois passa por outra gaveta e volta para a geladeira.

— Finjam que não estou aqui.

Estamos fingindo. O recheio de goiaba é muito bom. O café é melhor ainda.

— Bem — diz Flora, quando a presença não solicitada finalmente sai pela porta dos fundos. — Na verdade, posso lhe perguntar algo estranho?

— Além de cozinhar em horários duvidosos, coisas estranhas são minha outra especialidade.

Ela inala, solta o ar e diz:

— É normal para um garoto com quem você está conversando e conhecendo melhor... quero dizer, é estranho que ele pergunte muito sobre sua amiga? Tipo, o tempo inteiro?

Ah, sí.

— Não só é estranho, como é o que chamamos de sinal de alerta em Miami.

— Aqui também.

Eu a encaro diretamente.

— Acho que você já sabe a resposta.

Sua próxima mordida deixa um pouco de manteiga em seu queixo. Ela limpa.

— Então, sim. Will. Receio que ele esteja me usando para se aproximar da Jules. Talvez para se enturmar com nosso grupo, pensando no que é melhor para Roth. E não em mim.

Meu eu de 15 anos empatiza com sua dor. Olho dentro do meu coração, para minha própria realidade.

— Qualquer pessoa que tiver a sorte de estar com você precisa tratá-la como a única prioridade. Você sabe, ser mais atencioso. — Tomo um gole de café e mordo mais do que apenas a massa folhada. — Digamos, por exemplo, o Gordon.

— Gordon? — Ela se vira com um olhar tão vazio quanto um céu inglês pela manhã. — *Gordon?* — Ela solta uma risada de verdade. — Meu Deus, não. Eu o conheço desde que usava fraldas. E ele é um bom amigo e tudo mais. Mas nada *além* disso. — Ela balança a cabeça para confirmar o que disse. — Você poderia imaginar...

Eu poderia, sim, mas não vou forçar a barra como casamenteira.

— Tudo bem, mas quem quer que seja precisa fazer você se sentir a pessoa mais especial do mundo.

— Eu gostaria disso.

— E você terá. Mas, realmente, não há pressa. Aproveite os amigos que tem agora.

— Tenho bons amigos. Mas às vezes eles simplesmente se deixam levar e concordam com tudo. Então, se sua irmã soubesse de um cara como Will fazendo isso com você, ela pegaria no seu pé?

Eu rio, balançando a cabeça.

— Até demais.

— Eu estava pensando em quando você me contou sobre o seu baile de formatura. Eu gostaria de ter alguém que entrasse no meu quarto, mas *não* o Orion. Alguém que limpasse meu espaço e se livrasse dos rastros do garoto que me machucou. Alguém que tirasse todas as coisas antes que eu as visse.

— Acho que a Jules faria isso, se você deixasse.

— Verdade. Ela jogaria fora todo tipo de porcaria pela minha janela. E então escreveria uma música raivosa e frenética sobre isso.

— A mais raivosa.

Nós rimos, e então Flora sussurra em sua xícara:

— Você também seria boa nisso. Não na parte da música. Mas em todas as outras.

Uma Garota Cubana, Chás e Amanhãs • 263

O cronômetro do forno apita por cima das batidas do meu coração.

— Sua vez.

Flora pula para pegar a luva de forno.

— Eca! Que diabos? — grita depois de enfiar a mão na luva. Ela a puxa junto de uma espumosa bagunça branca e lambe os dedos.

— Chantilly?

Já estou no forno, desligando as chamas e usando uma toalha grossa para retirar a bandeja.

Flora corre para a pia.

— Alguém encheu nossas luvas de chantilly como uma pegadinha?

Um barulho de alguém se contorcendo de rir faz nossas cabeças virarem para a porta de empurrar. Está levemente aberta, e podemos ver um pedaço de cabelo ruivo através da abertura. A porta se solta, e escutamos passos apressados.

— Gordon! — gritamos em uníssono.

As sobrancelhas de Flora se enrugam enquanto ela aponta para a geladeira.

— Ele foi até lá duas vezes para comer um prato de pudim? — Ela se lança para a porta de aço inoxidável e puxa uma lata de spray de chantilly. E a levanta.

Pego a lata, rosnando.

— Não sei o que é pior, estar se esgueirando para nos espionar e sua pegadinha ridícula, ou o atrevimento de trazer essa porcaria falsa e industrializada para a minha cozinha.

Nossos rostos saltam da lata para expressões conspiratórias.

— Sei onde fica o esconderijo dele. Ele já saiu pela porta da frente, acredite em mim — diz Flora.

Coloco a lata em suas mãos antes de corrermos para o pátio.

— Ele saiu na nossa frente, mas somos mais inteligentes.

Olho o sorriso de Flora e seu cabelo da cor do Sol depois da chuva.

— Ele ficará extremamente... esbranquiçado. — Corremos pela St. Cross como meus primos quando estão roubando no beisebol.

29

Em vez de Millie, pegamos o Volkswagen do pai de Orion para visitar sua mãe. Já empilhamos mochilas e bolsas térmicas em sua moto vintage várias vezes. Mas Millie não foi feita para carregar uma enorme caixa de papelão branco com doces e salgados.

Trago scones, empanadas de morango e pastelitos de queijo para a equipe, me fortalecendo com uma caixa de papelão como se fosse um escudo improvisado. Não é exatamente isso que sempre faço? Esconder-me atrás de pães, pastéis e bolos?

Não é que eu não queira ir a Elmwood House. Quero esta parte crucial de Orion Maxwell. Quero ver a parte de seu coração que vive em um desses corredores azuis.

— Sara — diz Orion a uma recepcionista atrás do balcão de entrada. — Minha amiga Lila fez doces e pastéis para todo mundo.

Enquanto a recepcionista agradecida envia Orion ao escritório do gerente para pegar alguns documentos, a equipe se aglomera em torno do açúcar como os seres humanos sempre fazem. As enfermeiras aparecem acompanhadas por alguns médicos e funcionários da manutenção.

Aguardando nesta sala de recepção com seus vasos de plantas e papel de parede azul-lavanda, observo como membros de famílias se reencontram em visitas tão esperadas, mas, mais uma vez, são separados por uma despedida que chega cedo demais. Meu coração se aperta quando uma mulher enxuga as lágrimas ao sair.

Mas ela ainda pode visitar novamente. Não consigo controlar meus pensamentos. *Nunca vou visitar a abuela em uma instituição como esta.*

Receita para um Funeral
Da Cozinha de Lila Reyes

Ingredientes: uma família enlutada. Um caixão (deve ser branco como farinha e açúcar). Uma catedral. Um avental branco. Uma abuela não mais presente trajando seu vestido azul favorito.

Modo de Preparo: sente-se entre seu namorado e sua melhor amiga enquanto eles tentam mantê-la ereta no banco. Segure um avental branco firmemente em seu colo. Observe seus pais chorando uma fileira à sua frente e sua irmã encostada no ombro de sua mãe. Olhe para trás uma vez, para a enorme catedral, se maravilhando com a multidão que veio por abuela.

* Não vá olhar sua abuela deitada ternamente no caixão branco. Ela não está lá. Em vez disso, chore, se ajoelhando durante o último adeus, secretamente fechando seus próprios olhos.

Temperatura de Cozimento: Cerca de 37ºC. O mais frio que seu forno alcança.

Meses depois, ninguém sabe que nunca vi a abuela em seu vestido azul naquele dia de março. Existe algum código ancestral de luto cubano que eu tenha quebrado com esse comportamento? Provavelmente. Mas não me importei. Para mim, ela deveria descansar onde eu pudesse abraçá-la para sempre, um lar acolhedor e digno dela. Decidi me despedir onde a encontrei. Eu a deixei onde ela me encontrou quando eu era criança, a seus pés com um conjunto de colheres de medida tilintando. Eu a deixei onde ela me criou.

Não, não em um caixão branco. E não em uma instituição de cuidados especiais de longa duração. Deixei minha abuelita na cozinha.

— Lila? — A voz de Orion me traz de volta a esta instituição, a este dia. — Está tudo bem?

Aceno afirmativamente. A preocupação amável em seus olhos e a palma de sua mão em volta do meu ombro tornam isso verdade.

Fortaleço-me com sua mão se entrelaçando na minha enquanto entramos no amplo corredor. Em uma plaquinha na porta, está escrito *Evelyn Maxwell*. Antes de entrarmos, Orion para por um momento e medita internamente. Ele olha para baixo, seu olhar parece muito longe de onde estamos, e me pergunto se ele faz isso todas as vezes. Passam apenas um ou dois segundos, e ele está de volta com um sorriso suave.

— Não fique triste. Quero dizer, não fique triste por mim.

— Ok. — Prometo. Piedade, tristeza e luto não são o motivo da nossa visita e também não são o que ele precisa de mim.

Uma enfermeira usando uma bata verde sai do quarto antes de entrarmos. Ela digita algo em um tablet e diz:

— Orion. Boa tarde. Estou indo para a recepção. Ouvi dizer que temos pastéis.

Ele me apresenta à Kelly como a chef que trouxe os pastéis, e descobrimos que sua mãe acabou de jantar mais cedo e que ela irá para o jardim depois que formos embora.

Dentro do quarto aconchegante, obras de arte impressionistas estão penduradas nas paredes verde-claras, e uma janela com cortinas florais aponta para um pátio. Uma televisão na parede está ligada, mas o som, mudo. Então, meus olhos repousam sobre a cama de solteiro arrumada e uma mãe.

— Olá, linda — diz Orion para a loira em uma camisa rosa de mangas compridas. Alguém pintou seus lábios com protetor labial colorido.

Ela se move, virando-se inquietamente, mas não olha nem para mim nem para seu próprio filho. Puxamos duas cadeiras para perto da cama. Ele se senta mais perto e estende a mão.

— Sempre seguro as mãos ou toco o rosto dela — diz ele. Então, olhando diretamente para os olhos azuis que eles compartilham, ele diz a ela: — Mãe, eu trouxe a Lila hoje. A garota de Miami de quem tenho falado. E ela causou um grande alvoroço na recepção, trazendo comida para todos. Eu realmente queria que você a conhecesse.

Meu coração dispara, e ele está certo, tristeza não é a emoção que realmente quero sentir no momento. O quarto está repleto de amor e acolhimento silencioso. Orion conta histórias, trazendo vida para o quarto com palavras radiantes sobre ele, sobre mim, sobre música, motos e sobre seus amigos. Ele derrama vida e ânimo em sua mãe e a preenche com um mundo do qual ela não consegue mais se preencher.

— Você contou sobre o incidente da tigela? — pergunto.

— Naquela mesma semana. E como você me acertou em cheio depois daquilo; Deus, o seu rosto. — Ele sorri. — Achei que ela deveria saber.

Ele segue para mais atualizações sobre quando me levou para conhecer meu primeiro castelo e sobre nosso passeio por Londres. Algumas vezes, sua mãe resmunga ou acena com a cabeça aleatoriamente. Orion percebe e saboreia essas centelhas de reação antes de passar para contos mais emocionantes e aventureiros. Foi neste quarto que nasceu o meu contador de histórias?

Logo me sinto confortável o suficiente para participar também.

— Flora está aprendendo a fazer pão. A sua parte favorita do processo é a de sovar, porque ela pode mandar na massa — digo e então lhe conto mais sobre como ela deveria se orgulhar da filha. Não importa o que aconteça, toda mãe gosta de ouvir isso. — E Orion é o melhor do mundo em saber quando você precisa de uma xícara de chá ou de um grande abraço. Bem, na verdade eu ficaria até a hora de dormir listando para você todas as coisas em que ele é o melhor do mundo.

Mas, à medida que nossa visita se prolonga e a luz do Sol diminui, o mundo entre Lila Reyes e Evelyn Maxwell se transforma. Encontro-me à deriva e, em seguida, me entregando por completo ao espanhol, me permitindo contar à mãe de Orion coisas que mal consigo dizer a mim mesma. Los secretos. Ela recebe meus segredos enquanto seu filho divide o olhar entre nós duas. Sei que ela não consegue compreender uma palavra sequer. Mas não é para isso que lhe entrego meus mistérios e quebra-cabeças. Eu mesma não consigo compreendê-los, e verbalizá-los é tudo o que me resta.

Assim o faço, até ter dito tudo o que consigo.

De repente, demasiadamente envergonhada e alerta de mim mesma e da presença de Orion, me viro para ele, o calor me preenchendo.

— Desculpe. Eu meio que me empolguei.

— Não. Não se desculpe. — Ele beija a mão de sua mãe, em seguida, pega a minha. — Se um britânico diz para você não se desculpar, então você *realmente* não precisa se desculpar, ok?

Minha boca se acomoda em um pequeno sorriso.

— Tudo bem.

— Sobre o que você disse, acho que entendi as palavras *irmã*, *abuela*, *avião*, *mãe* e *padaria*. E o meu nome é o mesmo em espanhol, então…

Não me sinto culpada sobre isso, mas ainda sinto que ele consegue ver através de mim, então viro meu olhar para fora da janela.

— Então você entendeu a ideia geral.

※

Fica implícito para onde nós dois queremos ir depois da Elmwood House. Alguns visitantes fazem piquenique na grama ou jogam bolinhas para seus cachorros na St. Catherine's Hill, mas nos acomodamos dentro do bosque cerrado coberto por sombras. O crepúsculo cor de ameixa no céu atinge o último trecho da tarde. Passamos nosso entardecer nos bancos de tronco de madeira caída, em silêncio.

— Tenho observado você descaradamente e de forma quase esquisita — diz Orion após longos minutos. — A maneira como seu rosto se contorce de todas as formas, como você se move para falar e, em seguida, torce a boca para os lados. Então, isso é por causa da mamãe?

— Sim e não. Minha passagem de avião chegou hoje, um pouco antes de partirmos. Contei a ela sobre isso.

— Ah. — Ele exala o som em uma respiração mais forte que palavras. Agora estamos atualizados sobre tudo, de corações abertos um para o outro. Nós dois sabíamos a data, mas não consigo parar de visualizar o logotipo oficial no e-mail. *British Airways. Voo Londres, LHR — Miami, MIA.*

— Também contei a ela... — Reviro os olhos para mim mesma. — Deixa para lá.

O queixo dele se inclina, seu olhar se estreita.

— Você ainda não sabe que pode me contar literalmente qualquer coisa?

— Isso, não, confie em mim. É horrível. Terrível. — Desgraciada, eu sou terrível e maléfica. — Não me faça dizer isso.

— Eu nunca a obrigaria a fazer nada. Mas estou acostumado com coisas terríveis. Eu aguentaria o seu terrível.

Tristeza também não está presente aqui. É a raiva que mancha meu sangue e avermelha as palavras presas em minha garganta. Enfio meus dedos na casca áspera e dura da árvore.

— Tudo bem. Eu queria saber, ok? O que é pior: entrar na sua cozinha depois de chegar da escola e encontrar sua avó, seu *tudo*, no chão em frente à pia. Não mais presente.

— Meu Deus. — Seu braço me puxa para perto. — Eu não sabia que tinha sido *você* quem a havia encontrado. Que situação horrível.

— Sim... então, isso, ou amar uma mãe que ainda está aqui, mas não está presente. Assistindo-a perder um pouco mais de si a cada mês, se preparando para o inevitável. Odeio estar jogando sua situação na sua cara agora. E ainda tenho minha própria mãe. Mas... abuela... nunca pude dizer adeus. — Enterro minha cabeça em seu peito, envergonhada. — E não sei o que é pior, não conseguir dizer adeus ou dizer adeus a partes cada vez maiores dela a cada ano.

— A tsunami ou a ampulheta.

— Sim.

Ele enfia os dedos no meu cabelo.

— Um tem que ser pior do que o outro? Eles não podem ser igualmente terríveis? Ambos nos transformam e nos tornam mais fortes, e fazemos o nosso melhor para continuar seguindo em frente, da mesma forma.

— Fazemos o melhor, sim — digo a ele, deixando suas palavras crescerem e preencherem minhas rachaduras. — E você está certo. É incrível a maneira como você lida com o que a vida lhe dá, como você aguenta tudo isso. Mas você nunca sente vontade de revidar um pouco? Trapacear com o Universo? Tirar um momento apenas para você e não esperar que a vida planeje todo o resto?

Seus olhos azuis estão diretamente nos meus olhos castanhos.

— Ou tirar tudo isso de dentro de mim?

— Ou isso.

— Todos os dias.

— Mas ainda assim... você não pode? — E não consigo mais olhar para ele.

— Lila — diz ele, sua mão apertando meu antebraço tão rapidamente que estremeço. — Sou tão idiota que você realmente não tem ideia dos meus sentimentos? Por você?

Vá em frente. Olhe para ele. Enfrente-o. Levanto meu rosto e encontro outro tipo de tempestade: o desejo de bebidas quentes e suéteres acolhedores, mas com a frieza de estar exposto.

— Eu os sinto mais do que qualquer coisa. E desejo... — Balanço a cabeça. — Isso realmente importa? Não podemos mais fazer isso? Desejar? Fazer pedidos a estrelas ou ansiar por momentos só para nós dois?

Ele coloca suas mãos nas minhas.

— Então, qual é o seu desejo?

— Hum, não. Não. Seu lado supersticioso deveria saber que não deve pedir detalhes. Já existe uma parte muito grande do Universo lutando para que o meu desejo não se torne realidade. — Endireito a coluna, fungando. — E, se você ainda não sabe, então eu que sou a idiota em...

Orion derruba minhas palavras, roubando o espaço entre meus lábios, colocando sua boca sobre a minha. Um juramento em voz baixa vibra no fundo de sua garganta. Divino. Isso é novo, e o que estamos fazendo? Continuamos fazendo de qualquer maneira, descobrindo à medida que avançamos, uma confusão caótica de movimentos agitados: dentes arranhando, narizes batendo, membros relaxados e gananciosos.

Ele se afasta para trás, respirando como um maratonista sem fôlego.

— Então, eu estava certo. Igual ao meu, sabe, se eu fosse um cara que faz desejos.

Faço algum tipo de ruído concordando.

— Mas consigo fazer melhor.

Dios, e ele consegue fazer melhor. *Ele faz, ele faz, ele faz.* Minhas bochechas acomodadas entre suas mãos, Orion me olha como se eu fosse a melhor sobremesa que já fiz. Acaricia meu queixo com seu polegar e desliza sua boca preguiçosamente sobre a minha. Ele faz bem devagar, tomando seu tempo, como se tivéssemos de sobra.

Suas mãos viajam para baixo, mais baixo, e mais baixo ainda, até que estejam presas atrás de mim, me levantando e me colocando em seu colo. Ele tem sabor de fruta e açúcar. Em seguida, seu sorriso, ainda mais doce, antes de percorrer com seus lábios o caminho através da minha testa e a elevação das minhas maçãs do rosto.

Eu o arrasto de volta para baixo. Faíscas douradas de todas as luzes da cidade que vimos me atravessam, através de todas as minhas avenidas. Não consigo parar de tocá-lo. Não consigo chegar perto o suficiente. Empurro meu corpo contra o dele, a força esbelta de seus músculos e ossos fervilhando em torno de mim.

Fica comigo? Outro desejo que não posso confiar nem mesmo às estrelas. Qual idioma uso para desejar que continentes e culturas se curvem para perto? *Fica comigo além de toda a racionalidade?* Desejo isso com minhas mãos, minhas unhas marcando meias-luas em um garoto com nome de estrela.

Hoje à noite, eu o beijo sob a copa de uma árvore frondosa e aprendo que o padrão gravado em um céu crepuscular não importa. Orion Maxwell é a Estrela do Norte, todas as luzes do norte, meu verdadeiro norte, mesmo quando meu legado me chama para o Sul.

Sul. Miami.

Os relógios soam, e rodas fantasmas tocam o asfalto. Nós dois sentimos a mudança no ar e nos afastamos no mesmo momento implícito. Ainda estou em seu colo, enrolada em volta dele como lã. Minha testa encostada contra a dele, e cerca de 6.500km entre nós.

— Assim que você chegou aqui — inicia ele, sua voz sombria —, seu coração pertencia a outro cara. — Quando aceno, ele diz: — Mas, mesmo agora, você ainda pertence a outro lugar.

Não consigo nem mesmo pensar em ir para Miami com você por anos. Não com a mamãe e a Flora aqui...

— Eu sei. — Sempre soube.

— Há tantas despedidas e momentos passageiros na minha vida. Estou perdendo pessoas e estou cansado desse sentimento. E *você*...

— A palavra reflete em seus olhos. — Você não poderia ser apenas algo casual. Veja, não consigo fazer isso, semanas de uma relação de verão, com uma data para acabar rondando minha mente. Não consigo fazer isso e então colocá-la em um avião e ficar apenas com a memória do que aconteceu. De você.

Minha respiração vacila, entendendo e sabendo que ele está certo. Odiando sua precisão. Amando-o por se preencher completamente de mim desta maneira terrivelmente linda.

— Não podemos fazer isso de novo, não é?

Com os olhos vidrados, ele balança a cabeça.

— É difícil demais. Por enquanto, deixe que nosso tempo aqui seja o nosso momento.

O momento em que trapaceamos mundos, vidas e universos para vencer.

Eles ainda vencem. Por ahora.

Por enquanto.

30

Na noite do meu aniversário de 18 anos, me disseram para usar o meu melhor vestido e ficar no meu quarto até que alguém viesse me buscar. Tenho um vestido novo, uma peça curta e fina que, há algumas semanas, a Victoria da loja Doe Sempre disse que era impecável. O preço também era perfeito, assim como o caimento. O plissado floral preto desliza suavemente pelo meu corpo e emerge em um decote quadrado, emoldurado por alças finas.

Adiciono os retoques finais ao meu visual enquanto começo a arrumar as malas. Faltam apenas dois dias, mas estou focada em aproveitar toda a celebração que puder, sem me preocupar com o quê, e quem, preciso deixar para trás. Para sobreviver a isso, tive que pegar meu momento perfeito com o Orion, trapaceando o Universo em um bosque cerrado ao crepúsculo, e trancá-lo como um tesouro em um baú dentro de mim. *Por enquanto.*

Mas Orion não estava de mãos vazias, ele ainda tinha mais presentes e tesouros para mim. Mais cedo, ganhei mais de Londres no meu aniversário, dessa vez, as partes internas. Passei o dia inteiro admirando as joias da coroa e arrastando-o por cada andar da Fortnum and Mason, desejando os ingredientes gourmet e escolhendo presentes para mami e Pilar. Mas minha verdadeira surpresa foi Orion me presenteando com um chá da tarde digno de ostentação no Diamond Jubilee Tea Salon, na Fortnum. Comemos durante a tarde, rodeados por toalhas de mesa brancas e porcelanas azul-celeste. Bebemos o chá que é a marca registrada da loja, o chá-preto Royal Blend, e nos empanturramos com minissanduíches, scones e bolos refinados.

Então pegamos um trem de volta bem cedo, deixando tempo o bastante para aproveitarmos em Winchester. Mas para quê? Escuto batidas na porta quando estou fechando a última fivela da minha sandália dourada.

Meu alguém?

— Ah — digo em direção à porta aberta e, em seguida — *Ah!* — Orion tomou banho e vestiu um terno preto elegante, completo, com uma camisa azul-prateada e gravata combinando. Tan guapo, lindo, e bem-vestido.

Ele entra, se inclinando para beijar minha bochecha. Nós voltamos a um relacionamento de amizade desde o que aconteceu na St. Catherine's Hill, mas ninguém lembrou de contar isso para os nossos olhos. Será que estou o encarando como uma idiota?

Seus olhos são grandes e profundos o suficiente para me atrair e me afogar, seu próprio canto da sereia. O garoto de terno preto me abraça novamente.

— Você está linda — diz ele em meu ouvido, meu nariz preenchido por seu cheiro. Sabonete, perfume amadeirado e gel modelador.

Minhas mãos pressionam as lapelas lisas de seu terno.

— Você consegue se arrumar direitinho, Maxwell. Mas é um perigo supersticioso ambulante para si mesmo, saindo de casa com o cabelo molhado. — Gentilmente coloco meus dedos sobre suas mechas recém-lavadas e modeladas.

— Perigo, imprudência e toneladas de álcool são tradicionais em uma noite de baile de formatura por aqui. — Ele arqueia uma sobrancelha.

— Um o quê?

Ele desliza para frente sua outra mão, que estava escondida atrás das costas, e meu coração acelera. Ele expõe uma caixa abobadada com um corsage.

— Isso é um...

— É, sim. Queríamos fazer algo especial para o seu aniversário e festa de despedida. Flora teve uma ideia brilhante, e você logo verá o que alguns elfos estiveram preparando enquanto estávamos em Londres. — Ele abre a caixa e a coloca na minha escrivaninha. — Rosas inglesas para uma garota cubana. Você aceita ir ao baile comigo?

Aceno imediatamente enquanto ele desliza o corsage no meu punho e, então, jogo meus braços ao redor dele.

— Obrigada. Levei 10 minutos fazendo esse olho esfumado e estou prestes a me transformar em um guaxinim.

Ele me puxa mais para perto, rindo.

— Sem criaturas da floresta. Apenas nós, pagãos, na noite de hoje. E vou alertá-la desde já, sou um dançarino ainda pior do que sou cozinheiro, mas iremos dançar de qualquer forma.

— Antes de irmos, talvez você possa me explicar isso? — Vou em direção à mesa para pegar o conjunto de colheres de madeira teca amarradas com um laço de presente que encontrei na ilha de madeira da cozinha, depois que cheguei de Londres. Estendo o cartão anexado.

Para Lila, por seu aniversário. Acredito que você irá usá-las para fazer diversas coisas maravilhosas quando voltar ao seu lar.
Atenciosamente, Polly.

PS: seus biscoitos de limão, pastéis de figo e pães cubanos estavam satisfatoriamente comestíveis.

— Satisfatoriamente comestíveis — repito, usando o meu melhor sotaque britânico. — Mas como a Polly experimentou meu pan cubano e todo o resto?

Orion pega as colheres, admirando-as.

— Isso é culpa minha. Polly ainda vai à Maxwell's para tomar chá. Tenho compartilhado com ela amostras das comidas que você manda pra mim durante todo o verão. — Ele encolhe os ombros. — Acho que isso é uma oferta de paz. E um lindo gesto também.

Balanço a cabeça, sorrindo.

— É, sim. Vou deixar uma nota de agradecimento para você entregar a ela. — *Para quando eu for embora*, não digo essa última parte em voz alta. Devolvo à mesa as lindas colheres e pego a mão dele.

— Agora é hora de dançar.

Alguns passos depois, estou flutuando, segurando em seu braço, recebendo alguns sorrisos perdidos dos hóspedes da pousada enquanto caminhamos até o saguão. Orion vira à esquerda; as portas do salão estão fechadas, uma placa foi colocada do lado de fora, na entrada. *Fechado para um evento particular.*

Ele me conduz para dentro de uma versão menor e mais aconchegante do baile de formatura que nunca tive. Aplausos e saudações inundam meus ouvidos enquanto tento absorver tudo de uma vez. Todos os nossos amigos estão aqui, até mesmo os membros da Goldline, vestidos com roupas elegantes e improvisadas de baile. O pai de Orion, Cate e Spencer estão juntos, perto da janela grande. Uma luz estroboscópica lança fragmentos brilhantes ao redor do espaço suavemente iluminado. Abraços — todo mundo se aproxima de mim. Meus braços estão cheios de pessoas.

Jules aparece por último, incrivelmente linda, com um penteado finger waves vintage, estilo anos 20, e um vestido preto sem alças. Camadas de tecido tule de poá surgem por debaixo da bainha de comprimento médio. Ela me abraça com força e digo minhas palavras de agradecimento em seu ouvido.

— Oww, nos divertimos preparando tudo isso. — Ela sorri. — Feliz aniversário, minha querida. Venha ver, tiramos os sofás para que houvesse espaço para dançar.

Ela e Orion me conduzem ao redor do espaço transformado. Os pais de Remy trouxeram bandejas com frutas, batatas fritas (com meu molho curry favorito) e mini-hambúrgueres. Todas as mesas do salão estão agrupadas perto do bufê, mas é o que está em cima delas que me deixa completamente sem palavras.

— Espere um momento. Arranjos de mesa? — E então percebo que eles estão por toda parte. Arranjos diferentes, de todas as cores e tamanhos, decoram as mesas e a área do bar, e até mesmo o manto da lareira.

— Infelizmente você não pode levá-los para casa e tornar realidade as aspirações florais secretas da sua mãe. Pegamos isso emprestado de um grupo de empresas locais. Precisamos devolver amanhã, mas achamos que…

— Tudo. — Ele trouxe Miami para a minha festa inglesa. — Você pensou em tudo. Dizer "obrigada" não é suficiente.

— O seu sorriso é o suficiente — diz Orion.

Gordon aparece por trás.

— Nenhum cravo ombré à vista. Nós nos certificamos disso.

Minha noite flui doce e onírica. A música segue o fluxo, e danço com todos, até mesmo com o pai de Orion e o Spencer. Mas todas as minhas partes dançantes se sentem muito confortáveis e em casa com o meu parceiro de baile de formatura que eu nem sabia que estava esperando, em uma noite marcante tão desejada.

Será que existe alguma superstição sobre coisas que você aprende a deixar para trás, apenas para ser surpreendido mais tarde com uma versão delas que é ainda melhor? Tenho a melhor versão agora. Mas não quero pedir nada ao Orion. Só quero fazer o que estou fazendo — dançar com ele tão perto que não deixará espaço para qualquer divindade sagrada entre nós. Minha cabeça afunda pesadamente em seu ombro, e suas mãos se encaixam na parte inferior das minhas costas. Música após música.

Um tempo depois, imagens e vozes na minha cabeça rastejam sobre a balada suave.

— Você ficou tensa agora — diz ele.

— Antes de você bater na minha porta, eu havia começado a fazer as malas e estava guardando roupas que me lembravam de algo que fizemos juntos quando as usei. E não quero estragar esta noite, mas não consigo parar de ver a passagem em minha mente.

Ele desenha círculos na parte exposta das minhas costas.

Uma Garota Cubana, Chás e Amanhãs • 279

— Não vou falar mais nada sobre vivermos um dia de cada vez, porque só temos mais dois. Mas, veja bem, eu também não fui ao meu baile. E agora tenho esta noite. Terminei a escola pensando que nunca a teria, mas agora tenho, Lila.

— Eu também. — E um momento roubado é melhor do que uma vida inteira usando um vestido champanhe ao lado de um garoto que foi todos os meus ontens, mas não se encaixa mais no meu presente.

E quanto à mañana? O quê, quem e onde se encaixa nos meus amanhãs? Orion *me* puxa para bem perto, acolhida e desejada em seu presente. Mas, mesmo depois da forma como me beijou e da maneira como me trata esta noite, ele ainda não consegue falar sobre o amanhã.

Encontro maneiras de voltar ao presente, para manter minha celebração em foco. Escondo meus relógios tiquetaqueando e as impossibilidades dentro dos arranjos de mesa, afogando-os em taças de champanhe borbulhante. Estudo o rosto dos meus novos amigos e tento memorizá-los. Trocaremos mensagens e faremos chamadas de vídeo no FaceTime, mas quero todo o tempo real que conseguir, todos os momentos lado a lado e de carne e osso. Eu os quero perto de mim, seus corações batendo e pequenos pedaços deles. O suficiente para que dure.

Orion me encontra novamente, carregando um grande prato de batatas fritas. Ele me vira enquanto Jules e seu grupo de amigos, membros da Goldline, estão no canto oposto.

— Mais surpresas.

— Ela vai cantar?

Os membros da banda se instalam em uma plataforma acústica e despojada com dois violões, um teclado e uma bateria também acústica. Jules pega o microfone que foi colocado em um volume baixo por causa do resto da pousada.

— Onde está a Lila? — Ela me encontra através da luz fraca e então sorri. — Ah, aí está ela. Então, em homenagem ao seu grande aniversário e, bem, apenas em homenagem a alguém que é incrivelmente espetacular, eu gostaria de debutar a mais nova música da Goldline esta noite. Chama-se "Suéteres", hum, e não "Cardigans", você sabe, por causa dos EUA e tudo mais. Esta é para você. — Ela sopra um beijo para mim, e meus olhos já estão cheios de lágrimas.

Orion me puxa para perto dele enquanto os acordes menores soam. Remy está gravando enquanto Jules inicia com seu vocal aerado e presença de palco impecável de cantora e compositora. Meu coração se parte ao meio quando ela chega ao refrão.

> *Suéteres cobrem meus ombros expostos*
> *Cobertores para dias frios*
> *Você está pintando estrelas*
> *Onde eu pintei buracos negros*
> *Suas brasas, minhas cinzas*
> *Seu açúcar para esta areia movediça*
> *Você me envolve novamente*
> *Você me envolve novamente*

É como se a Jules tirasse tudo de dentro de mim: os tijolos e blocos de construção do meu coração, e colocasse em uma música. Todas essas semanas ela esteve observando, compondo minha vida.

Orion precisa me segurar firme quando a ponte da canção inicia. Os guitarristas sorriem, levantando de seus banquinhos. Leah, a da bateria, pisca, e então os acordes, a batida e os padrões rítmicos mudam: Goldline está fazendo referência à salsa. Jules alterna entre inglês e espanhol na ponte mais original que já ouvi. Não está deslocado, na verdade, é a mistura perfeita, como uma massa cubana recheada com frutas inglesas.

— O quê? — Olho para Orion e encontro seu rosto dividido com um sorriso. — Você sabia disso?

A música continua e volta para a delicada progressão em tom menor.

— Só sabia que ela estava preparando uma música. Ela é brilhante. O ritmo latino com o britânico se encaixam perfeitamente. Inesperado, mas não deslocado. — Ele beija minha testa. — Assim como você.

Quando acaba, a banda passa para outras músicas acústicas, mas Jules encontra meu grande abraço esmagador.

— Você é incrível — digo a ela. — Obrigada. Nunca me esquecerei disso.

Ela recua.

— Depois daquela noite que passamos na cozinha, cozinhando e dançando, eu simplesmente tinha que fazer isso. Eu já tinha algumas partes da letra, mas não conseguia encaixar as peças. Então isso me atingiu em cheio. Talvez tenha sido a Coca-Cola com limão. — Ela ri, mas seus olhos ficam embaçados. — Posso ir à Miami visitar você? Vou sentir muito a sua falta.

Aceno com o rosto em seus ombros expostos enquanto nos abraçamos novamente.

— Em breve, por favor. O mais breve possível.

E então, o que não é nenhuma surpresa, entramos em declínio junto com a festa. Os adultos responsáveis vão embora. Vinho, champanhe e sidra circulam, assim como o açúcar do bar de sorvetes que Cate montou no lugar do bolo (para a melhor padeira de Winchester?).

Outra coisa que não foi nenhuma surpresa: as garotas acabam se juntando em um canto para um momento só nosso, deitadas com a barriga para baixo ou de pernas cruzadas no tapete, os sapatos atirados no chão. Flora, graciosa em um minivestido de renda cor de ameixa, lambe sua colher de sundae e gargalha enquanto Jules nos entretém com paródias musicais e piadas imorais.

— Como você acha que vai ser? Estar na televisão? — pergunta Carly, da Goldline.

— Assustador — digo através de uma risada. — Mas espero que seja menos assustador depois que minha irmã e eu passarmos uma semana em um salão de beleza. Sobrancelhas, unhas e luzes no cabelo. — Minha outra vida me atrai: eu correndo com Pilar em meu Mini Cooper, mal me esquivando das multas por excesso de velocidade.

— Sim — concorda Jules. — É preciso um vilarejo inteiro para ter a aparência que temos. — Ela afofa o cabelo.

Meu olhar se fixa em Orion, esparramado pelo chão do salão com seus amigos. Garrafas e copinhos de doses estão alinhados ao lado deles. Ele sorri; o sorriso se desenrola leve e torto em seu rosto. Rio para mim mesma — ele se encaixa em qualquer festa pós-formatura que já ouvi falar. O álcool move seus membros como os comandos oscilantes das cordas de uma marionete.

De volta às minhas garotas: Leah, Jules e Carly se afastaram, rindo entre goles de sidra e pedaços de histórias. Mas Flora descansa suas costas contra a parede revestida, apenas me observando. Eu me aproximo.

— Ainda vou continuar. Continuar cozinhando como você me ensinou — diz Flora.

Brinco com meu corsage. O único arranjo que quero levar para casa.

— Sua família vai amar isso. — Nossos olhos se encontram. Ela fez um trabalho incrível com a sombra cinza. — Mesmo que eu tenha que ir embora, você pode me ligar, ou fazer chamadas pelo FaceTime, ou mandar mensagem a qualquer hora. — Encolho os ombros. — Se você tiver dúvidas sobre culinária ou se apenas quiser conversar. É assim que tenho me mantido próxima da minha irmã.

— Sim, eu adoraria isso. — Ela se vira para observar o irmão por alguns instantes. — Vou garantir que ele se alimente direito. Quando você estiver em Miami. Quero dizer, você ainda pode gritar com ele nas ligações sobre só comer queijo quente, mas posso fazer mais.

Ah, meu coração.

— Vocês podem cuidar um do outro. E seu pai também.

Um sorriso pousa em seu rosto e, então, desaparece.

— Mas ainda sentirei falta de preparar pães com você e mergulhá-los naquele café maravilhoso que você faz.

Preciso fechar meus olhos; minha garganta, queimando. Hazlo, está tão claro o que preciso fazer. Tão certo. Tiro meu colar de ouro, removo o precioso amuleto de pomba. Prendo o pequeno pássaro em uma das fitas do corsage e coloco a delicada corrente na palma da mão de Flora.

— Para você.

Ela levanta a mão, deixando os elos pendurados. — Não posso aceitar. Sua avó que lhe deu.

— Para mim, o amuleto é mais importante. Posso arrumar outra corrente de ouro em casa.

Flora sorri.

— Obrigada, Lila. — Ela me deixa colocar o colar de ouro em seu pescoço.

— Adicione seu próprio amuleto especial quando encontrá-lo. Mas use isso e saiba que alguém está sempre pensando em você. — Você não está sendo esquecida. Está sendo lembrada.

Mais tarde, apenas duas pessoas permanecem no salão, e uma delas usa um corsage rosa. A outra está segurando a moldura da porta para se apoiar depois de expulsar seu último amigo. Sou rápida prendendo meu braço no dele.

— Você. Sofá. Agora.

Orion emite um ruído britânico de assentimento, balançando meu braço.

— Linda. Você estava. Linda dançarina.

Eu o coloco em um dos sofás. Ajudo-o a tirar o paletó.

— Hummm, isso é bom.

Sento-me ao seu lado, e ele rapidamente se encosta, deitando do meu lado. Até sua pele cheira a cerveja e a um armário com bebidas destiladas.

— Você teve um baile e tanto, não foi? — Afrouxo sua gravata, puxando-a para fora do colarinho.

Uma risada baixa e ofegante antes que ele afunde e abaixe a cabeça, se deitando em meu colo.

— Ah. Está bem, então. Olá. — País das maravilhas, reino das fadas ou terra dos sonhos, ele tem uma passagem para qualquer um deles.

Seus olhos se fecham, os lábios se abrem em um sorriso, e, em seguida, rememorando, percebo que estou sendo apresentada ao Orion bêbado e sonolento de quem seus amigos riram.

— Nós não — murmura ele — fizemos tudo. Ainda há muito mais.

— Muito mais. — Mordo minha bochecha e acaricio a dele.

Ele inclina seu rosto na minha mão.

— Gosto de livrarias.

Dou um sorriso cheio de lágrimas.

— Eu também.

— Melhor ainda. Não precisamos. Devolvê-los. Podemos marcar as páginas e escrever nas. Margens. Bagunçar tudo.

Meu estômago esquenta. Afasto um cacho perdido de sua testa.

— Melhor do que. Livros de biblioteca. Que podemos apenas pegar emprestados.

Na penumbra, pego o tempo emprestado e analiso seu rosto. Sua mandíbula forte e o nariz afilado. Toco a pequena fenda em seu queixo, olhando para o pequeno espaço como se ele me levasse até a eternidade. Agora ele ronca um pouco, dormindo profundamente. Suas pálpebras tremem.

Na penumbra, minha verdade proibida fica gravada e clara em minha mente. Eu me visto como eu mesma, Lila Reyes, que às vezes não dá ouvidos às pessoas ou à razão. Não protege nada como deveria. Às vezes, ela corre para muito longe, e reage muito rapidamente, machucando a si própria e à sua irmã quando está sofrendo.

Na penumbra, ainda sou ela. Apenas um sabor diferente da garota que veio para cá semanas atrás. Ela irá para casa igual e diferente.

Sí, claro, eu faço essas coisas proibidas. Sou imprudente com as palavras desta vez. Faço com que girem em volta da minha boca e as tiro do meu coração. Eu as sussurro em inglês. Eu as digo em espanhol. Eu as coloco nas mãos que alimentam cidades e que vão abraçar o Orion até o amanhecer.

— Te amo.

31

Minhas duas malas aguardam no Range Rover de Spencer depois que me despedi de todos, exceto de Orion. Passamos nossos últimos minutos juntos no banco do pátio da igreja.

Bocejo intensamente, com dor de cabeça e olhos turvos, usando meu pingente de pomba em uma corrente de prata que comprei na cidade.

— A senhora disse que queria ficar acordada a noite inteira, e ficou. — Ele me cutuca.

— Você também. Pelo menos posso dormir no avião. — Para Miami. Casa.

Fui cuidadosa em relação ao meu último dia aqui. Eu não queria nada novo. Nenhum lugar novo ou memórias novas. Queria horas com meus lugares antigos e as pessoas que conheci e amei.

Receita de Adeus
Da Cozinha de Lila Reyes

Ingredientes: uma garota cubana. Um garoto inglês. Uma cidade inglesa.

Modo de Preparo: devolva a cozinha para a Polly e compartilhe um sorriso genuíno, de uma padeira autêntica para outra. Passeie pelo campo em uma moto Triumph Bonneville vintage. Caminhe por Winchester, ao longo de toda a cidade, por caminhos que você percorreu. Beba chá-preto de baunilha na Maxwell's. Coma peixe com batatas fritas e molho curry no pub de seu amigo. Tire um cochilo juntos, encolhidos na St. Giles Hill.

* Deixe de lado conversas sobre o futuro. Qualquer forma da palavra "amanhã".

Temperatura de Cozimento: 200ºC. Você já conhece a conversão.

Imediatamente, Orion se levanta e caminha até a fonte. É assim que as coisas serão agora? Precisamos praticar como é *estar* separados?

— Flora — diz ele. — Quando entrei para escovar os dentes, ela estava cobrindo uma massa para deixar crescer.

Também me levanto, mantendo distância.

— Vou ficar por perto. Falar com ela o quanto eu puder.

— Ela ama você. — Seus punhos se fecham em um círculo e então se erguem para cobrir seu rosto ainda virado para o outro lado. Mas, em sua próxima respiração, ele se vira para mim, a mandíbula cerrada tão firmemente quanto as paredes de pedra. — Você veio para cá e alimentou todo mundo. Não apenas a mim, e não só com seus sanduíches e pastéis. Você alimentou os hóspedes da pousada, e, amanhã, as pessoas da cidade vão perguntar onde você está. Você alimentou a música de Jules. Você alimentou meus amigos, e você alimentou minha irmã com habilidades e amor, e agora você está… — Ele abaixa a cabeça.

Percebendo o significado disso, estou tremendo. Hoje ele luta contra mundos e universos, não sendo capaz de aceitar a passagem na minha bolsa. Não conseguindo aceitar o que é incapaz de mudar. Amanhã talvez ele aceite. Mas agora, não.

— Orion.

Ele ergue os olhos, angustiado.

— Todos vocês me alimentaram de volta.

— Isso é a droga da pior parte, não é? Depois de tudo isso, ainda estamos com fome. — Ele esfrega o rosto com força. — Sinto muito, Lila. Não é sua culpa. Sua vida era sua antes de você aparecer aqui.

Dentes cerrados, aceno.

— Você é um grande idiota se pensa que vou esquecer você, ou perder você. Realmente achou que eu deixaria isso acontecer?

— Claro que não... mas não prometa mais nada agora. Você está indo para casa com um futuro promissor à sua espera.

E se meu futuro estiver sob uma bandeira diferente? No momento, não posso nem permitir que esse pensamento passe pela minha cabeça. Hoje, Miami tem que ser meu castelo legítimo e de direito, não uma ruína inglesa.

Ele se aproxima.

— Bem, então. Spencer estará chamando por você a qualquer momento. Pode muito bem ser agora ou em cinco minutos. — Orion me examina dos pés à cabeça. — Se cuide. Ligue quando pousar, não importa a hora. — Ele me abraça com força. Beija cada uma das minhas bochechas e, em seguida, acena com a cabeça uma vez, me mandando para casa.

Toco meus lábios com meus dedos e me viro em direção à fonte. Não vou lhe assistir ir embora. Parece apropriado que a água sob a estátua santificada esteja imóvel. Tento ficar imóvel também. Desta vez, apelo para a matemática, preciso dela assim como Pilar. Faço equações: a raiz quadrada de *Family Style* mais flan, dividida pela chuva de Miami, menos a areia de South Beach. Faço mais, repetindo-as até que o cinza frio do grafite cubra todo o meu coração, e a voz de Spencer ecoa me chamando da pousada.

É hora de virar meus pés. É hora de voltar para casa. Mas, assim que alcanço o portão, dou de cara com Orion bloqueando meu caminho, me puxando em direção a ele.

— Eu menti. — É tudo o que ele diz antes de me beijar. Um beijo completo, longo e ricamente sombrio. Pela última vez, alimentamos um ao outro antes que ele se afaste. — Adeus, Lila.

Não consigo dizer isso de volta para ele.

32

Esta cidade é quente demais. Meu corpo acostumado com o verão britânico tem que se adaptar como os répteis e anfíbios fazem, desde espaços frios e sombreados até as rochas intensamente quentes. Acordo muito cedo, e, mesmo agora, um pouco antes do amanhecer, o ar sopra com a promessa de um dia no qual sua maquiagem derrete, enquanto as roupas grudam na pele, e o suor acumula em lugares inconvenientes. Agosto em Miami, com os picos de temperatura mais altos, sempre cumpre suas promessas.

Ontem, minha cidade me colocou nos braços da minha família. Chorei e me agarrei a Pilar como uma criança. Eu lhe disse que ela estava linda, mas que precisava de um corte de cabelo. Ela me disse que eu estava com uma cara desastrosa de quem passou horas em uma cabine de avião, mas que estava absolutamente perfeita. Mandei uma mensagem para Orion e, em seguida, dormi com o vazio de nossas palavras e emojis. Depois, dormi ainda mais um pouco, acordando apenas para comer.

Vou a La Paloma hoje. Ver o que continua igual e o que mudou. Mas agora caminho através de West Dade com uma grande caneca de café con leche antes que os passarinhos fofoqueiros acordem. Chany reformou seu jardim, e Susana agora tem um Honda novo. Grace, Cristina e Sophie deixaram seu trio de patinetes rosas e roxos na garagem.

Também redescubro as particularidades da minha casa. Sí, a torneira da cozinha goteja se você realmente não fechar com força. O chão range apenas aqui, e as paredes têm cheiro de alho e cebola. E meu quarto — minhas malas são uma grande bagunça de roupas espalhadas, desfeitas pela metade — carrega o som do chuveiro de Pilar e o tique-taque de um relógio antigo da abuela. Mesmo com a visão turva e afetada pelo jet lag, localizo o pacote em cima da minha cama desarrumada. Está escrito na nota amarela:

Desculpe, esqueci porque minha irmã está em casa. Isso chegou ontem a La Paloma. Dormiu bem? —P

DHL Express? O endereço do remetente deixa meu braço todo arrepiado. Cuidadosamente, desfaço a fita da embalagem, abro as abas da caixa e o papel de seda. Solto um soluço desamparado quando seguro em minhas mãos o cardigan mais macio, cinza, britânico, aconchegante e mais Orion de todos os tempos. Agarro-o colado a mim, inalando o cheiro de uma casa na cidade de Winchester, o tempero de chuva e seu sabonete. Inspirando memórias de beijos e paralelepípedos, motos e música. Tiro um cartão branco:

Isso sempre esteve destinado a ser seu.
Com amor, Orion

É extremamente difícil enviar uma mensagem quando suas mãos estão tremendo.

Eu: Eu recebi, e você não pode fazer isso
Orion: Absolutamente, posso, sim
Eu: Mas sua avó
Orion: Ela me fará outro cardigan. Este pertence a você
Eu: Amei tanto. Obrigada para sempre
Orion: Mantenha-se aquecida, nos falamos em breve
Eu: Boa noite, Inglaterra
Orion: Boa noite, Miami

Enrolo a lã cinza de tricô sobre a minha blusa. Esta cidade é muito quente, há calor demais para suéteres ingleses. Mas este aquece um coração tremendo de frio.

— Estou com um pouco de medo de você provar isso — diz Angelina, me oferecendo seu pastelito de guayaba.

Dou uma mordida na massa folhada, com um recheio cremoso e pegajoso. Sim, delicioso. Sorrio amplamente.

— Angelina.

— Mesmo? — Ela coloca um guardanapo de papel na minha mesa.

— Está perfeito. — Estou acomodada em uma das mesas retangulares em La Paloma. Na verdade, fui forçada a me sentar e conferir os detalhes de produção para o *Family Style*, finalizar a escolha das nossas opções de cardápio para a nossa apresentação e cumprimentar todos os clientes que têm perguntado por mim há semanas. — Isso é comida de alta qualidade, e sei que você tem feito isso durante todo o verão. Obrigada.

Ela sorri e reajusta a bandana sobre o cabelo loiro escuro antes de voltar para a cozinha.

Eles não me deixaram trabalhar hoje, apenas observar o movimento e me deleitar com os abraços e as boas-vindas. Em três dias, fecharemos para nos preparar para as filmagens. As paredes da loja receberão uma nova camada de tinta marfim, que escolhi com Pilar. Pisos e superfícies serão lavados e lustrados.

No entanto, papi me dá um trono na entrada, como se eu fosse a filha pródiga perdida da panadería. Suas celebrações com meu retorno tão aguardado tomam a forma de cafecitos e amostras açucaradas da cozinha. Minha família tem boas intenções, mas eles não sabem que preciso cozinhar? Preciso colocar minhas mãos na massa para me sentir eu mesma neste lugar novamente.

Em vez disso, me levanto para observar os itens que outros funcionários assaram, circulando pela grande prateleira de exposição cheia de pães e pãezinhos cubanos. As vitrines transbordam com pastéis, sobremesas em miniatura e croquetas saborosos. Doce, quente e convidativo.

Paro na parede onde o artigo emoldurado do *Miami Herald* está pendurado há quatro anos. Uma grande foto na seção Estilo de Vida mostra Pilar e eu sorrindo sobre uma bandeja de pasteles variados. A manchete vibra orgulhosamente em letras maiúsculas: *Adolescentes de West Miami Salvam o "Dia" na Arrecadação de Fundos para Caridade do Parlamentar Millan.*

Parece que foi ontem que o mesmo repórter que cobriu o evento de caridade dos Millan estava aqui sentado entrevistando Pilar e eu. La Paloma cresceu exponencialmente por causa de uma única decisão que tomei de não cancelar um pedido. De virar a madrugada trabalhando e comandar a cozinha aos 13 anos com minha irmã. Muitas mudanças vieram por causa de um único artigo de jornal. Agora estaremos na televisão, e nem consigo imaginar o que vai acontecer com este lugar mais uma vez.

Mas aquela mesma garota na parede, impressa em um jornal preto e branco, não se senta aqui com uma mente em preto e branco. Penso através de vários tons, nos limites do meu eu, equilibrada entre o ontem e o amanhã.

Basta. Chega de ficar sentada pensando, e chega deste trono na frente da loja.

Nos fundos, a cozinha passeia entre gordura, fermento e açúcar. Fico onde normalmente ficaria e percebo que muitos padeiros estão escalados para o turno da manhã. Eles não precisam de mim hoje.

Marta bate um mousse de manga, com uma cor viva. Ela me deixa provar com uma colher.

— Qué rico — digo a ela.

Ela começa a colocar o recheio em moldes individuais.

— Então, para o programa, você vai fazer o tres leches ou o flan?

Uma Garota Cubana, Chás e Amanhãs • 293

— Ambos, se houver tempo.

Vagueio pela cozinha um pouco mais, olhando para os fornos de lastro, serpenteando pela baía de armazenamento. Finalmente alcanço o escritório do papi e paro bem na porta.

— O que está acontecendo?

Minha família está acomodada no pequeno sofá, um trio do amor. Papi com os olhos cansados de trabalho e o cabelo meio grisalho, e mami ainda com seu avental. Pilar está no meio, unindo todos como uma cola.

Mami levanta o rosto do laptop.

— Por que você não nos contou, Lilita?

— O quê? — Minha mente gira. Afundo na cadeira de papi.

Suas expressões mudam para confusão, e os dedos de Pilar se movem em infinitas combinações.

— Catalina nos enviou as fotos que ela fez na sua festa de aniversário. O baile que eles fizeram para você — diz mami. — Qué linda.

— Foi, sim. — Essas fotos também estão na minha caixa de e-mail. Não consegui abrir os arquivos. Ainda não. As flores de Orion descansam na minha cômoda, secando.

Pilar diz:

— Estávamos esperando que você dissesse alguma coisa. Não disse nada ontem depois de desembarcar do avião, mas você estava muito cansada. — Sua mão gesticula sem rumo. — E nada hoje também no café da manhã.

Minhas palmas ficam úmidas, e meu coração bate forte no peito, e não é por causa dos dois cafecitos.

Papi vira o laptop para mim, descendo a tela. Cate fez fotos da minha festa, e capturou minha alma. Elas mostram Orion dançando comigo, seus olhos fechados e seus lábios posicionados no topo da minha cabeça. Meu rosto repousa em sua lapela, perdida em sonhos. E então eu, aninhada ao seu lado enquanto Jules canta minha música, e dezenas de outras fotos minhas com meus novos amigos.

As palavras falham. Estou despida de muito mais do que apenas meu avental hoje, minha alma e minha verdade estão expostas. Tenho que cruzar os braços no meu peito para evitar que minhas emoções traidoras inundem este lugar que todos nós construímos. Os soluços começam a crescer, mas os escondo atrás de uma muralha tempestuosa, me ancorando no assento do meu pai.

— Sabemos sobre a escola Le Cordon Bleu — diz papi. — Catalina tinha muito a dizer sobre isso. Sobre seus planos e o quanto você impactou Winchester. Sobre como você ama a cidade e poderia levar nossa comida para lá. Mas *você* não disse nada sobre isso.

Dizer algo? Dar-lhes palavras reais, rasgando este pequeno escritório quadrado bem ao meio?

Pilar se inclina para frente.

— Não deixe que seja como antes. Não guarde tudo dentro de você. A parede racha.

— Sim, ok? Tudo bem. — Estou transbordando agora, de pé, me dilacerando. — É verdade. A Inglaterra, a escola, o Orion: tudo isso. Mas Miami é minha casa, e tudo aqui é minha casa. Meu futuro. Como posso simplesmente… ir embora? Simplesmente esquecer tudo o que somos e tudo pelo que temos trabalhado?

— Lila, responda às coisas simples — diz papi. — Sua irmã nos contou sobre o Orion. Esse garoto também ama você?

Fecho os olhos enquanto fotos de nossos momentos juntos aparecem em minha mente. Orion Maxwell nunca disse essas palavras, mas ele também as gritou de várias maneiras diferentes, um milhão de vezes.

— Sim.

Mami passa o braço em volta de Pilar. Elas se agarram uma a outra, seus rostos lutando contra as emoções até que sorrisos irregulares vencem.

— Bueno. E verificamos o programa de pastelaria e confeitaria. É maravilhoso. Você quer estudar nesta escola?

Uma Garota Cubana, Chás e Amanhãs • 295

— A mensalidade é caríssima. E também tem as passagens de trem, e eu não poderia trabalhar por um bom tempo apenas com um visto de estudante.

— A herança que a abuela deixou para você é suficiente.

Como eu poderia sequer pensar nisso? Destinar o dinheiro que a abuela ganhou em La Paloma a um futuro diferente daquele para o qual ela me preparou?

— Quero fazer a escolha certa. O que for melhor para a nossa família. Para o nosso negócio e para todos.

— E o que aconteceu com a melhor escolha para *você*? — pergunta papi.

Para mim. Meu legado. Meu coração. Meu futuro.

Mais uma verdade dilacerante me corta como a faca de tío corta os talos de milho. Viro-me para minha mãe.

— Você não me mandou para a Inglaterra para que eu a escolhesse no lugar de nossa família, de Miami e de La Paloma. — Ela, a mulher que perdeu sua melhor amiga para o mesmo país. — Se você soubesse disso, não teria me colocado naquele avião. Mas você o fez, e veja como as coisas estão agora!

Mami se levanta e estende a mão para mim, suas mãos entrelaçadas nas minhas, e seus olhos afiados como pontas de flechas.

— Seu coração encontrou paz, encerramento e algo novo para fazer você sorrir na Inglaterra?

— Sí, mami — sussurro. — Tantas coisas…

Agora ela chora, uma grande lágrima descendo pela sua bochecha, e seu cheiro como uma madressilva.

— Foi exatamente por isso que mandamos você para lá.

Empanturrada com carne de porco e acompanhamentos cubanos, com cobertura de muitos beijos, danças e jogos de dominó em família, me sento na cama. Também estou cheia de escolhas me puxando para muitos lados diferentes. Com o dedo, traço o desenho a lápis colorido de uma miniatura da pousada Owl and Crow, presente de aniversário de Gordon.

Meu FaceTime apita no laptop, e o nome piscando na tela afunda pesadamente em meu estômago. Mas estou pronta. Aceito a chamada.

Stefanie me encara do outro lado do mundo.

— Lila. — A voz dela é baixa, e mal reconheço essa garota com um chapéu de palha e sem maquiagem.

— Oi. — Como começamos? O que fazemos agora?

— Sinto muito por… — Sai da minha boca no mesmo momento em que ela diz: — Me desculpe, eu…

Nós duas rimos tremulamente, e gesticulo para que ela fale primeiro.

— Já faz algumas semanas que tenho acesso à conexão de internet e ligações, desde meu e-mail. Mas você foi para a Inglaterra, e achei que estaria ocupada… e eu estava com um pouco de medo de ligar, para ser sincera. — Aceno, e ela diz: — Odeio a maneira como deixamos as coisas. Eu não pude me explicar. Lila, por anos tudo que fiz foi assistir a você impactar lugares inteiros com sua comida.

— Stef…

— Não, escute. Você levava croquetas ou seu flan, e as pessoas simplesmente abriam um sorriso. Elas esqueciam seus problemas e estresse por um tempo. E sempre pensei que esse era o seu dom. A sua magia.

Meu queixo se enruga. Mas continuo ouvindo.

Stef olha para baixo e novamente para mim.

— Eu só queria minha própria magia também, separada de nós duas juntas. Queria impactar lugares e ajudar pessoas. E eu não queria mais esperar por isso. Vou voltar para a universidade, mas só depois. Eu não sabia como lhe dizer…

Levanto minha palma.

— Espere. Eu não estava agindo como o tipo de amiga com quem você poderia conversar. Me desculpe. Desculpe por fazer você correr todos aqueles quilômetros e por tentar planejar a sua vida.

Seu rosto suaviza.

— Nós duas erramos.

— Sim, erramos. — Inspiro e depois expiro. — Você está feliz?

Ela acena imediatamente.

— Tão feliz!

Ela me conta sobre a África e o trabalho que está fazendo — salvando vidas, mudando-as. Seu rosto brilha e se anima o suficiente, mas ela não entra em muitos detalhes sobre suas aventuras.

— Finalmente estou acostumada ao clima. Quando os suprimentos chegam, brigamos pelas barras de chocolate amargo, e chapéus e camisetas brancas de manga comprida são meus companheiros fiéis.

Stefanie resume Gana, as pessoas e as habilidades que ela está aprendendo como se estivesse lendo sua nova vida em um folheto de viagem. Minha amiga está se contendo.

Não sei o que fazer com isso. Movo minhas pernas inquietas, então me enterro sob meu edredom. Não consigo ficar confortável, então chega a minha vez de falar e lhe conto sobre a Inglaterra. Até falar da Inglaterra faz com que eu sinta como se meu coração estivesse sendo apertado por uma mão invisível em meu peito. Mas este coração pulsando entre meu corpo e o rosto de Stef na tela está mais frio e pálido do que corações deveriam estar.

Não posso entrar em detalhes. Também me contenho e me mantenho na cobertura. Minhas histórias são açúcar em pó e cobertura de manga. Não posso contar à minha amiga sobre recheios grossos e agridoces de castelos e chá-preto de baunilha, ou sobre o suculento bolo esponjoso de novos amigos e músicas. Não posso lhe contar sobre o vento dos passeios de moto, o verde e a pedra em que assei o pão estaladiço. *Logo eu.*

— Chove tanto. Muito mais do que em Miami.

— Você realmente amaria os sotaques. E eles estão sempre se desculpando por tudo.

— É tudo tão antigo. Pode existir um posto de abastecimento ao lado de um prédio de 500 anos.

Stef enruga o nariz.

— Desde quando você fala abastecimento?

Abastecimento, nem percebi. Contar a ela porque eu trouxe tanto de outro país de volta ao meu não vai funcionar. Nem a minha boca se abre quando tento contar a ela sobre Orion. Nenhuma palavra. Nada.

Sou cem por cento incapaz de dizer uma palavra sequer sobre Orion à garota que me acolheu em seu colo enquanto chorei por horas por causa de Andrés. O que éramos na Inglaterra é meu; não o compartilharei. Não consigo nem mesmo dizer seu nome, ou que estou segurando seu suéter no meu colo, porque, se eu fizer isso, vou dilacerar todo o resto de mim. Tenho que trancá-lo aqui dentro para conseguir me manter sob controle.

Mas Stef não é minha melhor amiga? Então, e se houver um Orion africano, ou uma dúzia de outras histórias além de barras de chocolate e chapéus que ela não está *me* contando?

Se isso for verdade, então está tudo bem. E, por estar tudo bem, percebo que não somos mais iguais dentro de nossa velha amizade renovada. É isso, somos diferentes agora.

Portanto, quando nossa conversa se transforma em gotas de informações e longos períodos de silêncio, nós improvisamos. Não tenho uma receita para isso. Nunca passei por um término com uma melhor amiga antes.

— Acho que vou estender meu período aqui — diz ela.

O que eu já imaginava.

— Estou orgulhosa de você. Sempre estarei orgulhosa de você. — É o que parece mais verdadeiro.

— Não sei quando nos veremos novamente. — Isso vem dela.

Lágrimas inundam meus olhos, mas meu coração voltou para o lugar e agora está batendo suavemente. Exatamente onde deveria estar.

— Eu também não sei quando a verei de novo.

Seus olhos estão vidrados.

— Sempre terei orgulho de você também, Lila.

— Vou acompanhar. Tudo o que você está fazendo. Todo o bem que está fazendo.

Ela acena com a cabeça e sorri.

— Vou assistir a você dominar o mundo. — Então ela olha para a esquerda e para a direita. Por segundos, até demais, o silêncio é denso e cinza como nuvens. — Tenho que ir — sussurra.

Ela não estava se referindo somente à chamada.

— Eu amo você, Stefanie.

— Te amo, Lila.

A tela fica preta. E a amizade de uma melhor amiga não morre. Em vez disso, segue seu próprio caminho agora, a quilômetros de pontes e estradas e areia do deserto. *Sem a gente.*

33

Dias depois, uma placa de *Temporariamente Fechado para Filmagens* está pendurada na porta. Estou aqui quando a loja ainda está escura e quer dormir. Eu a desperto, forçando-a a me escutar. Voltei aqui para ter esta cozinha só para mim um pouco antes de o mundo espiar dentro dela.

Não sei por que Pilar está aqui.

— Você está no meu território — digo. Pilar Reyes, que faz seu ninho no escritório e odeia o pó pegajoso da farinha em suas mãos.

— Eu sabia onde encontrar você. — Minha irmã é metade sereia e metade matemática, com uma blusa branca amarrada na cintura e uma minissaia esvoaçante. O cabelo que compartilhamos está tumultuado em torno de seu rosto, à espera de nossos estilistas amanhã.

Nós nos encontramos no balcão e fazemos algo pelo qual mami e abuela costumavam nos repreender. Um, dois... *subir*! Nós nos aproximamos e deixamos nossas pernas balançarem. Inclino-me contra o ombro que sempre foi muito forte. Forte o suficiente para sustentar essas paredes e a mim também.

— Por que você está usando seu amuleto de pomba em uma corrente de prata? — pergunta Pili.

Seguro o pássaro dourado.

— Dei a minha para a irmã do Orion. Flora.

— Você não entregaria aquele colar nem se fosse assaltada.

— Bem... — É tudo que consigo dizer. Duas irmãs: qual terá a Lila do FaceTime e qual terá a Lila do tempo real?

— Estive pensando, acho que você deveria destacar uma das variações especiais que a abuela fez aqui. Para o *Family Style*.

— Sí. Mais uma maneira de torná-la parte disso. — Lentamente, observo tudo que meus avós construíram. — Lembra que ela sempre colocava groselha em vez de uvas-passas no picadillo? Ela amava a pequena explosão de sabor, embora ficassem mais caros.

— E o açúcar especial, aquele que brilha, para os pastelitos encomendados para festas elegantes — acrescenta Pili.

— Flan de abacaxi, de avelã ou de abóbora para feriados diferentes, ou a calda extra que ela adicionava aos bolos, e todos se perguntavam por que eles estavam tão úmidos. E sabia como brincar com proporções, para que fossem os mesmos pratos ou pasteles, mas sempre as versões *melhoradas* deles.

Pili bate no meu ombro.

— Como você faz.

Porque ela me ensinou a mudar as receitas. Mas só depois que eu conseguisse fazer o original perfeitamente. Na minha cabeça, seus ensinamentos ganham vida, não de um caixão branco, mas de anos de milho, farinha e açúcar. Desço e marco os pontos onde as lições foram aprendidas.

Mudar receitas.

Estou de pé dentro do trabalho de sua vida. Estou de pé dentro de sua vida. E então...

Ela mudou sua própria receita também.

Abro meu coração como um livro de história. Dentro dele, há uma garota cubana de 17 anos chamada Lydia Rodriguez, que vai embora de uma pequena fazenda cubana. Ela embarca sozinha em um avião, sem família, sem amigos. Cruza um oceano e uma cultura nova com apenas uma única mala. Junta-se a uma família norte-americana. E, em vez de voltar para casa quando seu programa termina, trabalha em uma centena de motivos para ficar. Ela escolhe uma nova vida, em um novo país, construindo um negócio com as receitas que sua mãe lhe ensinou.

Não apenas comida. Abuela mudou a receita de sua própria vida.

No meu coração, abuela me diz que eu estive errada durante todo esse tempo. Ela nunca colocou uma colher na minha mão e habilidades na minha cabeça para me aprisionar a um lugar. Ela me deu conhecimento para que eu também pudesse escolher. O lugar que ela construiu. Ou os lugares que eu vou construir.

Yo puedo — eu *posso.*

Posso ficar com as receitas que ela me ensinou e prepará-las aqui.

Posso ir para a escola na Inglaterra e aprender a combinar a arte francesa com a minha culinária.

Posso ficar em La Paloma e trabalhar lado a lado com minha irmã.

Posso morar sob o mesmo céu que um garoto britânico.

Posso ser completamente cubana em Miami.

Posso ser completamente cubana na Inglaterra, ou em Gana, na França, ou em qualquer lugar.

Fui criada para este lugar, mas posso mudar minha receita de vida também.

Eu posso. E eu vou.

Os pés de Pilar anunciam que ela está atrás de mim. Ela toca meu braço, e me viro. As lágrimas de Miami caem das nuvens.

— Você vai voltar para lá, não é?

— Vou — digo pela primeira vez. — Pero, hermana. Você e eu. Las Reyes…

Uma Garota Cubana, Chás e Amanhãs • 303

— Sempre seremos quem somos. Não importa onde estejamos. — Quando meu suspiro vem perturbado e pesado, ela acrescenta: — Vá, Lila. Este lugar sempre estará aqui. E venha para casa no Natal, certo?

Eu a abraço com força.

— E no verão.

Ela me abraça com mais força.

— E eu vou visitar você lá, e você pode me mostrar a sua Inglaterra. Posso ficar na Catalina com você, e Orion pode achar o meu chá favorito.

— Você odeia viajar de avião.

— Eu também posso mudar.

A caixa de aventais novos foi enviada com alguns dias de atraso, mas com tempo de sobra para os funcionários os usarem nas gravações do *Family Style*. Agora faltam 48 horas. Na cozinha de La Paloma, estou estudando o novo design elegante de algodão com listras brancas e azuis.

— Era a Señora Cabral — diz Pili no caminho de volta da loja, rindo. — Há duas semanas colocamos o aviso de fechamento, mas você sabe, ela o ignorou.

É por isso que congelei algumas coisas para ela antes de fecharmos. Viro minha cabeça para Pili.

— Nenhum programa de televisão vai impedir aquela mulher de ter o pan cubano dela.

— Eu nem mesmo a cobrei. Por que abrir o caixa por um pão oval? — Pilar puxa a caixa de aventais em sua direção e olha para dentro, levantando o tecido listrado.

— Qué bueno — diz ela antes de voltar ao escritório.

Dois dias agora. Mal consegui fazer chamadas no FaceTime com o Orion, mas ele entende. Todas as minhas horas estão dedicadas à preparação da comida e do cardápio, além de novos cortes de cabelo para Pilar, mami e eu, além de manicure, depilação de sobrancelhas com cera, reuniões de família e supervisão da reforma da padaria. Estive tão ocupada, que nem mesmo tive tempo de pensar no quão nervosa eu deveria estar.

Novamente, batidas na porta da frente. Quê? A Señora Cabral voltou para pegar os pastelitos que congelei também?

— Eu atendo! — aviso para ninguém.

Quando chego à porta da frente da loja, está vazio. No entanto, quando estou prestes a me virar para voltar, meus olhos percebem o brilho de um saquinho metalizado na prateleira de pão.

Atravesso ao redor da área de serviço e, antes que eu consiga processar a estranha realidade do saquinho de papel metalizado da Maxwell's, com *Vanilla Black* escrito, ouço por trás:

— É um azar terrível para a pessoa que pega a última fatia de pão não beijar a padeira.

Dios mío.

Meu coração está pulsando em minha garganta, giro muito devagar, porque não é possível que isso esteja acontecendo. Não há nenhuma maneira de o Orion estar parado na minha porta, na minha loja, na minha cidade. Mas ele está, e já estou correndo.

Orion mal tem tempo de levantar os braços para me pegar, escondendo cumprimentos ou explicações dentro de beijos frenéticos. Ele está quente — muito quente, como se estivéssemos nos beijando dentro de uma sauna. Ele é sal, suor e vapor, e eu não o trocaria por nada no mundo.

Finalmente nos afastamos, apenas o suficiente para que eu veja os olhos enevoados dele, mais azuis e vibrantes do que eu me lembrava; então o cabelo úmido e despenteado, a camiseta preta enrugada e seus jeans desbotados e macios.

— Como? O que você... — emito esses sons, mas o choque rouba todo o resto.

Ele beija minha testa e sorri para mim, com uma covinha profunda. Em seguida, seu rosto escurece com seriedade.

— Você deixou algo em Winchester.

Eu me lanço nele novamente, enterrando minha cabeça em seu peito. Um momento depois, estou rindo.

— Você parece...

— Um cara britânico que perdeu sua primeira luta contra o verão de Miami? — Seu peito ressoa uma gargalhada.

— *Bem...* você correu até aqui ou alguma coisa assim?

Ele me mantém bem perto, mas muda diante de meus olhos.

— Desci um ponto de ônibus antes de onde deveria e pensei em vir caminhando. O aplicativo dizia que eu estava a apenas 15 minutos, mas, 5 minutos depois, percebi o meu gravíssimo erro. Deus! Parece um maldito vulcão lá fora.

— Bienvenido a Miami, Orion — digo em meio a uma risada que desaparece em um pequeno suspiro de descrença. — Você está realmente aqui.

— Sobre isso — diz ele, acariciando meu cabelo para trás. — Papai estava prestes a me afogar no Itchen. Disse que eu estava agindo como um, segundo ele, "idiota lastimoso". Contei-lhe tudo e disse que precisava vir até aqui. Precisava dizer algumas outras coisas também. Mas ele decidiu que já faz tempo demais desde a última vez que tiramos férias de verdade em família. Simples assim, meu tio foi à loja para cuidar de tudo enquanto estamos fora, e pousamos hoje. Flora já está banhada em protetor solar FPS 50 na piscina do hotel, morrendo de vontade de ver você.

Inclino-me para trás:

— Ah, ela veio também? — Seguro seu rosto, em seguida, me levanto na ponta dos pés para beijá-lo novamente.

Ele vai até uma das cadeiras do café e me puxa para o meu lugar favorito: seu colo.

— Na Inglaterra, eu não queria ser "aquele cara". Não poderia pedir que você deixasse sua família, seus negócios, seu país, só por mim. — Ele aperta meu ombro. — Então, eu queria que você escolhesse um futuro que fosse primeira e unicamente seu. Não queria que você pertencesse *a mim*. Quero que você fique *ao meu lado*. Essa é a parte da qual não falei o suficiente.

Perco o fôlego e engasgo com o que ele diz em seguida.

— Ainda não sei como poderemos resolver tudo isso agora, com você aqui e eu lá, mas não vou desistir. — Sua voz treme. — Eu me enganei. Às vezes, precisamos querer mais do que nos é dado. Então, este sou eu, desejando alguém tão impossivelmente extraordinária como você.

Ele se abaixa, mas não o deixo ir muito longe. Minhas mãos fazem com que ele olhe nos meus olhos.

— Você foi um guia turístico digno de prêmios, mas se esqueceu de uma coisa.

Ele inclina a cabeça com um sorriso resignado.

— Do que eu me esqueci?

— Sua constelação. Então, para consertar isso, vou precisar ver o Cinturão de Orion em St. Giles Hill, com você. E será inverno, então estarei usando seu cardigan sob o maior e mais fofo casaco que eu tiver. E provavelmente ficaremos fora até muito tarde. E, na manhã seguinte, vou bocejar durante todo o trajeto na viagem de trem para Londres. — Eu me certifico de que ele olhe para mim enquanto digo as próximas palavras. — Indo para a escola. Para o meu futuro. Minha escolha.

Ele solta um suspiro de descrença, mas confirmo o meu segredo com um aceno.

— Você vai mesmo? O semestre de inverno em Le Cordon Bleu?

— Para começar. Enviei minha inscrição e solicitei um visto de estudante esta manhã. Antes de você chegar, estava pensando em uma maneira legal de contar a você pelo FaceTime mais tarde. Mas isso aqui é mil vezes melhor. — Sorrio, colocando minhas mãos atrás de seu pescoço. — No entanto, não vou voltar para a Inglaterra apenas por causa do programa de pastelaria e confeitaria. Veja, nenhuma outra garota pode fazer sanduíches cubanos e biscoitos de limão para você, andar na Millie e correr com você. Ninguém além de mim.

Ele leva um momento, permitindo que nós dois escrevamos minhas palavras em nossas memórias. Então, fascinado, ele me beija.

— Venha conhecer La Paloma e a minha família. — Levanto-me e o puxo comigo. — Prepare-se para ver três cubanos desmaiando, ou, pelo menos, fingindo desmaio com um toque de drama extra.

Ele me segue até a vasta cozinha.

— Sobre isso, sua família já *deve* saber que estou aqui. — Quando meus olhos se arregalam, ele acrescenta: — Eu, hum, estive conversando com Pilar. Ela me ajudou a organizar minha pequena surpresa para você. Certificar-me de que você estaria aqui e tudo o mais. E, aparentemente, há uma grande ceia sendo planejada para minha família depois que as gravações acabarem. Na casa do seu tio com todos os seus parentes?

Minha família e a família dele, meu coração sorri.

— Atenção, não coma por dois dias.

Ele ri, e, depois de se refrescar no banheiro dos funcionários, mostro a ele o lugar onde cresci. Equipamentos, fotos antigas e alguns dos pastéis e bolos preparados que exibiremos na televisão. O local onde sovei meu primeiro pão.

Orion arqueia a mão, ficando sério.

— Tudo isso. Você pode... de verdade?

Yo puedo.

— Posso e estou pronta. Não vou mentir, vai doer. — Meus olhos se enchem de lágrimas novamente. — Alguns dias mais do que outros, e em momentos aleatórios, sem nenhum aviso. O que significa que vou precisar de chá e abraços extras.

Ele passa os braços em volta de mim.

— Alguém me disse que eu era o melhor do mundo nisso.

Lá de trás, Pilar grita:

— Lila! Você já terminou de ficar beijando o Orion?

— Não?!

Eles vêm até nós de qualquer maneira. Em 10 minutos, mami já se apaixonou. Pilar e Orion iniciam facilmente uma conversa sobre música e a cena londrina que ela está morrendo de vontade de absorver; eu a pego corando com seu sotaque e charme natural.

Mas todos nós ficamos em silêncio quando papi sai e volta com dois copos de Coca-Cola com rodelas de limão nas bordas. Ele oferece um copo a Orion e o conduz em direção ao corredor do depósito.

Orion pisca para mim e vai com meu pai, avançando um pouco na frente dele, entrando no escritório. Papi espera um momento antes de seguir. Um pai vira em direção à sua filha, que deixará sua casa em 3 meses. Ele acena com a cabeça uma vez, seus olhos úmidos e pesados com fins e começos.

Todo está bien. Está tudo bem.

Mami e Pilar me apertam em um abraço coletivo e seguem para seus próprios espaços, me deixando sozinha no meu. Esta semana vou mostrar La Paloma para o mundo, comprar um novo casaco de inverno e assar pão com Flora nesta cozinha. Vou dizer a um garoto com nome de estrela que o amo na frente da plantação de milho do meu tio-avô, não em segredo, mas sob os olhares das estrelas, em um céu aberto de verão de Miami.

Mas, antes que o amanhã aconteça, tenho que fazer uma coisa hoje. Puxo o avental da abuela do balcão. Todos os ganchos dos padeiros se alinham na parede, uma foto emoldurada dela sorrindo fica acima daquele onde ela guardava o pano de algodão branco todas as noites.

— Gracias, abuela. Te amo — sussurro e deposito um único beijo no *L* bordado. Penduro o avental dela pela última vez. Em seguida, vou para a caixa de transporte de papelão cheia de listras brancas e azuis.

E pego o meu próprio avental.

Agradecimentos

Quando iniciei este projeto, eu queria homenagear a jornada da minha mãe, saída de uma pequena fazenda cubana em direção aos Estados Unidos, como uma adolescente estudante de intercâmbio, pouco antes de Castro assumir o poder. A maioria dos meus parentes seguiu seus passos nos anos seguintes. Quando nasci, minha família estendida havia crescido, tornando-se a grande rede amorosa e vibrante que conheço hoje. A história da minha família tornou-se o andaime para uma história com outra adolescente corajosa e vibrante, repleta de muitas das minhas próprias experiências na adolescência. Logo na fase de elaboração, perdi dois parentes queridos que habitam estas páginas. O que começou como um livro tornou-se uma maneira tangível de mantê-los por perto. Seus espíritos preenchem estas cenas. Não consigo imaginar nenhum lugar melhor para mantê-los até que eu possa encontrá-los novamente. Se veio até aqui depois de ler a história de Lila, você experimentou muitas anedotas que testemunhei quando era menina, observando e ouvindo, comendo e cozinhando com meus amados parentes cubanos. Obrigada a todos os meus tíos e primos, por todas as maneiras como me alimentaram.

Ao meu brilhante editor, Alex Borbolla, desde o primeiro dia você demonstrou uma compreensão genuína em relação a mim e aos aspectos únicos desta história. Seu amor por este livro e pela história por trás dele me tocaram. E sua habilidade e orientação me inspiraram. A parceria com você tem sido uma das minhas maiores experiências profissionais. É uma honra trabalhar com você.

Para a minha agente, Natascha Morris, obrigada por pegar este livro que você sempre chama de um "grande abraço" e por trabalhar tão fielmente para administrá-lo e colocá-lo em prática. Eu não poderia desejar uma melhor animadora, confidente e defensora das minhas histórias e da minha carreira do que você.

Às minhas parceiras de crítica e amigas de confiança, Joan Smith e Allison Bitz, a história de Lila não seria o que é hoje sem seu fiel insight, edição, provocação e sabedoria. Eu amo muito vocês duas.

À diretora de arte, Karyn Lee, e à ilustradora, Andrea Porretta, obrigada por imaginar e desenhar uma das capas mais lindas que já vi. Vocês trouxeram Lila e Orion à vida com tanta maestria ao apresentarem a mistura perfeita de Miami, Cuba e Inglaterra.

Para Clare McGlade, Tatyana Rosalia, Shivani Annirood e toda a equipe do Atheneum, obrigada por seus esforços incansáveis em trazer este livro ao mundo.

Obrigada aos meus primeiros leitores e fontes que ajudaram em tudo, desde leitura beta cuidadosa a verificar aqueles sotaques espanhóis astutos e garantir que minha representação britânica fosse autêntica. Alexandra Overy, Marlene Lee, Ximena Avalos, Beth Ellyn Summer, Susie Cabrera e Yamile Saied Méndez, eu não conseguiria ter feito isso sem vocês.

Para as minhas Las Musas hermanas, obrigada por sua amizade, apoio e nossa fabulosa comunidade. Sou muito honrada por fazer parte desta belíssima organização.

Sou muito grata a Deus pela oportunidade e honra de ser capaz de escrever este livro e a você, leitor, por abri-lo.